魅丽文化　花火工作室

你不要对我笑

今烛 /著

广东旅游出版社
GUANGDONG TRAVEL & TOURISM PRESS
悦读书·悦旅行·悦享人生

中国·广州

图书在版编目（CIP）数据

你不要对我笑 / 今烛著. — 广州：广东旅游出版社，
2019. 10

ISBN 978-7-5570-2049-1

Ⅰ．①你… Ⅱ．①今… Ⅲ．①长篇小说－中国－当代
Ⅳ．① I247.5

中国版本图书馆 CIP 数据核字（2019）第 217453 号

出　版　人：刘志松
总　策　划：邹立勋
责 任 编 辑：白　洋

你不要对我笑
NI BU YAO DUI WO XIAO

广东旅游出版社出版发行
（广东省广州市环市东路 338 号银政大厦西楼 12 楼）
邮编：510060
湖南新华精品印务有限公司印刷
（湖南望城湖南出版科技园　电话：0731-88387578）
880 毫米 ×1230 毫米　32 开
10 印张　　310 千字
2019 年 10 月第 1 版第 1 次印刷
定价：38.60 元

目录

Chapter 1

时间美化悸动，也磨平激动

七月末，姜皑从日本转调回来。如今临近九月，S市外翻处只让她跑了三个正经会议，其余的时间全是陪日本老板喝酒。

尹夏知打来视频电话询问她的近况，听完后笑到合不拢嘴："今天的工作不会还是陪喝酒吧？"

姜皑翻了一个白眼，把前置摄像头当化妆镜用，勾勒眼线的手一抖，黑色线条偏离眼睑，她泄气地扔掉手里的工具。

"JR的渡边先生喜欢国粹，李处长让我陪他到城西的西山戏园子听曲。"姜皑捏着嗓子用尖细的嗓音哀婉道，"尹小姐，你可知我心里的苦？"

尹夏知的笑声更大了："那你还不赶紧考虑辞职？"

姜皑重新拾起桌上的眼线笔："正在考虑。"

"就是嘛，你姜白雪不愿做的事，哪有人能逼你做？"尹夏知恢复正常，托腮看着屏幕里容颜姣好的女人。

算起来，姜皑是她见过长相最妖的女人，生了一双勾人的桃花眼，就算平常清妆素面、不刻意打扮，目光流转间也别具风情。

可就是这么一个美丽如花瓶的女人，因不满日本工作处上司的骚扰，先是一杯酒泼到处长脸上，接着把人家踹到医院差点断子绝孙。要不是她有证据在手，差点断子绝孙的男人就要忍着疼和她法庭上见了。

"先不和你说了，JR又来电话催了。"姜皑干脆擦掉另一只眼睛的眼线，选择最普通的淡妆。

做涉外翻译这行，格外注重妆发礼节，也许身上喷的香水引来乙方不适，你之前做的百般努力都会顷刻间付诸东流。

当然，如果前组长同意她化大浓妆做业务出席会议，说不准现在她可能就在日本混得风生水起，不至于落得一纸遣调书被迫回国。

如今由日本大使馆回到S市外翻处，说好听点，是你不熟悉那边的工作环境；说不好听的，就是你被合作方一脚踹回国了。

这事搁谁头上都心塞得要命，姜皑也不例外。若说是业务能力不行，她认了；但那边从头到尾没有否认过她的翻译能力，唯独看不惯她这张脸。

尹夏知不知从哪调出来一份资料，神色突然变得严肃："皑皑，据说 JR 的渡边先生曾经被举报凌辱女员工，你可小心点。"

姜皑啧声："碰到一个变态算我运气不好，碰到这么多变态说明什么？"

尹夏知："说明你该到庙里拜拜，驱驱邪。"

"行啊，后天咱们去爬山。"

姜皑掏出褐色眉笔，微微俯身对着落地镜端详着自己。因为没休息好，她的唇色极淡，脸颊也毫无血色，漆黑的眼瞳里盛着满满的不爽和丧气。这样可不行，落在别人眼里，还以为她是去送丧呢。

半晌，她拿笔尖在脸颊处点了几个清晰可见的褐色斑点，与周围白皙无瑕的肌肤一对比，简直像锦缎上爬着虱子，让人难受。送丧也不能给这种人渣好皮囊看。

画完，姜皑甚是满意地转过镜头让对面的人看："怎么样？"

尹夏知扬眉，没发表评论，话锋一转提及另一件事："最近没有再服药吧？"

闻言，姜皑收拾东西的动作顿住，低低应了声："嗯。"

"我和学长觉得，以你现在的状况根本不需要再进行任何治疗。"尹夏知认真地看她，"皑皑，相信你自己好吗？"

姜皑踟蹰地点点头，随后背过身去，默不作声地将包里的药瓶拿出来，握在手里许久，才不情不愿地放回抽屉里。

西山戏园。

姜皑到的时候，木质的大门开着，身穿戏服的学徒站在廊道上咿咿呀呀地对唱，看样子戏曲还未开场。

偌大的院子栽满亭亭如盖的法桐，正午时分的阳光透过叶片织成的罅隙落下来，光斑随着树影游荡。

渡边先生今天身边只跟着一个秘书，见姜皑走进来，他立刻起身相应。仿佛要与戏园的传统气息相迎合，年近五十的男人特意穿了深蓝锦绣花的和服，日本男子身形不如西方人高大，姜皑站在他面前，需要微微垂头才能直视他。

渡边先生是东京人，却说着一口地道的大阪腔，他的语气听起来有些失望："你好，姜小姐。"

姜皑临走前把及腰的长发挽成发髻，佩戴一副黑色平光眼镜，既不是当下流行的复古圆形框，也非言情小说中常出现的金丝边。再配上脸颊处的褐斑，她立刻被识人无数的渡边先生贴上"古板""无趣""难以入眼"等标签。

姜皑歪了歪头，嘴角微微弯起，露出一个带着七分傻气的笑："渡边先生，戏几点开场？"

"快了。"

说完，渡边先生略带责备地看了一眼身旁的秘书。他特意嘱托让合作方派个好看点的陪同者，结果等来了如此粗鄙之人。

戏开场时已经临近两点钟。姜皑对国粹没有研究，顶多是在大学选修课上听过几场折子戏，每节课人物关系还没弄清，她就已经睡得不省人事。

陪着听了三场戏，天边的落霞似融金。秘书弯腰提醒自家老板："这附近有家地道的私房菜馆，李处长给我们约了座位。"

渡边不耐烦道："急什么？听完这一场。"

最后一场戏落幕，夜色初降，渡边终于肯离场。姜皑给他们引路，到订好的地方吃饭。

八百关位于老建筑的弄堂内，是当地一等一的私房菜馆，平时预约都困难，姜皑也只陪客户来过两次。

秘书去停车，她便陪渡边先生站在路灯下等。

仿照清朝古典式装潢，夜幕落下来之际，八百关门前的红灯笼亮起，将昏暗无光的弄堂照得格外亮堂。

如今夏末秋初，正是S市四季里最舒适的时候，微风拂过来带着玉兰的香，和记忆中的城市别无二致。

虽然离开S市多年，但只一回顾，姜皑便能想起往昔的种种。

恰时秘书泊完车回来："先生，我们进去吧。"

三人入内，秘书报上处长的姓名，服务员递上一张帖引他们进去。

推门而入时，翻译处的处长和副处长已经到了。

一阵寒暄过后，排成长队的服务员开始上菜。

酒开瓶，放至桌上，姜皑故意无视处长的眼神，自顾自斟茶。处长脸一垮，屈指敲着桌面试图唤来姜皑的注意。

副处长是个三十岁出头还未结婚的女人，平常就看姜皑不顺眼，这会儿逮住机会奚落道："小姜啊，平时都是光鲜亮丽的，今天怎么这副打扮？"

她说的是中文，渡边先生听不懂。

姜皑也不留情面："副处长前几天还说我妖里妖气，我今天受教跟您学穿衣打扮，您却不乐意了？"

副处长眼见火要烧到眉毛上，下一秒被邻座的上司塞了酒杯到手里："咱们先和渡边先生喝一杯。"

姜皑无辜地耷下眉眼，虚虚一敬。可不知道渡边犯了什么毛病，非要和她拼酒，处长也不拦着，任由他往姜皑的杯子里倒酒。姜皑菜没吃两口，胃里先被酒水侵占，没养好的胃开始隐隐泛痛。

酒过三巡，渡边先生依旧没有放过她的意思，姜皑已经有七分醉，托着沉重的头等处长宣布宴席结束。

视野蒙眬之际，身边有人用手从桌下轻碰姜皑的腿，属于男人的气息扑面而来，她意识瞬间清醒。

这么丑都能下手？

她腾地站起来，脚步有些虚晃："不好意思，我去卫生间。"

刚迈出包厢，走廊中的灯霎时熄灭，姜皑顿在那，突然变黑的视野让她呼吸不再顺畅。她硬着头皮往前走，并试图平复好心绪，想先找到顶灯开关再做打算。

顺着墙壁摸索过去，触碰到开关，她长舒一口气。正打算按开时，一只手覆盖在她的手背上阻止了她接下来的动作。同时，一道清冷、不带丝毫情绪的声音从上方落下。

"灯坏了。"

姜皑被突然而来的声音骇到，下意识往后退了一步。细高跟缠住地毯皱起的边缘，一股极大的力将她拖拽前倾。那人没有松开她的手，顺势将她倾倒的身子拉回原处。

姜皑被吓得不轻。那只紧扣住她的手，细长而有力，掌心源源不断散发出的温度，提醒她现在处于一个尴尬且无措的境地，她甚至看不清他的模样，只是觉得，这个男人给她的感觉很熟悉。

"抱歉，我看不太清。"姜皑试探地问，尾音微颤："你是，修理工吗？"

他的声线绷得很直，又冷又硬："是。"

姜皑缩回手，语气恳切："能麻烦你送我到卫生间吗？我不太熟悉这里的路。"

对方久久没说话，她气息顿住，手指不自觉蜷起，狭小的走廊安静得只剩下两人的呼吸声。良久，他说："我不能擅自离岗。"

姜皑沉默了，她对黑暗有心理障碍，并不是视力问题，尹夏知把这种情况归结为创伤后的躲避心理。

既然不可以，姜皑也不好继续为难他。她扶着墙在黑暗中摸索，绕出这道走廊后视野大亮，她找到卫生间，将胃里所有作怪的酒吐出来大半后才勉强止住反胃。

拧开洗手台的水龙头，她捧起水洒在脸上，试图消解难闻的酒气，较为宽敞的廊道里仅存哗哗的水流声。

片刻后，姜皑拧住水龙头，双手撑在洗手池两边的琉璃台上，心里不知斥责了多少遍，S市外翻处什么时候也需要像外资企业一样让女职员出卖色相来笼络客户拿单子了？想起处长那张满含"善意"的脸，她磨了磨后槽牙，心情一言难尽。

再不辞职她就是狗。

姜皑闭着眼睛伸手往放纸巾的地方摸索，却摸空了。她无奈地掀开沉重的眼皮，视野内出现一只手，拿着一方蓝白格的手帕。

姜皑没接，下意识抬头去看身边的人。白衣黑裤，衬衫衣袖叠起，露出一截线条流畅的手腕，再往上，男人微垂着头，眉眼被顶灯落下的光线映衬得隐晦难明，正居高临下地看着她。

姜皑感谢的话卡在嗓子眼里，一时之间不知道该说些什么。她眨眨眼，生怕认错人，拿手蹭了几下眼眶，抬头再去看他。

男人所有的情绪尽数被敛在那双深色的眼眸里，脸上没有半分表情。觉察到她的视线，他略一歪头，灯光由他鼻梁处过渡至侧脸硬朗清晰的轮廓上。

就连眉梢吊着的那股疏离劲，都与记忆中别无二致，仿佛在无声地嘲笑姜皑，你怎么变成这副鬼样子了？

姜皑站在他面前，垂下头，目光落在他手背的肌肤上，埋在其下的青色脉管微微凸起，清晰分明。

江吟，她默念几遍他的名字，喉咙开始发涩。

如果她没记错他的长相，这位是她前男友没错了。假设没有"始乱终弃""卸磨杀驴"等一系列的前缀，他们还可以好好地做朋友。虽然这些前缀是扣在她这个前女友头上的。

过了几秒，江吟抬起手，手帕还没触及她的脸，就被姜皑退后一步躲过。他皱眉，硬邦邦地吐出久别重逢后的第一句话："要么自己擦，要么乖乖过来。"

姜皑急匆匆地托了一下眼镜框，抓住最后一根稻草装傻："先生，我们不认识吧？"

江吟重新审视她，沉默了一会儿，再次开口："我有说过我们认识吗？"

行，他赢了。

TK 集团最近与日系企业有合作，这个案子市场指向分明，若不把握时机，投进去的所有资本便可能全部化为泡影。

江吟作为副总，选择亲自上阵应酬这位日企高管。地方是特助订的，酒是谢权从日本特地空运回来的。避免迟到，谢权甚至亲自当司机保驾护航，将江吟送到八百关。

谢权把车停在弄堂口，前面刚下来两个人，车迟迟不开走，挡住他们的路子。

泊车小哥认识谢权的车，急匆匆地走过来道："小谢总，今天的客人有点多，车位不够用，请您稍微等一会儿。"

谢权今天心情好没计较，毕竟不需要自己下场应酬那些老顽固。他落下车窗，点燃一根烟叼在嘴里，由后视镜打量后座上人的表情。端详许久，也没能从那人脸上看出半分外露的情绪，他咧了咧嘴试探地问："哥，你今天心情好像不是很好啊。"

江吟手指曲起，在膝上敲了几下，久处于暗色中的脸终于抬起，语气依旧平静无波："你想做什么？先说来听听。"

谢权不可思议地叫了一声："哥，你竟然听懂我的意思了？"

江吟睨他一眼："有话快说。"

"就是，我妈给我安排的相亲宴，能不能给我推掉啊？听说那姑娘满脸雀斑，不会打扮，还没气质，整天一身工作装。要是和这种人生活在一块，人间就真的太不值得了。"他一股脑倾诉完毕，末了还不忘悄悄观察江吟的脸色，觉得无碍后又补上最后一句，"如果是你，也不愿意和这种人过一辈子吧？"

"说完了？"江吟合上合同书，双手交握放至膝上，"那听听我的看法。"

谢权闻言，脑袋里立刻浮现出"完了"两个大字。江吟这副模样有种在谈判桌上运筹帷幄的架势。

谢权咽了口口水："哥，你说。"

对方突然偃旗息鼓，江吟饶有兴致地抬起眉，后知后觉自己刚才的语气的确太过严肃，好像吓坏了这位刚出象牙塔的太子爷。于是他抬手松了松领带，往后一仰靠在座椅靠背上，幽深的眸子借着外面乍然亮起的光，在暗色中越发清晰夺目。

"凡事都要讲究一个眼见为实。"他说。

说来说去不就是要让他去赴宴吗！谢权转回身，眸子里仿佛盛着一团火，所过之处皆寸草不留。蓦地，他的视线定格在不远处刚下车的那两人身上。

谢权从落下的车窗探出头，摘掉墨镜难以置信："哥，那是不是袁家的大小姐？不会吧，来这堵我？"

江吟顺着他的视线望过去，骤然间瞳孔一缩，古井无波的眸底霎时泛起波澜。

从他们的角度望过去，仅能看到穿着一身黑色工装的女人神色慌张地低着头，在路灯的映衬下，白皙的侧脸被覆上一层光晕。她垂着眼，本该是礼貌至极的姿态，他却从她不经意的微笑中看到几分嘲意。

女人有意地扮丑掩饰，却不妨碍他将记忆中的侧脸与之比对，丝毫无差。

谢权依旧喋喋不休："我就说她不是个省油的灯吧，不然怎么会那么熟悉我的行程？"

"闭嘴！"江吟轻斥道。

谢权一骇，小心翼翼地看了看他的神色，沉默了。

车厢里安静至极，直到泊好车，江吟推门躬身而下，谢权忙唤住他："哥，我不是有意诋毁那位袁小姐的，最近你们逼我逼得太紧，我真的不想那么早成家。"

江吟的背影微顿，瞬间又恢复一贯的冷静自持："不是每一个穿工装、脸上有雀斑的女士都是袁小姐。"

谢权："什么？"

"你认错了。"他淡淡道，"那位女士姓姜，不姓袁。"

经过南厢，透过玻璃门能看清里面的景象，正对门的是副主任，只着白衬衫的女人执着酒杯漫不经心地冲客人微笑。

江吟顿住步子，略抬起下颌问身旁的经理："里面坐的是什么人？"

经理拿出平板查了预约的记录："是外翻部的。"

他挥了挥手让经理离开，自己站在走廊这端，宫廷吊灯暗下又亮起，他仍旧没有移开视线。

她好像喝多了，眉眼不经意垂下，平时习惯冷着的表情此刻多了几分勾人的娇软。头发绾起，露出一截白皙的脖颈，与之一对比，她脸上的酡红格外明显。木椅与地面摩擦发出刺耳的响声，打断了江吟绵长的思绪。

女人突然站起，薄唇抿成一道紧绷的线，觉察到自己情绪外露过于明显后匆匆敛起沾染冷意的眉目，随即转身往包厢大门走去。

江吟伸手关上走廊上的灯，光线霎时暗下去，突如其来的黑暗让刚出包厢的女人仿若背后受敌般顿在那。

"见鬼。"她嘀咕了一句，硬着头皮离开包厢。

八百关的走廊地方小，江吟甚至能闻到她从自己身边经过时，身上那股若有似无的沐浴露清香，与残留在记忆中的痕迹巧妙地重合起来。

其实他一直知道，姜皑是多么长情的一个人，用惯一种东西，便不会轻易再换新的。只是，这种长情，她从来都吝啬施舍于人。

面对突如其来的黑暗，她显得手足无措，于是请他帮忙，带她去卫生间。

江吟紧抿的薄唇有了一丝松懈，强撑的理智告诉他，不能像四年前那般心软。因此他毫不留情地打破了姜皑最后残存的念想："不行。"

对方眉头松动，声音淡了几分："抱歉，为难你了。"

江吟背对她离去的方向，抽出一支烟，忽然想起这里是禁烟区，又将烟收回到烟盒里。他眼睑微微一颤，不由自主地望向她，女人纤瘦的背影与黑暗融为一体，空间内只有她不小心踩空时传来的低声抽气。

须臾，江吟收回视线，闭上眼，又睁开，眼中像是藏着凛冽的冰刃，他手上的力道增大，青筋凸现。

这四年她过得不好，他几乎可以断论。他刚才几乎要脱口而出——为什么不早点回来呢，或者，为什么要离开？

仅仅是这么一句话而已，他迟疑了，错过最佳问出口的时机，甚至编造出"修理工"这么一个空穴来风的身份。

江吟突然想知道，她看到自己时会是怎样的表情。于是他迈开步子，跟了上去。但他发现当自己出现在姜皑面前时，他根本无法形容她抬头时的神色，或者说是他的突然出现让她猝不及防，以至于没能及时挂上她以往那套冷漠的伪装。

她静静地站在那，低眉顺眼，脸颊处有几颗被洗掉色的痣，水珠顺着鼻尖滴下来，滑过紧抿的唇瓣，隐没于衣襟。没有大学时期的盛气凌人，磨平往昔的浑身棱角，变得内敛安静，有种陌生感扑面而来。

江吟收回视线，将手中的手帕搁到琉璃台上。离开前不忘交代：

"在我国法律上，受到的骚扰女性有权维护自己的利益。"

姜皑望着男人转身离去的背影若有所思，这世界真的那么巧？她随手拽下松掉的发箍，任及腰的长发垂下来，走到门口探出头观望了几秒，确定江吟真的离开后她才如释重负地松一口气，恰好揣在侧兜里的手机响起来。

"听完曲了？"是尹夏知。

姜皑用手抹掉滑落至下巴处的水渍，犹豫了几秒才答："我刚刚碰到江吟了。"

尹夏知顿了一下，宽慰她："都在S市，碰到很正常啊。"就是没想到那么快而已。

姜皑低低地应了一声："但他好像真的不认识我了。"

"这也正常，他为什么要认识你？"尹夏知不以为意。

尹夏知的语气淡淡的，继续刺激她："因为你是对他始乱终弃、卸磨杀驴的前女友，所以'你在我身旁，只打了个照面，九月的晴天就闪了电'？"

姜皑不吃这一套，随口问道："尹医生，这也是你治疗的方式之一吗？"

饭馆的打扫人员进来放入新的纸巾，顺便收拾垃圾，她闪开洗手台暂时站到走廊口。片刻，保洁员单手拿着工具出来，另一只手攥着江吟的那方手帕。

姜皑踌躇了几秒后，出声叫住她："不好意思，这手帕是我的。"不确定江吟会不会讨回去，就算不讨回去，她也不想欠他这个人情。

保洁员长期在这种高档场合工作，一来二去对各种名牌也混得眼熟。这手帕左下角的LOGO，市场价不下四位数，顶她几个月的工资了。

她上下打量了几眼姜皑，皱眉说："小姐，这是男士的手帕啊。"看起来是抵死不承认的节奏。

姜皑无意和她争执，寻了最稳妥且简洁的方式："这手帕是私人定制，LOGO上绣着我男朋友的名字，你自己看看。"

保洁员没料到她还有这一手，揪起绣有LOGO的那一隅朝光线明亮的地方装模作样地看了几眼："哎呀，我怎么没看见啊，这边哪有字了？"

姜皑拼命忍住自己的怒意，闭上眼，又睁开，目光带着锋芒："请您仔细看清楚。"

恰好戴着经理名牌的人经过，听到交谈声和身边的人说了句"稍等"，便抬脚走过来。

"请问发生什么事了？"

姜皑撇开眼，下巴微抬："我的手帕落在洗手台上了，但您的员工质疑手帕不是我的所有物。"

保洁员急忙辩解："这位小姐说左下角有她老公的名字，我眼睛不好使，没看见。"

经理从她手中接过手帕，LOGO处的确有两个字母：JY。

站在经理身旁的男人垂眸一看，忽然扬起眉："你说这块手帕是你什么人的？"

姜皑与他四目相对，被他漆黑的眸子攥住视线，稍微失神。

"男朋友。"不过是前任。

经理狐疑地看了眼身边的人："小谢总？"

谢权仍旧盯着姜皑，她静静地站在那，及腰的卷发略显凌乱，与他对视的那一瞬，睫毛不安地轻颤，于眼底投下一片潋滟光影。

"美女不会说谎，这手帕……"他拖长尾调，戏谑的意味十足，"一定是她'老公'的。"

姜皑牵起嘴角，皮笑肉不笑，她怎么听这人话里有话呢？

Chapter 2

喜欢，是清风朝露，脸颊红红

姜皑第一次见江吟，也是在九月份的 S 市。

夏末的气温比起盛夏有增无减。入夜，微风夹杂着几分凉意，却依旧缓解不了燥热难耐。

开学第一天，报到过程不是很愉快。宽阔的大学马路被私家车挤得水泄不通，姜皑好不容易从车流中脱身，又陷入无尽漫长的排队登记，折腾完已近日落黄昏。

学校提供的浴室在地下一层，南方姑娘不停地抱怨，长这么大还没洗过集体澡堂。不过矫情半刻后，水声便与嬉笑怒骂交织成一片。

姜皑洗完澡回到宿舍，其他三个人见她进来，自觉将笑声控制到最小。

百分之八十的人见到姜皑，都会自觉地将她划入到难以接近的那一类人中。她长得漂亮，有着北方人的高挑身材，南方水乡养出来的白嫩皮肤，放在阳光底下白到泛光。偏偏她性子冷，不爱笑，喜欢独来独往，让人感到难以接近。

外院的女生多，美女也多，姜皑站在报到的队伍里被新媒体的学长一眼看中，非要采访她的入学心得，好放到校网推送博取关注度。

姜皑淡声拒绝。

学长依旧不依不饶，从正午缠到黄昏："学妹，我看你一个人挺辛苦的……"

最后，她掀了掀眼帘，淡然的眉目添了几分愠怒，看人的目光也凉了下来，学长这才停住话语。

只听"砰"的一声，面无表情的姑娘长腿伸展，踹上他身侧的墙壁。姜皑的眼风凛冽，像是隆冬寒风刮过冰上的刺骨。

"别再跟着我，很烦。"如果没有这位的纠缠，她也不至于折腾到日落黄昏都不得安宁。

突然，传来敲门声，姜皑思绪一顿，舍友去开门。

"你们宿舍是不是有个叫姜皑的？楼下有人找。"女生往门内探了探头，离开前意味深长道，"是几个男生哦。"

室内寂静了片刻，舍友们看她的眼神多了几分深意。姜皑抽出吸水纸巾擦干头发，开门离去。

宿舍楼下仅开了一盏昏黄的路灯，暗淡的光线由高处落下，拉长路人的影子。姜皑出现在宿舍大厅，等在楼下的那几个人喊出声："姜同学。"

姜皑敛下眉目，快步走过去。

"是这样，我们是外院学生会文艺部的，军训后有个迎新晚会想请你当演员。"谈话之际，几个学长用审视的眼光打量她，的确够漂亮。

姜皑掀了掀薄薄的眼帘，依旧面无表情："抱歉，我没兴趣。"

言罢，她就要转身离开。然而几个学长不达目的不罢休，挡住她的路："学妹啊，想上台表演的人千千万，你不再考虑考虑？"

"麻烦，"她咬字清晰地念着这两个以表尊敬的字眼，"你们让一下。"

几个学长的脸色顿时一变，真没见过如此不识趣的女生。

姜皑走到大厅要刷门禁卡时，摸向口袋，才发现学生卡不翼而飞。她思来想去应该是刚才下台阶时不小心从薄衫的口袋里蹦出去了，于是脚尖一旋，她又走了回去。

隔着老远，姜皑就听到刚才那几个学长边走边吐槽。

"装什么装？穿那么短的裙子还装高冷。"

"指不定和几个人上过床。"

天边依稀存着未散去的火烧云，昏黄色的光线缓缓落下，照亮她由暗处过渡至明处的脸。

那张白色卡片被人恶意用脚踩过，表面蒙着一层刮花的灰。

姜皑弯腰捡起，缓步跟上他们。

一路行至四号男生宿舍楼，一路耐心听他们恶语连天。姜皑握紧垂至身侧的手，当听到他们嬉笑的讨论问候她父亲及全家时，她积攒在胸腔里的怒火霎时汹涌而出。

姜皑的目光落到身旁的垃圾桶上，她将所有的力气倾注到右脚，屏息踢出去。

"砰"的一声，半米高的垃圾桶飞起，径直砸上几个学长的脊背。

　　"谁不长眼……"说话最脏的那位学长转过身，却只看到一截白色的衣衫隐到树影里，他扶着腰叫嚷，"敢作不敢当的尿包，别让我抓到你！"

　　姜皑靠着树，树皮粗糙的触感透过薄纱质地的连衣裙传来，她舔了舔干涩的唇，活动了几下被震疼的脚，抬头准备离开时，却对上了一道隐晦不明的目光。

　　目光的主人靠着灯杆，背部微微弓起，幽深的眸子看不出情绪。

　　分管宿舍的老师赶来，因为有学生举报故意伤人。他起初还不信，但看到满地狼藉后，不得不信。

　　"谁干的？给我出来！"姜皑没躲，刚想硬着头皮承认，肩膀搭上一条手臂。她偏头，落入眼底的是微微蜷起的细长手指。

　　"别和我闹脾气了，嗯？"低沉微哑的声音从耳畔炸开，炸得她有点蒙。

　　身旁的路灯一闪一闪，明灭的光线勾勒出他侧脸深刻的轮廓。男生面容冷淡，即便是讨好的语气，他的嘴角也没有半分上扬的弧度。姜皑挣了挣他的手臂，却没能挣开。

　　老师气急败坏地问："你们看见是谁弄的垃圾桶了吗？"

　　男生摇头，神态清冷："没。"

　　姜皑回过神来，皱了下眉，想反驳他，但压住她的手臂警告性地加了几分力道。

　　"没，没有。"她被迫改口。

　　老师半信半疑地瞅了他们几眼，告诫道："太晚了，你们各回各的宿舍，别给我们学校抹黑。"

　　待老师离开，姜皑迫不及待地从他的臂弯中脱身。虽然他的手指自始至终没有碰到她分毫。她退开一步，抬眼看他，眼前的人比她高了半个头，光是身高就将她的气势碾压得分毫不剩。

　　"为什么帮我？"

　　"不是帮你。"他语气平淡，"是谢你。我看那几个人不爽，很久了。"

他这不疾不徐的语气，让姜皑胸腔中积攒的火气立刻消弥。她握紧垂在身侧的手，学他用一种漫不经心的口吻说："还是要谢谢你。"

面前的男生没理会她，吝啬到连回应都不说一句，挎上包绕过她，径直离开了。

他这是什么意思？！

Ａ大军训教官有正、副两个，主训教官是从服役军队里请来的，而副教官则是从本校的学长和学姐中选拔出来的。

外国语学院被分到一营。

姜皑在二连。她递交了外宿申请，但辅导员说军训期间不予批复，舍友们知道她要外出住宿，更是没打算和她搞好关系，明面上过得去就行，不必深交。

姜皑单独挎着马扎往规定的训练场地走，路过的人多是形影单只的，她轻轻抿了下唇，不自觉地加快脚步。

训练场地上已经有一队人站在那，全员穿着柳枝绿的军训服，望过去挺拔得像一排小杨树。

带头的人站在队伍外面，表情淡然，薄唇轻轻抿着，漆黑的瞳仁在阳光的照射下清澈明亮。路过的小女生纷纷回头看他，有会来事的学妹经过他们面前，笑嘻嘻地打招呼："学长们，辛苦了。"

在一片热络的招呼声中，姜皑目不斜视地从他们这群人身边走过，连眼皮都不抬一下。阴凉地已经被群集的女生占据，姜皑停在人群分散的地方，放下马扎用手遮住刺眼的阳光。

气温升到三十四摄氏度，再裹上这一套作训服，姜皑浑身开始冒汗。五分钟后，那群在烈日下站操的学长们解散了，三两成群地走到学生集合的训练地。

姜皑被晒得口干舌燥，她拿起放在脚边的矿泉水，拧开瓶盖。一抬头，她觉得哪里不对劲，放远视线，毫无征兆地与对面的人目光相撞。

那人站在台阶上，手里握着蓝色的水瓶，手指搭在瓶盖上逐渐用力，手背上的骨节越发分明清晰。他仰头灌了一口水，下颌微绷，侧脸线条利落迷人。

姜皑紧了一口气，把瓶盖又拧回去。

A大学生千千万，怎么那么巧，军训也能撞上目睹她踢垃圾桶暴力解决问题的人？

她再次掀起眼皮看了对面一眼。他毫不避让地和她对视，那眼神冷淡陌生，好像真的没有认出她。姜皑不动声色地收回目光，没认出来才正合她意。

哨声响起，大家闻声而动，立刻起身。对面的男人把水杯放到台阶上，边缘和台阶线相贴合。

强迫症，还挺严重的。男人走过来，按照规定检查并整改大家的仪容仪表。姜皑站在最后，舔了舔干涩的唇。前面的一个女同学衣襟没弄好，半边领子皱巴巴的，他站到女同学面前，表情看起来有些不耐烦："领子。"

女同学反应过来是说自己，连忙上手整理。轮到姜皑，她比眼前的人矮半头，视线垂落刚好落到他别在胸口处的铭牌上，上面工工整整书着两个字：江吟。

江吟垂眸，目光依次滑过她的衣领和腰带，以及脚踝处的系结，最后在姜皑要松一口气的时候，他淡声说："手伸出来。"

姜皑犹豫了一会儿，故意掐细嗓音回应他："女孩子的手是不能随便看的。"

江吟突然无语。

姜皑歪着头，表情颇为委屈，她把手完完全全背到身后，蹙眉观察着江吟的表情，他漆黑的眼眸里映出她的身影，小小的，稍显模糊。江吟薄唇又抿起来，也不急，静静地站在她面前。

姜皑觉得他很有可能把自己单独拉出来站一整天的军姿。于是吞了吞口水，垂下头："算了，你想看就看吧。"

姜皑的手指细而长，白皙的肌肤在阳光的映衬下显得白玉无瑕。只不过，指甲上染着精致的花纹，底色是艳丽的红。

江吟看她的眼神又冷了几度："没有看到群里的通知吗？"

姜皑诚实地摇摇头："没有。"

江吟眉心一跳："你跟我来。"

他带姜皑穿过半个训练场到二营，旁边是他们大二的宿舍楼。新校区建成没几年，每栋楼的外表都是崭新的。楼下搭着临时工作的棚子，江吟快步走进去和穿军训服的女生交谈，姜皑站在外面等他。

五分钟后江吟回来了，手里拿着一瓶液体状的东西。他将瓶子递到姜皑面前，她垂眸看了两眼，是卸甲水。

江吟言简意赅地说："弄干净。"

姜皑撇撇嘴，这烤上的指甲只用卸甲水根本清理不掉。她瞅了他一眼，决定不打报告了。蹲在绿化带旁边的平地上打开洗甲水的盖子，发现缺了点什么，又抬起头问："学长，你有纸巾吗？"

姜皑蹲在那里，仰望着江吟，好看的桃花眼中氤氲了一层若有似无的水雾，被阳光晒着的脸颊也是红的。

江吟和她对上视线，嘴角有些垮："你跟我来。"

姜皑揉了揉发麻的小腿，起身小步跟上他。棚子里一共有五个人，全是学姐，见江吟领着一个女生进来，不由面面相觑。

江吟递给她一包没开封的纸巾："这种可以吗？"

"我试试吧。"姜皑抽出一张纸巾，把卸甲水倒在上面，按在另一只手的指甲上。摩擦了几下，她掀开湿润的纸巾，指甲上的颜色一点也没有脱落。

气氛有一瞬间的尴尬。

江吟靠在桌沿上，左腿微微曲起，他一只手随意垂着，另一只搭在膝盖骨上敲了敲，偏头盯着远处，不知道在想什么。

姜皑的目光落到他的手上，他的手指指甲修剪整齐，尾端有半扇月牙，颜色呈现出健康的粉红色。

她轻轻抿了下嘴唇，低下头继续和指甲作斗争。

半晌，江吟移过来视线，声音压得很低："清理不掉？"

姜皑咬了咬嘴唇，迟疑地点点头。

棚子里的学姐走过来，对姜皑笑了一下："你不早说是烤上的，我这里有打磨条。"

这个笑容不是很友好。姜皑根据她与人交往多年的经验判断，这个学姐喜欢江吟，但碍于面子怕被拒绝不敢说。自从江吟出现在棚子里，她的目光便有意无意地瞥过来，其他人根本没有注意到他们这边的情况，她却了解得清清楚楚。

姜皑和她对视几秒，先别开视线："麻烦学姐了。"

学生会为了防止军训出岔子，准备得一应俱全，但打磨条这种东西谁都想不起来准备。

学姐的宿舍在对面，来回五分钟，她回来时手里多了两瓶水，她将左手里的那瓶水递给姜皑，然后走到江吟身边，小心翼翼地问："江吟，你喝水吗？"

两瓶水是不一样的，递给江吟的那瓶是纯净水。学姐含羞带怯："我看你一直喝这种水。"

江吟礼貌地笑了笑，但笑意不达眼底，最后拒绝了。

姜皑正和自己的指甲较劲，可能是力气小，磨了三下才脱落一点。江吟走过来微微俯身，为了看清她的成果，他靠得很近，近到能让姜皑数清他长而浓密的睫毛，近到他清浅的呼吸铺落下来她都能感知到。

姜皑下意识缩了下肩膀，没忍住往后退了一步。她屁股底下坐着的凳子不稳，险些摔倒。

江吟眼疾手快地拉住她的胳膊："你慌什么？"

他定定地凝视她，鸦羽般的睫毛耷落下来，半掩住像藏着冬雪的眼瞳，清澈透亮，又冰冷阴郁。

"抱歉。"姜皑拾起掉落在地上的纸巾，站起来，神情局促不安。

江吟敛下眉，狭长的眸中阴郁散尽，只剩淡淡的无奈。他转身搬了一把椅子过来，坐下冲她招了招手："我帮你。"

姜皑一时没反应过来："什么？"

江吟重新拿出一张纸巾沾上卸甲油，虽然不熟悉怎么操作，但秉承着实践出真知的理念，他准备实验一番。

"学长，你真的行吗？"她不是很相信他的技术。

江吟坐在看起来就比她刚才那把舒服的椅子上，长腿优雅地交叠在一起，听到她的质疑声，他微微眯起眼："没试过，你怎么知道我不行？"

"呃……"这话真是让人想入非非。

姜皑眨眨眼，慢吞吞地走过去，坐在刚才的椅子上，比江吟矮了一大截。

江吟微凉的手指轻轻攥住她最后一截指骨，上半身往前倾了倾，开始重复姜皑做过的那套操作。纸巾垂下来的一角缠绕着她指腹，微微发痒，姜皑小幅度动了下被他握住的手指。

江吟没抬头，但手中的动作停下来了，低沉的声音随后传来："我弄疼你了？"

江吟坐在椅子上，比姜皑高了一个头。此刻他前倾身子，额前被打得极碎的刘海垂下来遮住英挺的眉，背后淡薄的光线擦亮他侧脸轮廓，一双眼睛在暗色中显得尤为清亮。

姜皑努力控制住起伏不定的情绪，弯唇笑了笑，试图以此来掩饰自己内心深处的不安。

江吟端着审视的目光打量了她几秒："为什么不看群消息？"

姜皑牵动嘴角保持微笑，故作轻松道："没加群。"

江吟手中的动作顿了一下，漫不经心地问："被孤立了？"

她嘴角的笑意僵住，目光略沉："没有。"

"那怎么总是一个人？"他的话语毫无波澜，"前天是，今天也是。"

"还没交到新朋友。"姜皑面部线条绷得有些紧，声音低而缓，少了起初故意掐细的尖锐和娇软。

江吟目光沉着，薄唇微动："不装了，嗓子难受吗？"

姜皑没说话，抿唇谨慎地看着他。

"当时踢垃圾桶时的胆量呢？"江吟说到一半，手中的动作停住了，"以为换个声音我就认不出来了？"

他低下下颌，嘴角微微弯起："你当我傻呢？"

可不就希望你傻吗？姜皑一言难尽地看着他，长睫小扇子似的扑闪着。

她伸出那只自由的手轻轻拍了几下他肩膀处的肩章，像是抖落尘埃的力道，细声细气地说："江学长，你不傻，精明着呢。军训期间拜托你多多照料了，千万别搞特殊对待呀。"

中途她看了一下他的表情，继续道："毕竟，学长也是一个人哦。"

两句话，铿锵有力，几个字眼咬得很重：精明、特殊对待、一个人。

江吟听完，表情未变，甚至连睫毛都没有颤一下，他松开攥着的手指："那只手。"

姜皑略怔，懊恼地垂下眉眼。他为什么可以把情绪控制得如此平静？刚刚她那番挑衅的话语，落到谁的耳朵里都会刺痛一下。

"难道学长想和我这种人交朋友？"姜皑的尾音拖得很长，夹杂着些许烦躁，咬字很重，听起来戾气满满。

她这种人，脾气不好，极端偏执，爱钻牛角尖。人际关系冷漠是事实，不敢尝试交往也是事实，所以她没有朋友。

就在姜皑以为他会忽略她时，江吟缓缓抬起头，嘴角的弧度逐渐扩大，不疾不徐地吐出两个字："好啊。"

在这所名为"大学"的小社会里，如果太过显眼，就会有人背地诋毁说坏话。枪打出头鸟，谁都知道，一旦这样的舆论开始发酵，便再也无法控制住。

然而，这些不成文的条例，好像根本影响不到眼前的这个人。

Chapter 3

见过千万人，却无人像你

▼

夏末秋初，身上被热气严严实实地包裹住，加上不透风的军训服布料，站在烈日当头下，连呼吸都困难。姜皑难耐地眨了下眼，有汗珠顺着额头滚到眼眶里，疼得她直接眯起眼来。

站军姿十五分钟，如今才过去一半。眼眶中的酸涩感好不容易消解，她睁开眼，用指腹摩擦着其他手指甲盖。作训鞋底子硬，硌得脚疼。帽子太大，遮住视线，她什么也看不见。

姜皑自认为自己不会有这些矫情的事，结果刚站第一轮军姿，浑身上下的不适感狠狠地打了她一个响亮的耳光。

突然，她的面前掩下一片阴影。

江吟走到她跟前："帽子整理好。"

姜皑用手指托了下帽檐，看到他面无表情的脸，她放下手，帽檐又垂落回到原来的位置。

在他下达新指令前，姜皑没擅自乱动。

连长是个和他们同龄的兵，十八岁，不如江吟给人的威慑足，而且连长实行放养政策，前两天先让这些小崽子们知道他的好，过两天程度加强，不至于让他们骂他。

他瞧见一众小姑娘的眼神都跟着江吟跑了，咧开嘴佯装生气地骂了一声："都看啥呢啊？"

队伍里有人笑出声，黏在江吟身上的视线更肆无忌惮。姜皑感知到众人投射过来的目光，心中蔓延出一股躁意。

江吟转头凉凉地瞥了他们一眼："谁想加时？"

说完，没人敢吭声，连长挑眉，蹲在地上数秒。

江吟又看向面前的姜皑："帽子尺寸不合适？"

姜皑点点头："有点松。"

他停顿片刻："摘下来我看看。"

姜皑依言，把马尾从帽扣里掏出来。帽子摘下来的那刻，她感受到有一股热气顺着头发蒸腾。

帽扣卡到最后面，不能再紧了。江吟抬眸，漆黑的眼瞳中浮现出她缩小的影子："你等一会儿。"

这一等，临到下午解散，他都没回来。姜皑没别的事，就站在原地等他。

五分钟后，江吟逆着人流走到她跟前，修长的手指搭住帽扣："连长又放你们早回去了？"

他的声音习惯性压得很低，声线冷而清冽，像朗姆酒，姜皑第一次听到时就这样想。她眨眨眼，想起身边那姑娘这么形容他的：春日冰融时的晚风。

暖而不刺骨，冷而不骄矜。中华文化博大精深，饶是再多给她一个脑子，她也想不出这样的形容词。

姜皑的语气格外认真："江学长，如果你能多笑笑，她们应该会很听你的话。"

江吟睨她一眼，对上她清亮的眸子，突然移不开眼。四目相对之际，姜皑没弄清他直勾勾地看自己的眼神里有什么含义。

江吟伸手，直接把帽子扣到她头上："小一码的。"

姜皑下意识往后退了一步，用指腹轻轻摩擦着帽檐边缘，最后支起帽檐，抬眼瞅他："江学长，你是真把我当朋友了？"

"嗯？"

"不然你为什么要帮我？"

江吟抿了一下嘴唇，转身就走，看都不看她一眼。仿佛这只是一件任务，只要任务完成了，便没有什么让他可留恋的。

姜皑翻了个白眼，好吧，她自作多情了。

江吟朝一餐厅走，姜皑亦步亦趋地跟上，他腿长步子大，到最后她只能小步快跑到他身边："现在去也只有残羹剩饭，你太低估我们大一新生的实力了。"

江吟停住，不紧不慢地侧身，双手抄在兜里，眉眼间有股懒散劲。

"不是被孤立了吗？我教你怎么受欢迎。"他顿了顿，又说，"今天晚上七点钟，级部负责人会突击检查内务。"

姜皑福至心灵："你是要我告诉别人，笼络人心？"

江吟笑了笑："随你怎么理解。"

"我偏不想这样。"她歪了歪头，嘴角的笑意纯良无害，"查到不合格就扣分，我为什么要告诉他们？"

兜里的手机嗡嗡作响，江吟回神："我还有别的事，你回宿舍吧。"

姜皑挑眉，不多问，还有几步就到宿舍楼，她后知后觉地发现，他其实不是要去餐厅吃饭，而是送她回宿舍。她走出三步，又转身冲他摆摆手："江吟，谢谢你。"

江吟卷起舌尖顶住上颚，这姑娘，连最基本的敬称都一并省了。

回到宿舍，其他三个人都已经洗完澡躺到床上，看见姜皑进来，她们的面色有几分不自然。

首先是舍长，她没把姜皑拉入班级群，甚至以不知道她联系方式为由告知班长，最后直接导致姜皑没有收到军训守则，被拉出列整理仪表。剩下的两个人，一个性格卑怯，一个随大流。

姜皑关上门，大致扫了一眼她们的一亩三分地。默默从心底估算着，这分，得扣狠了吧？随后走到自己床位前，抚平床单上的褶皱，搬来马扎坐到床边，舍友们对她的行为感到不解。

正常人不应该回来就躺尸吗，怎么还有闲工夫把床铺整理好？对床姑娘怯怯地问："姜皑，你怎么不躺一会儿休息休息？"

"我不累，而且辅导员也没说晚上休整。"

"哦。"

七点钟，宿舍楼层响起异动，不少人探头出去观望，瞧见辅导员领着一队卫生自律部的学姐们挨个宿舍拍照。

突击检查搞得人心惶惶，舍长得知消息开始领头收拾卫生。奈何床铺倒腾太乱，以至于辅导员进来时，三个人神色慌张，手忙脚乱。

　　姜皑跷着腿坐在椅子上，看到她们进来，没什么反应，垂头继续玩手机。辅导员皱眉，学姐们立刻看眼色行事，掏出手机拍好照片，然后到下一个宿舍检查。

　　舍长扔掉手里的东西："坏了，刚刚辅导员那脸色黑成铁了。"

　　S大重视内务整理，每次分数计入综合评定。扣分到85以下的，舍长要到办公室喝茶。

　　姜皑躺回床上，正准备闭上眼休息。舍长突然发声，语气不是很好："你知道会检查是不是？"

　　对床姑娘拉了下她的衣袖："欣欣姐，你别这样。"

　　舍长不服气，脸上的恼意十分明显："都是一个宿舍的，她为了自己好，凭什么这样做？"

　　姜皑懒洋洋地侧过头，意味深长道："你也知道都是一个宿舍的？"

　　"我……"她心虚地撇过头，瞬间明白她话里的意思，"没有及时通知你消息是我的问题，对不起。"

　　姜皑随口一应，算是承下她的道歉。反正她没打算在宿舍常住，只要院里把外宿通知批下来，她马上卷铺盖离开。今天闹这么一出，的确是看这位舍长不爽。既然她让自己不爽了，她凭什么要让她好过？

　　姜皑翻身朝里，拼命压制住心中的不适。她厌烦这种群居生活，所有人的生活轨迹交织在一起，甚至连个人情绪都息息相关。

　　暴躁因子涌动。

　　姜皑已经好久没有这种感觉了，仿佛有一双柔软的手紧紧地裹住不停跳动的心脏，让她喘息艰难，每一口呼吸都像从胸腔中挤出一样。

　　姜皑躺不下去了，甚至觉得再躺下去，就有在床上了结此生的荒唐想法。

　　在外面待到九点半，教官连的哨声响起。姜皑咬着奶茶吸管蹲在大路口，瞧见解散的人走出来，眯起眼寻找江吟的身影。

　　猝不及防的，身后传来熟悉的声音。

"你怎么在这？"吓得她腾地站起来。

军训后遗症。姜皑后知后觉地发现自己反应太过剧烈，僵住的嘴角颤了："我来看看你。"

江吟冷淡地睨她一眼，凛冽的眼风冻得姜皑一抖，马上改口："谢谢你？"

还不对？

姜皑抿下嘴角瞅他："单纯想见见你？"

有人大大咧咧地搂住江吟的肩膀，凑出头："哟，我说你怎么跑得那么快，原来是来这边找小学妹啊。"

姜皑身上穿着作训服，又是荣登外院院花第一把交椅的热门人物，稍微关注学校论坛的人都认得出来。

江吟抖落他不规矩的爪子："不是让你去点名吗？"

"我要是乖乖去了，还能看见这么不可思议的一幕？"

姜皑问："怎么不可思议了？"

"你们江学长，从来不会和女生面对面交谈超过一分钟。"他夸张地伸出一根手指晃了晃。

江吟牙关咬合住，后槽牙摩擦，连带着立体的下颌线微动，脸部轮廓隐在夜色中有种莫名的性感。姜皑舔了下嘴角，心底盘算了一会儿。

江吟面无表情，对那位学长说："九点四十分表格交不到活动中心，你准备明天早上出早操四十个俯卧撑。"

学长捂着心口，撂下一句话后飘走："江学长，你太狠了！"

耳根子终于清净了，江吟揉了揉发胀的额角："找我有事？"

姜皑直勾勾地盯着他的眼睛，认真地说："江学长，你看我超过三分钟了。"

面前的姑娘眉梢扬起，清亮的眸子里像浸着一汪月色，嘴角的弧度张扬又得意，江吟很难看懂她。

明明初次见面时，她浑身倒刺竖起如刺猬，神情冷淡又拒人千里。这会儿却巧笑倩兮地站在他面前，话语讨好试探，顺着他给的杆子往上爬，一点都不顾忌旁人的眼光，简直是个矛盾体。

江吟沉默了一会后说："女生宿舍几点查寝？"

姜皑轻易就听懂了他话里的意思，她在这边蹲守半个小时，一句话就能轻易打发她回宿舍？想得太美。

"明天还要训练，早点回去休息吧。"江吟绕过她准备离开，没走出几步就被身后的姑娘拉住作训服的腰带。

姜皑手指扣住他的腰带内侧，指腹轻轻摩挲了几下粗糙的布料，须臾，又煞有介事地加重几分力道。江吟掀了掀眼皮，喉结隐在阴影中滚动几下："别闹，松开。"

姜皑抿下嘴角，神情颇为严肃："学长，这月黑风高，我一个小姑娘回去不安全。"

江吟闻言，拿清凉的视线上下打量她，把玩着她话中突兀的字眼，慢条斯理地重复了一遍："小姑娘？"

姜皑知道他是在反讽自己，都敢拿脚踢垃圾桶算什么小姑娘，但她仍面不改色地点点头："我上个月才满十八岁。"

江吟不疑有他："已经满十八岁，是个成年人，该对自己的行为负责了。"

姜皑一噎，反口否认："不对，我永远活在十八岁前夜。"

若放到往常，其他女生死缠烂打，他一句客客气气的礼貌话就能劝退好多人。到姜皑这里，所有的方法却全部失效。他甚至不知道该怎么和她相处，起初只是觉得，他们是两个不同性质的同类人，擅长消磨孤独，虽然到现在他依旧这样认为。

江吟眉眼间没有半分不耐："我送你回去。"

姜皑嘴角翘起，眉眼间的冷意尽数融掉："谢谢学长。"

他掩下眼帘，语气淡然："现在可以松开了？"

姜皑不动，屈起的手指保持原状，垂眸笑了下："学长，你腰挺细的。"

作训服腰带这么一扣，紧紧勾勒出他细长的腰线，单是靠腰部的力气就能抵住她手上的力道，看来平时的运动量不可小觑。

腰对一个男人的重要程度，无异于女生们对胸部尺寸的执着。江吟眉梢抽动："鉴赏完了？"

姜皑松开手，嘀咕了句："就是不知道摸起来是什么感觉。"

江吟的眉梢抽动得更厉害了，他压住起伏的声线："走吧。"

回宿舍楼途中，两个人都没有主动开口说话，姜皑踩着他的影子慢吞吞地走，有个疑问一直憋在心里，堵得慌，想问，却不知道如何开口。

到宿舍楼下，开学不过半周，已经有不少暑假勾搭上的情侣抱成团亲得难舍难分。姜皑扒了扒头发，看向面前的人，有点尴尬。江吟对此见怪不怪，双手抄在裤兜里，下颌扬起："进去吧。"

"学长，你难道不想问问我为什么会踢垃圾桶吗？"姜皑说这句话时，表情认真，没有一点玩笑的成分。

江吟心思微动，手臂抬起搭在栏杆上，语气颇为云淡风轻："为什么要问？"

姜皑眨眨眼，她料到这种回答了，他们又不是多好的关系，只不过是普通得再普通不过的校友。她轻扯了下嘴角，笑容有些自嘲："也是。"

说完，她耷拉下脑袋，转身朝宿舍里面走。她的背影被昏黄色的光线拉得很长，尾端锋利，就像她现在竖起满身的刺给人的感觉。

"姜皑。"江吟出声叫住她。他直起身，一向冷淡的语气终于有了波澜，"每个人都有控制不住情绪的时候，你只不过是比正常人剧烈一点而已。"

姜皑的脚步霎时顿住，江吟说的这句话不停地回荡在她的脑海中，将她捋好的思绪搅得一团乱。他把她的这种病态宣泄，看作正常人也会有的行为方式。姜皑垂至身侧的手握成拳，心中那块窟窿开始奇异地聚合。

军训过去一大半，剩下的时间除了准备检阅仪式和军体拳，训练内容还增加了匍匐前进和卧倒等对女生不是很友好的非常规性动作。

连长教完分解动作，喊口号让大家分步训练。江吟今天上午有课，没来跟训。大家的懒散劲上来了，随哨声练了好多遍都不达标，最后连长没有耐心了，到隔壁连队找好哥们儿来教。

隔壁连长是出名的辣手摧花，被人戏称为"炸药包"。

队伍里传来不小的哄闹声，身边的姑娘怨念："副教官怎么还不来啊？我们马上就要被摧残死了。"

有人跟着附和："现在才知道学长多么温柔。"

姜皑听着姑娘掐细的声音心底硌硬，侧目看了她一眼。没想到对方也在看她，四目相对，那女生先别开视线，自觉噤声。姜皑郁闷，她有那么吓人？

"炸药包"摇着口哨走过来："今天你们副连长不在，就集体撒泼了？"

队里静悄悄的，不少人偷偷拿白眼剜他。两三个姑娘翻白眼的技术不到家，被他抓住，于是逮住机会开始奚落："看我也没用，现在哪个队不知道二连训练最轻松，副连长人帅又会怜香惜玉，别人可羡慕着呢。"

这话名义上是埋汰她们，实际上锋芒都对准了江吟，落到耳朵里很不舒服。姜皑小声哼了句："怪谁呢？"

"炸药包"突然拔高音量："别给我和蚊子哼哼似的，不服就大声说。"

姜皑沉了一口气："我说，江副教官长得比你好看，怪谁呢？"

话落，空气中死一般的寂静。蝉鸣胶着着夏末的余温，柏油马路升腾起来的雾气有股刺鼻的味道。

"炸药包"的脸色很难看："你，出列。"

姜皑走出队伍，几步上前走到他面前。她个子高，气场足，仅一个抬眸就有冷飕飕的眼风袭来。

"炸药包"看了她一眼："知道在部队里多说一句话有什么后果吗？"

姜皑脚尖抵住台阶边沿，伸手支起帽檐，清亮漆黑的眼瞳凝视着他。"炸药包"伸出又粗又短的手指头："你会被揍得很惨，不会管你是男是女，长得好看还是丑，就因为你多说一句话。"

姜皑听倦了，煞有介事地点点头："你说得很对。"

"炸药包"拔高音调："在部队里，只能服从，你懂不懂？"

姜皑懒洋洋地掀起眼帘："知道在社会上惹人不爽有什么后果吗？"

"炸药包"猝不及防地被她的问题噎住。他一当兵的，年纪不过比她们大一两岁，整天待在部队里，还要恪守纲纪，哪有机会体验社会上的事。

姜皑睨他："我既然敢站出来，肯定有全身而退的方法，而你不行。我是学生，你是军人，事情传扬出去，对谁的损失大，我们彼此心里都清楚。"

她话搁这，所有人都听着，"炸药包"也不敢多为难。警告两句便放她回去，带队到操场练习匍匐前进。

隔壁连是男生队，平常被"炸药包"训得不敢多说话。如今瞧见姜皑淡定又无畏的形象，一个个差点把她供到神龛里当神。

"炸药包"演示了一遍分解动作，不过速度太快，大家没看清楚。他不耐烦道："隔壁男生都能看清楚，你们看不清楚？"

言罢，招手找人上前示范。姜皑心里一咯噔，果不其然，预感成真。

"炸药包"指了指她，粗哑的嗓音喊道："你过来。"

现在是作训时间，他一没故意为难，二没有偏离军训内容。姜皑轻轻地磨了磨牙，还真和她玩阴的。好在她记性不错，听他的口号开始动作，当趴下后，她头皮发麻，开始往前移动。三步外，有散乱的玻璃碴子。

姜皑顿了顿，就听到身后粗哑的男声继续说着："没有停，继续！"

他想让她主动示弱，故意选择有碎玻璃的地方。姜皑卷起舌尖顶住上颚，回头看他一眼，眼神冷而傲，不再多想抬起胳膊压到碎片上。尖锐的刺痛感霎时透过神经末梢传来，她只是皱了一下眉头，贝齿紧紧咬住下唇。

"炸药包"一愣，没想到她性格那么拗，口号声停住。姜皑又按频率朝前动了三步，最后拔高音量问："报告，还要继续示范吗？"

他不说话了，寂静许久才说："归队。"

作训服有内外两件，胳膊碰到玻璃碴那里只有一层布料。姜皑清晰地感觉到尖锐的棱角划破皮肤，现在有温热的液体顺着小臂沾染到外套上。她捏了捏指腹，局促半晌才举手打报告。

"炸药包"正单独教训，连长从树荫底下过来："怎么了？"

"受伤了。"姜皑挽起衣袖，露出一寸长的划痕："伤口有点深，需要包扎。"

连长凝眉，想找个人陪她去，结果被打断。姜皑面无表情，撸下衣袖遮住伤口："我自己去。"

江吟上完专业课，回宿舍换好衣服，准备离开时，舍友提着饭菜回来："江吟，你们连有个小姑娘受伤了。"

他抬了抬眉，不是很在意："送去医务室了？"

舍友唏嘘不已，差点拿看渣男的眼神剜他："你怎么能那么冷静？我可听说那姑娘是为了维护你的名誉和那东北哥们儿抬杠，最后不认输，被东北大炮给收拾了。"

江吟抖落作训服上的灰尘，终于提起了几分认真劲："叫什么名字？"

"就那外院的，姜皑。"

舍友掀开保鲜膜盖子，还想说什么，却见江吟套上作训服离开寝室。他扯着嗓子喊："这不到晚训时间，你干什么去啊？"

江吟脚步顿住，舒展开的眉心复又拧起："我要是晚到，你帮忙盯着二连。"

"炸药包"脾气不好，又因为训练进度跟不上，总是挨骂。他们队长偏偏拿二连和他对比，他趁机撒气也不是不可能。舍友比个手势："OK，您放心。"

这个时段，校医院排队的人多，姜皑在走廊的排队区等，手臂上的创口已经停止流血。她撸了一下袖子，长腿舒展搭在一块，翻出手机玩小游戏。没玩到一半，手机突然长翅膀似的飞起来，姜皑眨眨眼，才看清拿住它两侧的修长手指。

再往上，是江吟的脸，他的神情分不出喜怒，姜皑单纯觉得他紧绷起来的唇线有些性感。

"袖子挽起来，我看看。"

她下意识摇头，不想给他添麻烦。脑袋里瞬间想好说辞，今天的所作所为，单纯是看不惯"炸药包"的德行。

江吟叹了一口气，坐到她旁边："哪只手？"

姜皑坚持，话语执拗："已经包扎好了。"

他抬眼瞧她，那高冷孤绝的眼神似乎在说：你放屁。

迫于淫威，姜皑不情不愿地伸出左手。作训服的袖子被血染红一块，和布料原本的深绿色混杂在一起，实在太难看了。江吟放轻动作，把她作训服过长的袖子挽起，怕碰到伤口，他的神情格外谨慎。

姜皑稍吸一口气，他的动作立刻停住，皱眉问："碰到伤口了？"

她眨巴几下眼睛，实诚道："不是，看着你，我有点紧张。"

江吟依旧神情严峻，没说话。

袖子挽到手肘处，露出一寸长的伤口。边缘残留着细碎的玻璃碴子，看起来鲜血淋漓，不过伤在表皮，不深。江吟起身，准备去和里面的医生借工具，这么等不是办法。万一表层感染发炎，小姑娘家的，留下伤疤总是不好。

姜皑以为他要走，可怜兮兮抓住他："你真的是来看我一眼就走？"

江吟垂眸，目光落到她抓住衣角的左手上："你受伤，我有责任。没有处理好伤口前，我不会走。"

姜皑福至心灵，松开手，目送他一路走进旁边的诊室。

教官连教授过紧急处理方法，平常舍友跌打损伤，都是江吟处理，一来二去熟能生巧，他拿脱脂棉蘸着酒精给她消毒，其间面前的姑娘连眼睛都不眨一下。他忍不住问："不疼？"

姜皑摇摇头："还好，可以忍受。"面上云淡风轻，实在让人找不到撒谎的痕迹。

江吟语气淡淡的："这都可以忍受，为什么今天下午不能稍微忍一下？"他指的是"炸药包"那件事。

姜皑愣怔片刻，神色稍显不自然，话语有点孩子气："他说你。"

江吟停住手里的动作，微抬起下颌，一向凛冽的目光突然柔和了几分："他说我，所以你气不过？"

这话经他口说出来，变得缠绵悱恻，缱绻多情。姜皑咬了下舌尖，唤回飘飞的思绪，不说话，就拿清凉的眸子瞅他。

江吟给她缠好纱布："以后别拿自己的安全赌气。"

她溢出一个鼻音，声音闷闷的："嗯。"

江吟垂眸，看到她耷拉着毛茸茸的脑袋，像只受伤的小动物，没忍住抬起手，直到温热的掌心落到她发顶上。

彼此皆是一怔。

江吟轻咳两声，试图掩饰自己的失态："回去别碰水，发炎了会留疤。"

姜皑弯起眉眼，乖巧地用头蹭了蹭他的手心："谢谢你啊。"

姜皑拿到江吟的微信是军训会演当天，连长破例留下私人联系方式，反观一直要和后辈保持距离的副教官，江吟的作风是太高冷了些。最后迫不得已，他说了个微信号，队里的女生难掩雀跃，全部添加。

会演是连队绕操场一圈，经学校领导以及军队营长的考核，评选出军训连嘉奖以及表彰个人奖项。二连当选，奖状发到连长手里，队里的人商量，让连长把奖状带回去留念。可这些话没说完，教官们就要立刻乘车到下一个学校训练。

朝夕相处两周，临别依旧会有伤感的情绪。其他人都在合影，姜皑对这些不感兴趣，自己捧着手机准备回宿舍。

江吟的微信设置添加好友直接通过。头像是个卡通形象，朋友圈空空如也。姜皑随手翻了翻，撇撇嘴按灭屏幕，怕不是小号，不想被打扰私人生活，专门设个号加他们这些麻烦人。

她抬头看了看远处连绵的山，十四天的艰难日子，也没有想象中那么难熬。目光下落，看到树下站着的人。

江吟穿着作训服里面的短袖，腰带松松地挽在手腕上，他抬眼，和对面的人视线交织。姜皑和他对视，弯唇笑了一下，几步走到他跟前，上下打量他一眼："学长，你做人可不厚道啊。"

江吟脸上没什么表情，眼眸漆黑，闻言微微抿住唇："什么？"

"微信，是小号吧？"

江吟愣住，掩下眼帘，神情很淡："是。"

姜皑捏着手里已经空掉的塑料瓶，声音清脆，很能理解他："我猜对了。"

江吟手抄进兜里，脱掉规矩的作训服，换上平常的短袖，他们之间的距离又近了许多。现在只不过是学长和学妹的关系，没错，也最容易发生爱情的关系。

"对了，我们开始选课了，你们经院有什么选修课吗？"姜皑顿了顿，意味深长道："最好是大一和大二一起上的那种。"

江吟睨她，手抽出来，连带着手机，调出个人联系方式递给她，言简意赅："选课的时候可以联系我。"

姜皑低头，屏幕上的二维码是微信号，中间的头像与刚才的小号不同。她的语气听起来有点诧异："你这是要加我？"

江吟把手机转了个圈，正面朝她："工作号，不是私人号。"

姜皑还在为自己轻而易举要到联系方式而庆幸，乍然听到他这句话，整个人蔫了："你到底有多少个号啊？"

江吟低低笑出声："没多少。"

姜皑扫了扫二维码，个人资料蹦出来，突然网络异常，没能加载出他的头像。

教官连集合，江吟被队友叫走，还是前几天的那男生，露出讨喜的小虎牙揽住江吟的肩膀："学妹，我们要集合，江吟我就带走啦？"

姜皑点点头："带走吧。"

江吟揉了揉眉心，她话语中那股自然劲怎么那么明显呢？

走出姜皑视野范围内，小虎牙阴森森地笑道："'炸药包'有个内定的奖项，突然没了，是不是你搞的鬼？"

江吟装作听不懂皱起眉："什么？"

对方瞪大眼睛："你别给我装，'炸药包'是他们的班长，奖项肯定得看面子给他，我昨天瞧见江叔来接你去吃饭，指不定你嘴皮子一掀，说出什么话来……"

江吟侧目睨他："太聪明不是好事。"

小虎牙自觉噤声，不再提这件事，话锋一转到迎新晚会。

Chapter 4

无心风月，独钟情于你

A大每年一度的盛会，轮到他们这届学生会承办，压力不小。

学校周围有不少出租房，价格高低不一。姜皑找中介帮忙，最后敲定一间，下午房东来开门，她早到十五分钟，从小区的绿化区闲逛过去。

房东晚到十分钟，中介先找到她，一起在门口等。屋子在十二层，两室两厅，中介和姜皑闲谈："你们是几个人住？"

最近几年，大学生不习惯宿舍条例外宿并不罕见，他一周能接待三四位。不过外宿有外宿的隐患，男生还好，几个女生住在一块挺不安全。

姜皑淡淡地开口："我自己住。"

中介愕然，端详了她一会儿："两室两厅，会不会太大了？"

姜皑抬眼，声音中隐隐带着一丝不易察觉的不耐："不会。"

中介明显感知到她话中的情绪，不再自讨没趣，安静地站到一旁等房东。片刻后，一个中年女人气喘吁吁地从电梯里出来："不好意思，路上堵车。"

是电话里和她联系的声音没错了。姜皑微扬起下颌，让开道请她开门。

主卧朝阳，装潢偏西式，有一扇落地窗，视野不错。姜皑随意逛了逛，拉开客厅的窗帘，向外能看清A大的楼宇建筑。

房东走到她身边，热络地搭话："这间房子买下就没住过，挺干净的，不知道你满意吗？"

姜皑掩下眼帘，相比起来显得不那么热情："蛮好。"

房东喜笑颜开，她这房子租价比较高，靠着学校，没几个大学生能租得起，她好不容易遇到一个愿意租的，自然不想放过这个机会。

中介把拟好的合同递过来："你们两位看看，没什么问题就签字吧。"

姜皑掀开扉页，指腹轻轻摩擦着页脚，耐心地从合同的第一条往下看，她越是字斟句酌，中介越是难耐。他摸不清这姑娘的脾性，往常推销的话语到她这一个字都吐不出来。所有的精明算计，对她一概没用。

姜皑连眼都不抬一下，拾起桌面上的笔签好名。然后等房东签完，再收起她的那份合同。

晚上要到辅导员办公室签外宿协议，姜皑没多留，和房东道谢后就乘电梯离开。

A大迎新晚会开始招募主持人，文艺部部长想请新传学院的学长来主持，据说那位学长，已经拿到央视某个频道夜晚直播间的邀请，只要一毕业就可以上岗工作。

江吟颔首应允：“那女生呢，有人选了吗？”

“有的形象好，但气场压不住台面。”

江吟垂眸思忖，手指曲起，敲了敲桌面：“要不票选吧？”

文艺部部长：“万一选出来了，人家不想干呢？”

边上的人嬉笑道：“这种上台面的事，有谁不想干？”

“那就先票选吧。”江吟认真地想了想，上台面这种事，他还真认识一个不愿意干的，“愿不愿意，另说。”

既然是学校里的迎新晚会，每个院都会往上推人选，按例是选新生主持，这届的话题人物也就那么几个。

江吟回到宿舍，洗完澡出来，学校网站上已经放出投票栏。他点开链接，往下滑动界面，看到姜皑的名字时，手指一顿。

舍友抱着篮球进来：“女主持人还没选出来？”

说完，就要坐到床上，谁知正认真看数据的江吟支起腿，硬是撑住他下沉的臀。

江吟冷冷地瞥他一眼：“我说过多少次？”

舍友举手投降：“不换衣服不能坐你的床。”

文艺部部长发来消息："老大,我记了票,现在排名前两位的是新传的宋瑶和外院的姜皑。"

江吟看了一眼这句话,视线若有似无地定在后面的名字上,没多久收回:"那你去联系一下宋瑶。"

文艺部部长:"姜皑呢?"

江吟也不知怎的,对这个认识不过两周的姑娘有了充分的认识,她应该不喜欢这种抛头露面的事。

喜欢坐在最后一排,喜欢独来独往,对一切事情懒怠却有能力做得很好。即使故意隐匿自己的光芒,也会在不知不觉中吸引住别人的目光。他从未遇到过这样的人。

票选第一的是姜皑,当事人却兴致寥寥。虽然姜皑没有关注学校网站论坛,但走到街上仍时不时接收到四周投来的目光。

中午有个讲座,规定所有人要到场,她慢吞吞地走到报告厅,突然被告知讲座临时换了地方,因为迎新晚会要排练。姜皑刚要出去,经常和江吟走一起的那位有小虎牙的学长正巧从外面进来,两人打了一个照面,他问:"你是来找江吟的,还是来排练的?"

她眨眨眼,想说"都不是",却被打断,他轻笑道:"女 MC 选的是你吧?"

姜皑一脸发蒙,她不过是走错了地方,要到隔壁听讲座而已。

谈话间,江吟走进来,手里拿着一沓文件,都是各学院报上来的节目单,今晚遴选择优,确定最终名单。他看见姜皑,目光稍顿:"你怎么到这来了?"

姜皑抿下嘴角,神色有些尴尬:"讲座换了地方,我来错报告厅了。"

江吟颔首,跟身边的干事交代了接下来的事情,顺便打发走小虎牙学长,只剩下他们时才问姜皑:"有没有兴趣试试主持晚会?"

姜皑当即摇头:"我不适合。"

江吟垂下眼，察觉到她抵抗的情绪，他眉梢扬了扬："可是我听说，你在高中当过主持。"

　　对于抛头露面这种事，初高中的时候她是非常乐意的，欣然接受大家羡慕的目光和赞美。直到高三，她最后一次站到目光聚集的舞台，发现落到身上的视线，突然有种灼烧感。

　　这种难耐，让她站在那，所有的台词卡在嗓子眼里，一个字都吐不出。

　　后来，她能清晰地感知到自己的反常，情绪大起大落，变得躁动易怒。直到被医生诊断确认，她知道了一种名为"双相障碍"的精神疾病。

　　其实，也没什么大不了的，她想。

　　气氛冷场了几秒，捧着道具的工作人员焦急地撞开人群的缝隙跑到舞台，慌杂的脚步声，麦克调试的声音，一切，她都很熟悉。

　　姜皑点点头，坦然承认："之前喜欢，现在不喜欢了。"

　　江吟抬眸看她，眼神清亮又带着几分探究感："是吗？"

　　排练舞台上出了事故，有人不小心从台阶上摔落下来。台下围着一圈人，干事来叫江吟去看看。

　　临走前，他又用那双漆黑的眸子凝视她，似乎要透过她层层竖起的倒刺看清她内心深处的想法。姜皑被他的眼风冻得颤了颤，捏住指腹，生硬地说了句"再见"。

　　江吟突然拉住她的手腕："你等等。"

　　攥住她的手指修长有力，指尖微凉，沾染着秋季的凉意，已经找不到夏天的踪迹了。姜皑稍稍挣扎了下，没挣开，只好随着他的步子走到台前。

　　摔倒的是新传的宋瑶，她为了和学长搭配身高，穿十厘米的高跟鞋，下台时脚步没稳住，摔得有点狠。

　　小姑娘长得娇小，哭起来梨花带雨，惹人心疼。已经有人打电话给校医院，马上有医生到场。宋瑶哭得鼻尖通红："学长，我不是有意耽误排练进度的。"

江吟薄唇紧抿，微不可查地拧起眉。姜皑小幅度地动了动手腕，小声说："你好歹安慰一句啊。"

江吟不说话，宋瑶更委屈了。气氛一直僵持到校医院的医生过来，和宋瑶一起的同学把她扶到座位上，她白皙的脚踝肿起了一个包，非常刺眼。

江吟站在人群外围，神色淡淡，他松开她的手，低下头看手里的纸张。旁边一直有人在和他说话，他完全不搭理，周围有人窃窃私语："宋瑶这意思够明显了吧？可惜神女有心，襄王无梦啊。"

姜皑装作没听见，视线一瞥，瞧见江吟的眉头松开，转身走去后台，她不知道要不要跟上。须臾，她听到他说："过来。"

后台人不多，偶尔道具组来拿衣服，中途被打断的彩排又有序地开始进行。时间过得有些慢，姜皑坐到化妆镜前，突然的安静搞得她心慌不已。

江吟放下手中的东西，用手肘抵住桌面，修长的手指撑着漂亮的下颌："是不是想说我不近人情？"

她"啊"了一声："没有啊。"

宋瑶肯定不能上台，后天晚上正式排练，根本没时间再找临时替补的人。姜皑以为他在发愁这个事情，轻轻咬了下舌尖，漫不经心地说："如果你实在找不到人，我可以试试。"

她说话时，手捏成拳，骨节泛白，不知道在紧张什么，之前又不是没做过。

下一秒，江吟用高深莫测的眼神看向她："你确定？"

姜皑一噎，眼睛不自觉睁大，顶灯洒下一点光，落到她的眸底，深深浅浅像一汪清泉。

"就当是谢礼。"

姜皑收到江吟发来的主持词，需要她念的地方全用红字标注出来，她仔细看完一遍，有种挖坑自己跳的悔意。

第二天下午彩排，姜皑坐在最后一排闭着眼回忆串词，中间有一段卡壳，她睁开眼看了一遍主持词后，又苦恼地耷拉下眼帘。

和她搭词的学长架子大，出场晚，自从彩排开始，就一直没露脸。毕竟术业有专攻，这种小场面，人家不 Care（在意）。

姜皑收回注意力，默默地背完一遍串词。文艺部部长找她要了三围，礼服要修改，姜皑接过笔从纸上一一写完递回去。

对面的男人神色略古怪，却说不出哪怪。他走后，姜皑觉得串词有处地方需要修改，紧跟在他身后到后台。

文艺部部长没注意到身后，一踏进后台扬声道："完美身材，真的太美好了。"

偌大的空间里只有江吟和两个学长。江吟的目光越过他，径直落到门前的姜皑身上。她梳着高马尾，露出光洁白皙的额头，微挑着眼尾漫不经心地笑，整张脸不施粉黛，就是这股清冷的怠倦感，让不少人为她深深着迷。

姜皑不甚在意，轻咳两声，试图唤来他们的注意。文艺部部长的背影瞬间僵硬，随后，他慢慢地转过头。

拥有"完美身材"的姑娘似笑非笑地说："我谢谢你啊。"

大学里，单身男性对女性的谈论，无非是"脸蛋"和"身材"。对于姜皑这种两项都占齐全的幸运儿来说，被夸实在无可厚非。

她扬起手里的稿子："学长，我想改个词。"

江吟踹了踹负责写稿子的人："去看看。"

打游戏正打得起劲的小虎牙不满："我马上就赢了。"

姜皑轻靠在门框上，长腿缓慢交叠，脚尖有一下没一下地摩擦着地面："到底谁来？"

江吟走过来，伸手从她手中抽走卷成筒的稿子："哪里有问题？"

她指了指圈出来的地方："这边，舌头不好用，转不过来。"

三个"S"开头的词，姜皑怕他不信，还当面念了一遍。从江吟的角度，能清晰地看到她擦过上颚的舌尖，似乎卡住了，有意停顿了一会儿。

姜皑皱起鼻尖，面露苦色，当即表明自己的无辜："这真不是我的问题。"

"发第二个字的时候，舌尖不要上翘。"

她狐疑地看他一眼，又发了一遍，还是不行。

江吟叹了一口气，两只手指抬起她的下颌："再发一遍试试。"

姜皑被他指尖的凉意激得猛地颤了一下，眼神飘忽，不敢和他对视："我回去再练练……"

他掀了掀薄薄的眼睑，两人就这么定了几秒，松开手："如果不行，你可以改。"

姜皑小鸡啄米地点头，脑子里全是江吟漆黑的眸子，神情有些微妙。

盼望着，盼望着，新传学长终于露面了，没见过本尊的女生手捧的小心心全部碎了，说好的清隽无双，结果是眼镜平头；说好的衣着光鲜，结果是裤衩背心。

姜皑饶有兴致地投过去视线，白嫩的指尖无意间摩擦了下页脚卷起的边缘，轻轻掀起下一页，目光不再过多停留。

负责人递过去稿子："学长，你看看串词，哪里不合适你跟我说。"

学长点点头，格外专业地托了下眼镜，两条蚯蚓似的眉毛谨慎地拉平，但是蚯蚓的尾巴搞笑地上扬，衬得他整个人有种莫名的滑稽。

"词写得不错。对了，你们主席呢？"

"他在后台看节目回放呢。"学长感叹江吟认真之余，不由得将他的专业素养搬出来试图求得别人的信服，"我这几天都在电视台没空回来，不过我会尽快跟上进度的。"

正式彩排走一遍。熟悉的音乐响起，姜皑从左侧上台，走到中央，刚想开口，对面的学长才反应过来，踩错了步子，跟不上乐点。

坐在控制器前的江吟歪了下头，挥手暂停："再来一遍。"

学长抱歉地解释："坐在凳子上录节目太久了，不太习惯。"

听到解释，江吟的表情更差，眸色深沉，也不说话。

第二遍，学长好不容易踩上乐点，但声音绷得太紧，新闻腔调太浓，江吟又喊了暂停，其他人几乎是瞬间噤声。

姜皑拿稿子当扇子扇风，又走回台下准备再来一遍。谁知江吟目光未动："你可以回去了。"话是对台上的人说的。

姜皑看着他的侧脸，神情怔忪。新传学长第一次面对被请下台的尴尬境遇，他看着坐在控制台边的人，迟钝的神经终于绕了回来。

他叫一个傲慢的后辈给请下台了。这传出去，让他怎么混？！

江吟翻阅主持人的备选表，当初选择这位学长是看在他业务能力强，允许他不跟排练，也是看他专业素质高。现在看来，不过如此。

文艺部部长很难办，人是他主动推荐的，这会出岔子，虽然江吟没怪罪他，但他自己心里不安生。

姜皑不了解情况，选择安静地坐在台下，调成振动的手机嗡嗡作响，她翻出来看了一眼，来电显示是一串熟悉的号码。她不习惯给人加备注，或者可以说，不知道该如何称呼这些人。

对方锲而不舍，像是一道又一道催命符，最后姜皑的耐心全部消磨光，她起身到走廊接听电话。

"皑皑，下午我和你哥哥到 S 市，我们一起吃个饭吧？"

姜皑扯了扯嘴角："不了，下午没时间。"

"逸寻好不容易回国一次，你有什么事情不能空出来？"说得多么好听。

姜皑深呼吸，突然觉得十分疲惫。闭上眼，对面娇柔的声音一下又一下地敲打着紧绷的神经。停顿片刻，她缓慢开口："那是您的家人，不是我的。"

对面一时没了声音。

"如果没有别的事，我先挂了。"

"皑皑，逸寻是妈妈的家人，也是你的哥哥。"

如果，在丈夫因公殉职后的半年改嫁他人，不顾亲生女儿意愿重组家庭的人，可以称之为"妈妈"，那苏好的确可以要求她，尽义务去做这些事。

姜皑按捺住胸腔中即将喷涌而出的暴戾情绪，压低声音说："好，我陪你们吃。"

收线后，她握紧手机看向远处，试图平息浑身涌动的暴力因子。

黄昏时分的天空像撕裂一个大口子，有融金色的颜料沿着边缘印染，将蓝白色的原色驱赶到中间，两侧徒留下猩红色的火烧云。

"皑皑，妈妈不想一个人孤孤单单地过后半辈子。"

"你周叔叔他人很好，妈妈很喜欢他。"

——你不是一个人啊，如果你愿意，我可以照顾你一辈子，可是你为什么，要那么着急地去寻找新的家庭呢？

姜皑压抑不住自己躁动不已的情绪，拳头就要砸到墙壁上时，手腕被人截住。

江吟叫来备选的主持人，却不见她的身影，出来寻她，就看到她这种近乎自虐式的解压法，纤细的一截手腕攥在手里，软若无骨。两股力道僵持良久，姜皑先败下阵来。

他垂眸看她，放软声音问："好了？"

江吟说话时没多少表情，眼神淡，神情冷，和平常区别不大。

姜皑和他对视两眼，发现这男人倒是挺败火的。她先移开眼，拧着瓶盖问："选好人了？"

江吟颔首，清凉的视线缓缓滑过她的发顶，似是无意地说："看来还要找个女生备选。"

姜皑猛地灌了口水，听到他的话呛到："你存心气我呢？"

他的语气颇为难："没有啊，这次手撞墙，万一下次你拿头去磕，怎么办？"

他太看得起她了。

新找的搭档长相白净，是女生们喜欢的那一款，新传学长还不服气，依旧留在排练现场。

姜皑大体和搭档说了下走位，对方扒了扒头发："我尽力试试吧。"

她看了眼江吟，用眼神询问他可以试一遍吗，江吟挥手，立刻让工作人员准备，熟悉的音乐响起，乐点清晰可闻，姜皑走到舞台中央，与对面的搭档配合良好。新传学长脸色刹变，趁其他人不注意的时候偷偷溜了。

下午彩排结束，姜皑换下礼服，揣在裤子口袋里的手机收入一条短信，是苏妤发给她的餐厅地址。

还没来得及回复，后台的顶灯霎时暗下，姜皑的眼前除了手机屏幕泛出的淡淡荧光，周围一片漆黑。她怔然，急忙套上衬衫和裤子。

突然，由外面射进来一道光束。

"里面还有人吗？"是几个男生。

她大声喊，尾音缠着，有点恐惧："有人，在换衣服。"

之后只剩下一道脚步声，停在布帘前方，顾长的身影落在蓝色纱布上，深深浅浅看不真切。姜皑试探地问："江吟？"

影子晃了下，低沉的声音传来："需要手电筒吗？"

姜皑的嗓子紧了紧，惧怕系数瞬间降低："没事，我快好了。"

江吟一直等到姜皑完全整理好才放下手中的灯筒。

入夜，气温稍低，她只穿一件薄衬衫，出门打了个寒战。整个会场陷入黑暗，姜皑走在他后面，步子踩得小心翼翼："怎么突然停电了？"

江吟放缓脚步，侧身说："正在安装明天的灯光设备，可能是线路出问题了。"

她只顾着听，没注意脚下的台阶，被翘起的红地毯绊住，下意识抓住身前人的胳膊，额头径直撞到他的胸膛上。姜皑疼得眼泪汪汪，忽然想起对江吟有意的一群姑娘，不由自主地感慨："投怀送抱也不找个怀抱温暖点的。"

偌大的空间内漆黑安静，江吟垂眸，没能看清她说这句话时的表情。姜皑从兜里翻出手机调亮屏幕，微光由下往上，映衬得脸惨白一片。她抄近道离开会场，苏好又打电话来催。

江吟睨她一眼："晚上有事？"

"出去吃饭。"姜皑忍住翻白眼的冲动，"麻烦死了。"

彼时，夜幕已经完全降下来。

江吟皱起眉头，行道树间的挂灯落下明灭光斑，衬得他脸上的神情隐晦不明，片刻，他说："到家后给我消息。"

姜皑点点头，走出几步又定住："学长，我只有你的工作号。"

江吟看到她认真得过分的表情，心底升腾起一股无力感。这姑娘的聪明劲儿去哪了？

他言简意赅地解释："也是常用号。"

"常用号？"她不信，"连张照片都没有，你骗谁呢？"

江吟薄唇抿紧，抬起手腕给她看了眼表盘："再不走就晚了。"

七点过五分。

姜皑淡淡地收回视线，不咸不淡道："既然他们请我去，多等等有什么关系。"

江吟看得出她情绪中的抵抗，随口问："不想去，为什么要勉强自己？"

"很明显吗？"姜皑问完，也觉得自己脸部线条绷得过紧，伸手拍了拍脸颊两侧，嘟囔一句，"没办法，都答应了。"

这世界上有很多种事情，是不能以"想"或"不想"去做出选择的。也许对于江吟这种人，是可以凭自己的意愿去选择。但她不行，特别是牵扯到家庭的问题。

姜皑垂下头，长睫微颤："江吟，你一定有个很美满的家庭吧。"

江吟的嘴唇动了动，但一言不发。

"我也曾经有。"她捏紧手机，想了想，弯起嘴唇笑道，"但现在没有了。"

江吟噤声，平静无波的眸子越发幽深。

面前的姑娘继续说："这些话，我只对你一个人说过。"

姜皑歪着头，声音像浮在空气中一样轻弱，纤细的食指抵在红唇上，冲他眨了下眼睛，故作轻松道："所以，是秘密呀。"

选定的餐厅位于市中心繁华地段，姜皑拿出手机再次确认后，推开门走进去。

北欧式装潢，大厅内光线不强，柔和地铺落于奶白色的地毯上，处处矜贵。见她进来，立刻有服务员询问："请问，您是周先生的客人吗？"

姜皑细细品了品他话中的字眼，扬起眉梢，不是客人是什么？他们是主，她是客。

得到答案，服务员引路到走廊尽处的包厢，礼貌性地敲了两下门，侧身请她入内。姜皑道谢，推门而入。

正对大门的是西装革履的青年男人，算起来，不过比她大三岁，却给人一种极为老成的压迫感。

她一向不喜欢这个哥哥。

苏妤放下手中的茶杯，握住姜皑的手嘘寒问暖："穿这么少不冷吗？"

"不冷。"她抽出手，语气冷淡，"学校有活动，让你们久等了。"

苏妤手心一下子空落，神色变得不自然，她抬头看了眼面前的姑娘，所有关切的话堵在嗓子眼里。

周逸寻按住菜单，转到她们跟前："点菜吧，苏阿姨非要等你来了才肯点。"

姜皑掀起眼皮瞧了一眼，兴致寥寥。苏妤迅速调整好表情，打开菜单："皑皑，你想吃点什么？"

"都行。"

姜皑刚说完，敏锐地感知到对面男人的视线落到自己身上，带着灼热的温度，简直要把她烧灼。她实在不习惯这种场合，借口去卫生间暂时逃离两人的视线。

周逸寻屈指敲了敲桌面，随即起身："这儿卫生间不好找，我陪你去。"

姜皑握住门把的动作霎时顿住，力道加重几分，皮笑肉不笑道："好啊。"

男人步伐比她大，本来走在身后，没几步便越过她。姜皑跟着他左拐右绕，走到卫生间门前。

周逸寻："我在外面等你。"

她轻笑一声，口吻中嘲讽意味十足："怕我跑了，特地来监视我？一顿饭而已，周少爷太谨小慎微了。"

言罢，不等他回答，她抬脚绕开他，走进洗手间。

几分钟，姜皑洗完手出来，看到周逸寻仍在外面，她的神情明显更难看了，声音绷得很紧："你这么做是为了谁？"

他下颌微抬，捉摸不透她的心思，自从苏妤到周家，认识姜皑也有两年，他不明白她的情绪为何会无故变化。

明明是骄傲又倔强的姑娘，理应承受别人艳羡的目光，却活得像一只刺猬，倒刺满身，神经敏感纤细。

不过，他根本没有指责她的立场。

"苏阿姨是你的母亲，你对她的态度并不好。"

姜皑和他对视良久，不答只问："你难道不介意她进入你的家庭吗？"

周逸寻喉结滚动几下，语气淡淡地说："她对我很好。"

"哦。"算她多问。

回到包厢时，菜已经上桌，口味偏向姜皑的喜好，辣菜没有几个。她大致扫了一眼，本着早吃完早解脱的念头，开始动筷。

其间苏妤问了她不少学校里的事，比如宿舍关系，课程安排，用过来人的经验教她要和同学处好关系。

姜皑喝了口茶，然后云淡风轻道："我搬出来住了。"

苏妤一愣："不住宿舍了？"

"不住。"她托着下巴，捡起青菜送到嘴里。

苏妤和周逸寻相视两秒，表情很不自然，作为一个母亲，连孩子最基本的生活都无权知晓，是不是太悲哀了些？周逸寻抬眼，眸中锋芒毫不收敛，似乎是在责怪她。

姜皑无辜地眨眨眼，瞅她做什么，苏妤问，她说实话给她听。至于话落到耳中会带来多少心酸难堪，都不是她能管的。

一顿饭吃得谁都不开心。

姜皑走出餐厅，时间还不算晚，八点钟，打车到楼下不过十分钟车程。她到路边招来的士，躬身进入前，她看到玻璃窗上倒映出苏妤的身影，捏了捏指腹转身，礼貌客气地说："饭菜很好吃。"

苏妤紧绷的肩线霎时垂落，仿佛松了一口气。

江吟发了条朋友圈，内容简单，只有一张照片，单看角度，是从图书馆顶层拍的。

姜皑思忖许久，没弄懂他这张照片的含义。照片中糅杂的灯光有催眠效果，她看的时间越久，眼皮越是沉重。陷入沉睡前，江吟低沉干净的声音猝不及防地在耳畔回响。

"到家后给我消息。"

她猛地睁开眼，目光落到他的头像上，停滞片刻，很认真地问了自己两个问题。

——我们是什么关系啊？

——什么关系需要向他告知平安与否？

恋人，相熟的朋友，再如何推及，都到不了学长学妹的关系上。最后，没有想到所以然来，姜皑索性关掉手机，并将手机塞到枕头底下，蒙上头继续酝酿睡意。

隔日，上一级的学长学姐亲自指导选课系统的使用方法，公选课可以从不同学院选取，每学期一节。

姜皑打开选课栏，经济学院的课在首页，可能学院里认为，小语种加经济比较好就业才这样安排。往后翻了两页，心理学院的课比较少，有一节社会心理学研究导论。

活动群里发来的通知自动蹦出来，迎新晚会定在下午六点钟举行，所有演员及工作人员需要提前一个小时到场。

发消息的人是江吟。姜皑盯着他的名字看了很久，然后垂下眼，趴回桌子上，昨天晚上最后她也没有回复他，因为捋不清关系。

姜皑想用"学长学妹"的关系麻痹自己，反观江吟对待其他大一学生的态度，实在不单纯，从一开始他目睹她踢垃圾桶好心解围，再到军训期间的多加照顾，有她的蓄意接近，也有他的纵容，还有他对她的谅解和宽容。

"姜皑，你不过是比平常人情绪剧烈点而已。"好像一想到这个人，她坚硬的心就能突然软下去。

大一新生正有序进场，姜皑坐在后台的椅子上翻弄台本，却一个字都看不进去。

她换好衣服化完妆这一个小时的过程，从头到尾她没见到江吟的身影。倒是小虎牙学长进进出出三四趟，怀里抱着满满的道具设备。

临近上场，姜皑掀开厚重的枣红色布料偷偷向外瞧了一眼，底下坐满了人，最前排留给校领导。

音乐响起，台上的灯光霎时点亮，舞台灯由会场最后径直投射到舞台侧方，两道明晃晃的光束随主持人的进场缓慢移动。

姜皑沉住气，嘴角的弧度上扬到僵硬。直到站在舞台中央，她心底紧压住的恐惧顺着光线侵入的罅隙，不停朝外流露。如果是两年前的她，绝对不会允许这种情绪控制住自己，也绝不会出差错。

爸爸经常说，皑皑长得那么漂亮，适合站在最显眼的地方。可现在，姜皑忍不住承认，她的骄傲让自己过分在意后果，她变得敏感又懦弱，她怕自己的情绪危及他人。

音乐收尾，满场的观众屏息凝神，所有的目光聚焦到舞台上，她甚至能感受到视线所带来的灼热温度。

第一句话是什么？姜皑攥紧手卡，嘴角的笑意僵硬，她接收到搭档的眼色，他提醒她可以开始念词。但她想不起来，整个人顿在那里，活像个笑话。

底下开始窃窃私语，姜皑睫毛轻颤，目光回荡，定格在边缘处的座椅上。江吟正垂头翻手机，淡淡的荧光照到他脸上，柔和了深刻的轮廓线条。须臾，他抬起头，无声地说："我相信你。"

她狂跳的心脏突然安定下来。聚光灯闪过，照亮台上女生清丽干净的脸，几乎是同时，姜皑开口，脑海中的串词浮现出来。她的声音没有颤抖，字正腔圆，语速不疾不徐，回荡在会场四周。

轮到搭档串词，姜皑分神，看到分管学生会的老师正侧身和江吟说话。

江吟闭上眼，又睁开，不经意间抬头捕捉到她的视线，嘴角微微上翘，看起来心情不错。

一站就是两个小时。晚会谢幕下台，姜皑回到后台立刻甩掉脚上的高跟鞋，搭档跑过来贼兮兮地问："你刚开始是不是紧张了？"

她睨他一眼，不想多解释："嗯。"

搭档直接一屁股挨着她坐下："你台风很稳啊，我还以为你不会紧张呢。"

姜皑往旁边挪："没想到大一那么多人。"

搭档又贴近她几寸："听说今年扩招了。"

她咬住舌尖按捺住不耐，和颜悦色对搭档说："你靠这么近，是想坐我腿上吗？"

搭档白净的脸霎时红了："不，不是。"

姜皑翻了个白眼，起身提着高跟鞋去换衣服。晚上有庆功宴，姜皑不打算去，换完衣服找文艺部部长说明情况，对方遗憾地叹口气："今天老师还表扬你们了，真不去庆祝一下？"

她摇摇头，态度坚决。

"那你去和江吟说一声吧。"

姜皑顿了顿："需要专门和他说吗？"

"嗯，你和他说吧。"

姜皑喉咙有点痒，等江吟和老师交涉完，她手里一瓶矿泉水已经喝见底了。她正犹豫着怎么和他开口，对方先走过来。

她站起来，保持装聋作哑的态度，低垂着脑袋，心底一直期盼他不要提起昨晚的事情。转念一想，说不准他也不过是说说罢了。

片刻，江吟抬眉看她，没有提开场时的事，而是问她："昨天晚上，我没有收到你的消息。"

姜皑不紧不慢地扬起头，目光猝不及防陷入他漆黑的眸子里。她微眯了眯眼，有点难以置信。江吟清冷的表情中，竟然有那么一点无辜和委屈。

"学长，我昨天晚上一直在想，什么样的关系需要转达平安的消息。"姜皑没有选择继续僵持下去，表情放松许多，"如果是正常的前后辈关系，根本没必要。"

江吟迟疑了一下："所以？"

姜皑静静和他相视，眸底澄澈一片："我不想和你做朋友了。"

她的声音压得很低，后一句话，只有他们两个人听得清，"江吟，我想追你。"

他垂至身侧的手攥紧，又无奈地松开。姜皑已经转身往外面走，连他的答案是什么都不甚在意。如果她非要他的答案，江吟缓缓松开皱起的眉头，答案，好像不需要纠结。

十月中旬开始正式上课，姜皑没能抢上经院的热门课程，最后索性选了寥寥无人的社会心理研究导论。

专业课老师是个四十岁出头的男人，曾在日本大使馆工作，许是受日本人温和气质的影响，说话细声细语，不少同学直呼他为男神。

姜皑对比自己矮的男性，抱有莫名的同情心，于是尽量减少和老师同时站立的次数。

姜皑语言学习能力快，上课听一遍，回家放录音，每天放到学业上的时间不超过半个小时。老师布置的造句练习，她觉得无聊，每个句子重复改动，太索然无味。

一来二去老师也摸透了她不受拘束的性子，只要能考出成绩，作业不过是占百分之二十的平常分。

不知不觉到十月底，学生会纳新开始，在网上下载好表格，姜皑看到志愿填报那栏，填写的笔尖顿住，翻出手机联系江吟。

"学长，什么部门和主席团联系最紧密？"发完，她支着下巴等他回复。

十分钟过去，手机迟迟没有动静。她从床上翻身，划开手机屏幕再三确认，空白的通知栏的确没有消息通知，她烦躁地抓了把头发，神情紧张，这人该不会是唬她的吧？

时间一分一秒地流逝，姜皑的目光黏在屏幕上，不舍得移开半秒。

说不准他现在正上课，像江吟这种人，怎么会上课玩手机？她沉吸一口气，不停地告诫自己不能多想。

下午六点半，是时候收拾收拾去上晚自习了。放眼整个A大校园，除了苦逼的数院和外院，还有几个当代大学生是需要强制自习的？

当初为了不学高数，姜皑不顾苏好的阻拦，把A大所有的小语种都填报了一遍，除了日语。志愿查询那天，她登录网页，看到显示结果：日语，东亚语系。

没错了，就是每个二次元生物都能说两句"雅蒎蝶"和"可猫奇"的日语。

第一节听力课，女老师比较注重师生和睦交流，让每个人轮着自我介绍，最后不忘问一句，日语是你自愿填报的专业吗？

好巧不巧，姜皑前面的同学都是热爱这门语言或者热爱动漫的萌妹子。到她这，姜皑绝望地闭了闭眼："我没报日语，是被调剂的。"

全场静谧无声，听力老师迟钝几秒，连忙出声打圆场："是这样，每年都有很多学生调剂进来我们专业的。"

得到江吟的回复，晚自习已经过去大半。姜皑趴着头，笔尖抵住桌面，五点半到八点，两个半小时，一百五十分钟，高考时一场语文考试的漫长时间。

她掩下眼帘，打出一行字，想问他去做什么了，思忖许久，又删掉。

"我知道了，谢谢你啊。"

几乎是同时，江吟发来第二条消息："下午上课，没拿手机。"

他这是主动向她解释？

姜皑轻轻咬住舌尖，坐直身子，瞅了眼正埋头认真写作业、负责记录出勤的班长，偷偷摸摸逃自习课绝对不是她的作风。

姜皑脚尖抵住桌脚，慢慢蹭了蹭，轻声站起来，面不改色地从他面前走出去。离开教学楼，她掏出手机回复江吟，顺便要来他的课表，打算去蹭节课。

综合教学楼是供各专业学生一起修选修课的，来来往往全是不同学院的人，但江吟是 A 大校榜上的名人，而姜皑又是一进校就被抬上外语系的系花，他俩站在一起不管干些什么、说些什么，都能成为校园 BBS 的八卦话题。

沉默一直延续到选修课讲师走进教室，江吟手里握着手机，垂眸看她："怎么了？"

姜皑轻轻抿了一下唇："来看看你啊。"

江吟皱眉，端着审视的目光打量了她片刻，楼道里偏黄的灯光从侧面铺洒过来，深深浅浅地落到她白皙的侧脸上，平时寡淡的眉眼此时也染上了一层暖色。

他收回视线，单手抄入裤兜往教室里走。

姜皑面无表情地叫住他："那个，我是来给你送礼物的。"

江吟微歪了下头："什么？"

"谢谢你这段时间对我的照顾。"她打开精致的包装盒递到他面前，语气稍显生硬，"不知道你喜欢什么，随便买的。"

江吟停在原地，垂眸看她手里拿的盒子，手帕上印的 LOGO 他并不陌生，是所有混迹上流社会的人才认识的奢侈品牌子。

"随便买的？"他吐字清晰地重复她的话。

姜皑愣住，不明白他在计较什么。

江吟没得到她的答案，径直走进教室里。姜皑急了，跟在他身后走进去。

台上的教授喝足水养好精神，笑眯眯地问大家："既然都休息好了，那我们开始讲下面的？"

姜皑在众人好奇的目光下坐到江吟后面的位子上，比他高出一小截，从侧后方能清晰地将他所有的动作和表情收入眼底。

　　他选修的是机械学原理，真搞不懂一个学经济的为什么要来听这种课？姜皑微伏下身子，用手指戳了戳他的肩膀。

　　那么冷的天气，江吟只穿了一件白衬衫，薄薄一层料子包裹着他年轻健朗的身子，温热的体温透过布料传递到姜皑的指腹上，她匆忙收回手，神情有些许慌乱。江吟屈指无声地叩了几下桌面，嘴角微挑，他还没说什么，她自己倒先乱了阵脚。

　　姜皑看到他细微的表情，眉眼一耷："这手帕是私人定制，需要提前好久预约。"

　　言下之意，礼物不是随便挑的，是她精心准备的。她说话时伸手拉住他的胳膊，明明不会撒娇，偏偏要学电视上那些小女生摇啊摇。

　　得，开始卖乖装可怜。周围传来嘈杂的交谈声，江吟轻咳一声："你坐好。"

　　姜皑眨眨眼，把搭在他胳膊上的手松开。随后坐直身子，悄悄将礼盒推到桌子最前面。讲台上的教授讲得正尽兴，随机抽学生起来回答问题："这一排最后面的同学。"

　　姜皑正要把盒子递给江吟，突然觉察到四周的视线全部聚焦到她的身上。她缓缓站起身，没有听到教授的问题，只好干站在那。

　　与她相隔一个位子的男生坏笑地递过来写有字的本子："在材料学上不存在，但在人体生物学上可以存在。"

　　她照着念出来，教室里先是安静了几秒，继而哄堂大笑。教授被气得涨红了脸，直言有伤风化，一个女孩子家怎么能说出这种话？

　　有人看不下去了，悄悄地提醒姜皑："教授的问题是，这世界上是否存在某种材料可以在变长的同时变粗。"

　　强烈的不适感使姜皑下意识地垂下头，嘴角挂着的笑也一点点消失，垂至身侧的手握成拳，侧目看向那位递纸条的男生，唇线拉直，露出一个讥讽的笑。

　　下一秒，众人的喧哗声乍停。书本与桌面碰撞发出闷哼响声，男生被吓了一跳，差点从折叠椅上滑落。

姜皑控制不住心底汹涌的情绪，几乎就要到达临界点，她不停颤抖的手突然被人握住。

微凉的指腹轻轻捏着她的手腕，隐藏在皮肤下方的脉搏正蓬勃跳动着。

江吟起身，凛冽的眼风扫过面露尴尬的男生："不管你是出于什么目的，用这种方式对付一个女生，实在太没有风度了。"

姜皑抿住嘴角，抬起头看向身侧的人，憋了一肚子的火气突然间没有了。

江吟目光沉沉，似乎没有意识到他现在的举动有多么出格，明天，甚至今晚，学校 BBS 里就会炸开锅。A 大学生会会长，众人口中的高岭之花，竟然为了一个小学妹不顾场合教训人。

教授轻咳一声，终于弄清楚事情来龙去脉："私人恩怨不要带到课堂上来，我们继续上课，你们几个都坐下吧。"

学生之间打打闹闹并不稀奇，但这次事件让一向不爱管闲事的江吟主动出面解围，就算老师说继续上课，班上也没有几个同学把心思放到课程上。

四周投射来的目光没有消减，姜皑坐在那，目光落在江吟那双修长的手上。她斟酌着说辞，话语有些吞吞吐吐："刚刚，是不是给你添麻烦了？"

"刚才是回礼。"江吟淡淡道，"手帕，我收下了。"

Chapter 5

柔情的日子里，喜欢毫不费力

▼

迎新晚会结束后的一个月，按照 A 大的惯例举办秋季运动会。十一月中旬，早就不适合进行户外运动，不知道校领导是怎么想的。

班长把消息发到班级群，希望大家踊跃报名。但三十个人的班级，只有三个男生，剩下的大部分女生秉承多一事不如少一事的想法报当观众。

运动员名额空缺，负责项目的同学便开始四处张罗。

姜皑长得高，人又纤细，不免给别人造成她能跳高也能跑短跑的假象。她洗完澡走出浴室，浑身携带着暖洋洋的水汽，擦干头发听到消息通知，目光垂落，瞧见临时对话框里对方哀求的话语。

这个小姑娘她有点印象，长得小小的，笑起来有对虎牙，让人讨厌不起来。

姜皑抿下嘴唇，来来回回编辑了四五条拒绝的理由，都不是很完美。指尖停到屏幕下方，她深吸一口气，索性关闭退出聊天软件。

不是她故意留下避人千里和不近人情的冷漠印象，而是她根本不知道，像她这样的人该如何去交际。

校园论坛里传出小道消息，江吟会代表经院参加接力赛，帖子底下跟着一串评论，想去报名志愿者，说不准撞大运被分到陪护江吟。

去年是一个志愿者陪同一位运动员，负责递水拿毛巾，约等于两个人几乎一整天的时间都要黏在一起。

姜皑的表情开始变得复杂，她运气可不是很好，千分之一的概率，肯定砸不到自己头上。说不准可以走个后门？

姜皑在别的学长那摸到江吟值班的时间表，周三早上第一大节和周六上午第二节。

隔日，姜皑到学校后直奔行政楼大学生活动中心。

早上七点钟，清晨未醒，她来得太早，办公室的大门紧锁，寒风穿堂而过，阴冷无人的走廊不时传出怪声。等了十分钟，楼梯口传来脚步声，江吟和一个女生相伴往这走。女生很漂亮，穿着毛衣马甲，下面搭配上学院风的裙子，白球鞋，看起来很乖的模样。

姜皑看着他们由远及近，眼神很淡，看不出情绪。江吟眉眼间有种似醒未醒的倦怠，修长的手指间圈着一串钥匙，随脚步的移动"丁零"作响，连带他整个人，都有种不真实感，像是从漫画里走出来的人。

江吟和身边的女生说了句"稍等"，走到姜皑面前："有急事？"

姜皑抬眼，目光有些不友好："打扰到你们了？"

江吟没说话。

姜皑越过他的肩膀和身后的女生四目相对，凝视几秒后，不紧不慢地问道："你喜欢这种乖乖的类型？"

她穿得单薄，在走廊冻了那么久，鼻尖泛红，声音也掺杂着冷意。江吟动了动嘴唇，但没说一句话，反而转身将钥匙交给那姑娘："你先进去吧。"

对方笑吟吟地接过，临进门前转头看了眼门外别扭的两个人，也不多解释。

姜皑直勾勾地盯着他，忽然软了语气："学长，如果我打扰到你们了，你可以和我说。"

江吟没答，他能透过姜皑的这句话，清晰地感受到其中强忍住的情绪，为了避免露出狼狈的一面，她的声线绷得很紧，到最后尾音忍不住发颤。

姜皑低下头，像是破罐子破摔，挽留自己最后一丁点尊严："我也不是非你不可。"

江吟垂眸，眼底平静得毫无波澜，温热的手掌抬起放到她发顶上，温声说："姜皑，我从没见过像你这样的女生。"

姜皑狂跳的心脏骤然一顿，缓慢地抬起头，嘴唇微张："我好像不太懂你的意思。"

江吟叹了一口气："明明是你喊了开始，没有结果就要喊停。要追人的时候不听对方的回答，擅自结束难道也不顾忌我的想法吗？"

姜皑眨眨眼，好像是他说的这样，不过她也是第一次喜欢人。她紧张地咽了咽口水："那你是怎么想的？"

江吟收回手，恢复一贯的平淡冷然："里面那位，是你的直系学姐，刚交换回来，有个交往八年的男朋友。"

怪不得打扮偏日系。

姜皑脸颊微热，回想起女生进门前那意味深长的眼神，她垂下脑袋，声音模糊地说："抱歉，误会你们了。"

江吟微微往前倾了倾身，两人之间的距离不过几寸，近到能细数彼此的睫毛。姜皑下意识地退了一步，结果被自己绊到，她伸手拉住江吟的衬衫衣袖，不自然地躲避他的视线。

"我，我道歉了。"她以为他这是要算账的架势。

江吟看到她红透的耳尖，忽然低笑出声："你今天来找我，到底是什么事？"

姜皑犹豫片刻，才颤着眼帘抬头和他对视："运动会你不需要志愿者吗？"

江吟直起身，实话实说："不是很需要。"

姜皑鼓了下腮帮，仰着素净的小脸，神情认真："不需要人帮忙拿水杯递毛巾？"

江吟面不改色："这些我可以自己来。"

她保持原来的姿势，清凉的视线滑过他清俊的侧脸，落到他自然抿起的嘴角上。接收到她的目光，江吟转过头来，曦光铺洒在他偏深的眼窝，流转到锋利干净的脸部轮廓，他整个人都显得温柔起来。

姜皑弯起嘴角，气势足了不少："那你可能需要我给你加油。"

江吟扬起眉，学着她刚才的语气说："我好像不太懂你的意思。"

姜皑脸上的笑意很浓："

没事，你肯定懂。"

第一大节有公选课，她没再多留，心情莫名其妙好到爆棚。下课到体委那报上志愿者的名字，男生接过报名表，就看到一向不爱搭理他们的姜皑毫不吝啬地冲他微笑，顿时觉得这世界有点幻灭。

周五上午运动会开幕式，姜皑提前半个小时到主席台领工作牌，顺着名单找到负责的运动员号码，第一页最下角。

运动员：经济学院，江吟。

项目：院 4×100 米接力。

候场区：篮球场休息室。

志愿者：外国语学院，姜皑。

姜皑满意地转身，谁知迎面撞上那天的学姐。她今天换了条裙子，两人辨识度都挺高，互相打量一眼立刻认出彼此。

学姐手里拿着一沓运动会通信稿，声音温软："昨天江吟特地让我拟的负责表。"

姜皑脸上的表情很淡，看不出喜怒："谢谢。"

说完，她微微弯腰，礼貌地和学姐告别后离开主席台。篮球场与田径场相隔不远，休息室单独辟出来，时间还早，到场的人不算多，姜皑绕过做训练的人群，站到休息室门前。

木门虚掩，姜皑屈指敲门，但里面无人应声。

姜皑推门进去，房间里窗帘紧闭，将窗外的自然光全部遮挡住，里面有细碎的声音传来，她循着声走过去。

隔间的气温有点阴冷。

姜皑犹豫了一会儿，掀开布帘，小心翼翼地望进去，目光所及之处，有个裸着上身的男人背对她，正穿着裤子，手指搭在裤腰间，手背上的指骨清晰分明。

裸男侧过头，前额的黑发尽数捆到发带中，露出挺阔好看的额头和眉毛。姜皑眨眨眼，这位裸男，看起来相当眼熟，收回目光前，她又多看了一眼，不是白斩鸡，六块腹肌结结实实的，和她预测的不差。

江吟刚想开口说话，就见门前的姑娘脸不红心不跳，十分镇定地把帘子放下。

姜皑平复好狂跳的心脏，扬声问："你换好了吗？"

半晌，才听到里面传来低低的声音："进来吧。"

姜皑深吸一口气，掀开帘子走进去。江吟套好半袖的 T 恤，头上的发带摘下来，额前的碎发有种凌乱美。

两人大眼瞪大眼，直到姜皑受不了这种磨人的寂静，她松开紧抿的嘴唇，郑重地说："学长，你不仅腰细，腹肌也挺美的。"

江吟正打算喝口水，拧开瓶盖的动作一顿，牙关咬合住，默默又将盖子拧回去。若放旁人身上，肯定忍受不了一个长相漂亮，表情冷漠的姑娘在你跟前品鉴你的身材。但他是江吟，姜皑吃准了他的性子。

4×100 米预赛时间在上午九点，现在八点半，运动员需要去检录。田径场外围被一群妹子包围，姜皑拿着江吟的毛巾和水杯顺着人群走，想找一个人少的地方。不知不觉走到终点，管理人员一脸不耐烦："跑道终点不允许围观。"

姜皑瞥了一眼周围的几个女生："为什么她们可以？"

"她们是志愿者。"

姜皑低低地"哦"了一声："我也是。"

管理员上下打量了她几眼："牌呢？"

姜皑按捺住心底的烦躁，掏出志愿者证给他看，结果老大爷非说志愿者已经够了，她想混进来，没门。

几个女生面面相觑，算了算人数，的确少一个，不过少的是江吟的志愿者。

"江吟好像从来不要志愿者……"

听到这句话，管理员更有底气了："听见了吗？到别处看，快去。"

姜皑垂至身侧的手握成拳，表情冷下来："你们有完没完？"

暴脾气上来前，江吟淡淡的声音从背后响起："她是我的志愿者。"

气氛沉寂下去，刚才不停质疑的女生被江吟的眼神骇到，不自觉缩了缩脑袋。

这句话落到姜皑耳朵里无异于庇护与包容，她拼命忍住心底汹涌的情绪，掩下眸中升腾起的水汽："我刚刚……"

江吟抬起手腕看了眼表盘，还有十五分钟开始比赛，他摘下腕表递到她面前："以后控制不住情绪的时候，在心底默念三遍，我是全世界最温柔的人。"

姜皑心头积压的情绪被他这句话全部驱散，哑着嗓子问："你是认真的？"

江吟垂头，侧脸隐在光线背面，只能看清模糊的轮廓。他没什么反应，撇开头，语气有些不自然："我试过，很有用。"

姜皑嘴唇翕合，不确定地反问："你是全世界最温柔的人？"

江吟脸一黑，转身走去田径场起点，他是最后一棒，应该到对面等。姜皑快走几步跟在他身后，好心提醒："你走错方向了。"

江吟脚步顿住，睨她一眼："要去签到。"

姜皑为随意质疑大佬的智商感到抱歉："那你加油。"

"砰"的一声枪响，围在跑道外面的观众呼声震天，每年最受期待的院接力，虽然仅是一眨眼的事情，但草坪上的人都会赶在最后一棒交接前一窝蜂跑到对面。

江吟站最外道，交棒时经院第二名，不过一拐弯的工夫，便超过前面的人，距离越拉越大，胜负已经毫无悬念。

江吟冲过终点缓冲了几步停下，双手叉腰，平复喘息声。有群经院的女生围上去，姜皑被困在外面，晃了晃他的水杯，自顾自地走到边上坐好。

江吟皱眉，礼貌地拒绝她们递过来的水。避免肢体接触，他不停避开伸过来的手，视线越过她们，径直落到姜皑的身上。她单腿伸开搭到台阶上，手指放在膝盖骨，有一下没一下地敲动。

江吟看到她无声的口型："我是全世界最温柔的人。"

他眉梢抽动一下，嘴角的弧度有些僵硬："麻烦让一让。"

说完，从人群让开的空隙离开。

姜皑没想到他能这么快摆脱那群人。江吟跑完步，嘴唇泛红，眉眼间的不耐还未来得及退去。

她慢吞吞地站起来，细心周到地给他拧开水杯，然后把毛巾搭到他脖颈上。

姜皑站在台阶上比江吟高半头，微微俯身，长发垂落，发尾清新的香气缭绕，好像是茉莉花香。江吟不动声色地想。

姜皑抿了抿唇，故意放慢手中的动作，低头看他。从这个角度能看清他高挺的鼻梁，长睫低垂，莫名乖巧。她憋住一口气，心跳变得有点儿快："你刚才没要她们递过来的水。"

江吟仰头，说话时语气平静冷淡，毫无情绪波动："不接她们的水，就不温柔了？"

姜皑一噎，心虚到不行："我那是在稳定自己的情绪。"

他轻轻"哦"了一声："回去吧。"

姜皑如释重负，紧绷的肩线松懈下去："下午决赛，中午吃点好的。"

江吟眼皮微掀："好啊。"

运动员休息区，一排志愿者正在分发盒饭，姜皑从队伍里探出头，望着遥不可及的长龙叹了一口气。

江吟领回两瓶纯净水，拧开盖子递给她。姜皑目光幽怨："我们明明可以去餐厅吃。"

江吟隐住眉眼中的笑意："盒饭是她们打包回来的，和餐厅里一样。"

领完饭，两人找到空着的马扎坐下。寒风一吹，姜皑觉得更凄凉了。江吟捏住水瓶，静静地看着她："晚上可能有庆祝活动，要不要一起去？"

"庆祝活动？那也是你们院里的吧？"她垂下眼，无精打采，"而且，我都不认识。"

江吟煞有介事地点点头："那倒也是。"

姜皑用筷子戳了下软软的米饭，神情郁闷，他这邀请也太不走心了。她沉思片刻，故作淡定："你确定今天下午你可以赢？"

江吟点头，不急不缓吐出三个字："差不多。"

如他所说，下午的决赛赢得很轻松。

姜皑坐在观众席，视线放远，定格在第一道疾驰的身影上。他似乎比上午还轻松，她掏出手机，想拍个照片。

每个人跑步的时候表情各异，反正都称不上好看。当她举起手机对准即将冲过终点的人时，放大的镜头中出现江吟清隽的面容，表情从容自然，好一会儿，她才眨眨眼，兴致寥寥地收起手机。没有黑照的人，简直太无趣了！

接力赛结束后是闭幕式，忙碌一天的行程终于画上休止符。姜皑本就没打算和经院的人去庆功，但走到半路，摸向口袋里装着上午江吟递给她的手表。

她小声嘟囔一句，脚步拐个弯，仿佛有什么感应似的，被人群包围住的男人抬起头，正对上姜皑的目光。江吟越过人群走过来，目光稍沉："忘东西了？"

她摇头，伸出手，黑色机械表安静地躺在手心里。蓝宝石表盘反射出她的面容，眉梢垂着，看起来不太开心的样子。

有几个人注意到这边的情况，熟悉的小虎牙走过来嬉笑道："学妹不去吗？"

姜皑嘴角的弧度僵持，尴尬地摇头："我不是你们学院的。"

小虎牙看了一眼江吟说："今天是他的生日，不是学院聚餐。"

姜皑思绪一顿，慢吞吞地抬头，拽住江吟的衣角悄声说："你怎么不和我说清楚？"

他开口解释："一般不过阳历生日，今年是例外。"

姜皑稍加犹豫："那我现在能反悔吗？"

江吟长睫耷下，没说话。

小虎牙贼兮兮地拉过姜皑："江屁屁这人太闷，本来就订了你的位子，今天去的人不多，你都认识，不用担心哈。"

姜皑反复把这句话品味了三四遍，毅然决然地把手从对方手中抽出来，侧头对江吟说："学长，他骂你。"

小虎牙一愣，脊背不由自主僵直："我没有。"

江吟挑了下眉，口吻意味深长："晚上六点半，学校门口集合。"

姜皑算了算时间，剩下一个小时，足够她回家冲个澡、换身衣服。

地方定在八百关，离学校不远，以家常菜扬名。姜皑来过一次，是苏妤决定要嫁到周家，第一次见到周逸寻和她现在的继父的地方。

八个人拼了两辆车。姜皑坐后一辆，和几个女生一起，其中只有一个她熟悉，新传院的宋瑶。车厢里三三两两说着话，姜皑没话聊，静静地低头玩手机。

宋瑶和学姐聊完，侧目看了看旁边的人："姜皑，你迎新晚会上主持得很棒。"

这都过去一个多月，旧事重提，有什么意思。姜皑扯了扯嘴角，露出个敷衍的笑："那你的伤好些了？"说着，目光停到她穿高跟鞋的脚上，语气淡淡的。

宋瑶的表情僵住："学长给我送了药，挺好用的。"

姜皑懒洋洋地闭上眼，有必要提伤是怎么好的吗？真多此一举。

她们到时，那群人站在门口聊天。江吟独自一伙，其他人指尖夹着烟，他揉了揉额角，被尼古丁的味道熏得头昏脑涨。

小虎牙知道他不抽烟，非要凑上前挑衅摸老虎屁股上的毛，点燃一支塞到他唇边，结果被踹了一脚，屁股疼得他嗷嗷叫唤。

"江屁屁，学妹知不知道你这么暴力？！"

江吟面无表情地掐灭烟头，扔到垃圾箱，转身，看见姜皑饶有兴致地盯着他看。

单身的已经走进大厅，留下等待家属的人。他不动，任凭她打量。良久，姜皑笑了一下，拉下遮住半张脸的口罩。她的嘴唇涂了一层口红，衬得气色好了许多。她长得高，站在女生堆里显眼出众，打眼就能看见。

宋瑶主动迎上去，将手里的礼品袋递到江吟眼前："学长，这是我给你选的礼物。"

江吟不动声色地收回视线，没接："都进去吧。"

包间很宽敞，一进门就有股淡淡的熏香扑面而来。一行人落座，江吟自然坐首位，小虎牙不怕惹毛他，紧挨着坐下，随后冲姜皑招手："学妹，你坐这来。"

宋瑶坐在江吟的右手侧，垂头和他说话，巧笑倩兮的模样让人心生怜爱。姜皑靠在椅背上，手指蜷着，视线肆无忌惮地端详着对面的情形。须臾，她撇开视线，不小心冷笑出声。

小虎牙倒果汁的手一顿，像被她笑声中的冷意给冻住了。宋瑶抬起头，表情不是很愉悦。

姜皑面不改色，端起玻璃杯仰头喝了口果汁，格外大气地解释："不好意思，笑出声了。"

宋瑶隐忍住小性子，只有女生才能感知到对方的不悦。姜皑在嘲笑她，就算和江吟离得再近，人家依旧一个眼神都吝啬分给你，是不是很可悲啊。

江吟被身边的香水味熏得有些头晕，手肘拐了下舍友，眼神示意他换个位置。小虎牙视若无睹，斟满果汁端到他面前："大寿星喝果汁。"

江吟刚想接，对方自顾自又说："是不是觉得喝果汁特没意思，咱们换酒！"

姜皑附和道："喝果汁真的太没意思了。"

江吟坐在斜对面，抬头望向她，隔着不过一米的距离，他浑身浸在淡黄色的光线里，平静寡淡的目光，莫名有种疏离又压抑的感觉。姜皑眨眨眼，心虚地垂下脑袋。

包厢里的空调温度开得太高，不一会儿姜皑就浑身难受，想趁没上菜前出去透个风，谁知前脚刚出门，宋瑶后脚便跟上来。

姜皑用余光瞥了眼身后的小尾巴，凭着不错的记忆，左拐右拐到洗手间。

八百关的厕所是独立的，她停下靠在琉璃台边沿，漫不经心地看向宋瑶，眼风冷而烈，又有种懒散偏向看不起的傲然，和整个人的气质浑然一体。每个动作，每个眼神都像告诉别人，我就是看不起你。

宋瑶咽了咽口水。

姜皑："你先。"

宋瑶定在原地不动。

姜皑懒得抬眼："你不是来上厕所的？"

宋瑶一噎，起初跟姜皑出来，的确是想明里暗里套点情报，谁想这个人比想象中还要不好接近。她说了句"谢谢"，然后装模作样地走进去拉上门。

姜皑俯身洗了把手，不紧不慢地烘干后离开卫生间。

宋瑶掐着时间出门，却没找到姜皑的身影，她对这饭店不熟悉，试图走了好几条路，都没找到包厢。她跺了跺脚，耐心全部耗尽前，听到另一侧传来交谈声。

男人的声音沉稳有力，带着成熟人士的笃定。她露出头悄悄看了一眼，对方穿着挺拓的西装背对她，身姿挺拔，严严实实地遮掩住身前的人。

宋瑶叹了一口气，要离开时，被男人遮住的人出声："周逸寻，你算我什么人呢？"

女生的声音分辨度很高，音调冷而硬，音色很熟悉。宋瑶微睁大眼睛，不太敢相信是自己想的那个人，于是她又转过身，小心翼翼地掏出手机对准他们。

男人侧过身子，露出姜皑的脸，两个人的神色称不上好，空气中充斥着硝烟味，感觉下一秒就能开战。

这是，前任相遇？不过这个男人看起来比她们年长不少岁。宋瑶颤着手收起手机，张望了一圈，不由自主地加快脚步逃离现场。

姜皑不知道会在这遇到周逸寻，如果能提前预知，打断她的腿，她都不会来。对于这个哥哥，她难以定义，表面上谦谦君子温润如玉，实则肚子里全是坏水，若没点城府，怎么有能力单凭自己就将周氏年度营业额提高一倍不止？

下周是苏好的生日，他碰见她，自然要提醒一句。姜皑心不在焉地听完："我知道了。"

周逸寻拧眉，眼眸漆黑阴沉："你需要我强调多少遍，苏阿姨是你的妈妈。"

她抬起头，语气奚落："周逸寻，你是我什么人呢？"又是以什么身份站在道德制高点指责她？

周逸寻抿紧唇，不置一词。姜皑冷笑几声，转身要走，手腕却突然被他抓住，接着整个人以不可抵抗的力道压到墙壁上。男人的五官在眼前放大，他单手压住她的手腕，一字一顿地说："我是你哥哥，有权管你。"

姜皑看着他的眼睛，嘴角的冷意没来得及收回："你姓周，我姓姜，周少爷别乱攀关系。"

她用力抽出手腕，白皙的皮肤红了一圈，胸腔中有股汹涌的情绪要翻涌而出，马上就压制不住了，江吟似开玩笑的声音陡然从脑海中响起。

姜皑掩下眼帘，默念了一遍他教给她的话，想起说这句话时江吟脸上认真的表情，她狂跳的心渐渐平稳下来。

姜皑走了几步，发现周逸寻仍跟着，她拔高音量说："别跟着我。"

回到包厢，姜皑敏锐地感知到气氛变了，一向爱闹腾的学长也不开玩笑了，大家的视线聚焦到她身上，直到宋瑶开口："姜皑，我刚刚去找你，结果看到你和别人说话呢，就没叫你一起回来。"

姜皑沉默了一下，没说话。她看了一眼江吟，以及他手边的手机，屏幕亮着，依稀能看清上面的照片。

被摆了一道。

姜皑走到江吟跟前，微微俯身，手指搭在他的肩膀上，整个人靠过来。

宋瑶变了变脸色，下意识去看江吟，据她所知，学长最讨厌女生和他有肢体接触，但姜皑靠过来，他毫无反应，甚至懒得抬一下眼皮。

从她给他看了那张偷拍的照片开始，他便一直是这种寡淡的神情，看不出喜怒，该有的情绪起伏也没有。姜皑按住手机机身，目光转动，毫无征兆地捏起薄薄的手机，下一秒，扔到宋瑶面前的玻璃杯中。

她生气了，做这件事前，暗自默念了六遍"我是全世界最温柔的人"也没有效果。

众人倒吸一口凉气。姜皑站直身，无波无澜道："不好意思，手滑了。多少钱？我赔你新的。"

宋瑶大气也不敢出，垂下头，不一会儿眼眶发红："我不是故意的。"

姜皑抿下嘴角，轻轻吐出一口气："对啊，你不是故意的，你就是觉得好玩，随便拍了张我的照片而已。"

宋瑶哑口无言。

"然后不小心给学长看，试图破坏我在他心里的印象。"姜皑压低音量，质问语气颇浓，"你敢做，为什么不敢承认呢？"

"我没有……"宋瑶呼吸停顿几秒，百口莫辩，她站起来，看向一言不发的江吟，"学长，我只是想……"

姜皑打断她："只是想什么？留个证据，凭空捏造我和别人有关系，前情未了就开始勾三搭四？"

小虎牙喝水呛到，怪不得江吟对这姑娘有好感，长得漂亮也有脑子，虽然她不在场，但对宋瑶所说的话竟猜对了一半。

看在宋瑶是女生的面子上，有人出来打圆场，但这饭肯定是不能好好吃下去了。宋瑶朝江吟道歉，先行离场。

关门声响起，其他人低头吃菜，没人出来打破僵局。直到江吟拉开一旁的椅子，言简意赅："坐。"

姜皑捏了捏指腹，积攒的郁气因为他这句话消失得无影无踪。

一顿饭吃到晚上八点，还有学长喊着要去 KTV 续场。考虑到大家的宿舍门禁，江吟打车送喝醉的人回学校后，留下姜皑，两个人等下一趟车。

路上行人寥寥，昏黄的路灯铺洒下柔和的光束，将街头一隅点亮。姜皑闷声不说话，脚尖抵住台沿，心里这种感觉说不出来。就像小时候做了错事，虽然有人不管对错只选择袒护你，但她明知道自己是错的。

江吟微侧着头，声线沙哑，受酒精影响，话语也软了几分："姜皑，我记得我和你说过……"

她轻轻咬住舌尖，很委屈地垂下头："我今天说了六遍，但没效果。"

江吟弯起嘴角，浓黑的眸子仿佛浸染了团墨，有柔光落到其中，眼底清亮无比。片刻，他伸手揉了揉她的发顶："既然这句话不管用了，那就换一句吧。"

姜皑讷讷地点头，安安静静听他说完："换成什么？"

"你是江吟的女朋友。"

姜皑的呼吸霎时停顿住，脸上是难以置信。几辆私家车飞驰而过，带起满路的尘烟。寒风乍起，吹红她的鼻尖。

姜皑今天穿了一件白色的高领毛衣，小巧的下巴藏在毛绒的领子里，漂亮的眼睛直勾勾地看着江吟，像森林深处觅水的鹿，看到小溪露出欣悦的表情。

这世界不会只关注你的不好，在不可预知的将来，会有等待你的人，抱紧你，对你说："你很好很好。"

然而，就是这样好的人，她把他弄丢了。

Chapter 6

你再走，我就要下雪了

被闹钟吵醒，姜皑从梦中醒来，记得最清晰的一幕是江吟站在路灯下垂头看她的情景。梦里他的脸不太清晰，存留在眼前的仅有他细长的手指和黝黑的眼眸。

上学时的江吟，冷而傲，浑身上下散发出的那股禁欲感，能恰到好处引发刚成年的少女们由内心深处升腾起的征服欲。姜皑捂住脸闷闷吐出一口气，试图将他从脑海中赶出去。

八点三十分，早已经过了上班打卡的点。

她前天从八百关回来就拟了辞职信发到处长邮箱里，但外翻部有个不成文的规定，除非是合同任期已满，擅自辞职或被辞退，其他私企将碍于职业回避三年内拒绝录用。

果不其然，邮箱里躺着昨天投递的简历的回执，拒绝理由各不相同。有公司说高攀不起，姜小姐做文职实在太屈才；有的不拐弯抹角，直接表示不敢与外翻处抗衡。剩下三家公司未回复，估计也没什么盼头。

算了。姜皑数了数日子，是该去舅舅家看看了。

刚回来这一个月，她每天都被拉去当陪酒劳力，根本不敢去探望舅舅舅母，不然他们又要为她担心费神。

夜色初降，姜皑兜转了大小商厦才找到舅母喜欢用的那款老式香膏。舅母是苏州人，平常以刺绣为生，一双巧手不知给文物保护局修复了多少古物，只是年岁大了，皮肤开始变得粗糙，需要精心呵护。

拜托尹夏知帮忙询问其他老工艺师傅哪有卖的，对方有些无奈，这都什么年代了，谁还会用那种东西。姜皑好声好气哀求许久，把尹夏知的耳根子磨软了，她终于妥协："知道的会说你姜皑孝顺，不知道的还当你是旧时代穿越来的人。"

姜皑自从父亲因公殉职、母亲改嫁便一直跟着舅舅苏岳宁生活，舅舅舅母没有孩子，便将她看作亲女儿。他们的怜与爱，帮她渡过了人生中最难熬的日子。

所以，只要舅母需要的，姜皑都尽一切可能捧到她面前，权当尽孝。

老宅两旁的梧桐蓊郁，红砖垒成的旧式洋房在这座大城市中显得格格不入，姜皑却想念了这里许久。

二楼亮着灯，依稀能看到灯光返照在窗纱上轻薄的影。姜皑走至铁门前，按响门铃，叮咚几声，立刻有脚步传来。来开门的是个中年男人，看到站在门外的姑娘，脚步顿住。

彼此凝视许久，久到眼眶中盈着的水光被风吹干，姜皑先垂下头，声音细微："舅舅，我回来了。"

苏岳宁点点头，哽咽了几声："回来了就好。"

姜皑是大二下学期去的日本，舅母自费送她出去读书，苏岳宁本是不赞成的，如今国内不比国外落后，从 A 大毕业照样是高材生，照样可以找到好工作。但姜皑点头答应，他也没有办法挽留。

推门进去的时候，舅母正拿着针比照着样图工作。

苏岳宁招呼道："别绣了别绣了，看看谁来了？"

舅母懒得抬头："还能是谁，总不会是皑皑吧……"

姜皑转了转眼珠，和舅舅对视几秒，笑道："可不就是我回来了。"

舅母闻言，手中的针线没拿稳，匆匆抬起头。

离开他们的时候，姜皑不爱笑，明明是个极漂亮的姑娘，却始终清冷着表情，看人是冷的，语气是淡的，唯独提及她去世的父亲时，她眼底才会有几分波动。她打心坎里心疼姜皑，明明才那么小，却要经历人间最痛的生死离别。

舅母问："这次还回去吗？"

姜皑摇摇头，上前握住她的手："不走了，再也不走了。"

苏岳宁就近到超市里买菜，姜皑想和他一道去，但被他拦下了："陪你舅母说说话，她整天念叨你。"

"让老苏自己去就行，皑皑，来，我给你看样东西。"舅母挽着姜皑往楼上的阁楼走去，在她出国前，这是她的房间，"从你出国，我就开始做这件衣服，想着能有一天看到你穿上。"

她边说边推开门，侧身让姜皑先进去。姜皑好奇地探头望了一眼，目光就此顿住，是一件亲手绣成的中式嫁衣，每一针每一线都精致到无可挑剔。

姜皑吸了吸鼻子："舅母，我还想多陪你们两年呢。"

"傻丫头，迟早都要嫁人的。"

谈话之际，从客厅传来一阵响铃声。

"他没拿手机？"舅母疑惑地下楼，发现是苏岳宁的手机，"你舅最近闲得慌，下了个打车软件，这可能是派过来单子了。"

姜皑接过手机看了一眼："要不我去吧，这段路我挺熟悉。"

舅母皱眉："能推掉吗？"

"推掉应该会扣信誉分吧。"姜皑从玄关找到车钥匙，递给她一个安心的眼神，"我等会儿就回来。"

江吟很早到公司整理资料，之后召集市场部分析这个季度的销售调查表，漫长的会议结束时已经临近午时。

天空一碧如洗，明净蔚蓝，九月份S市多晴天，中午的阳光落到皮肤上依旧有种夹枪带棒的狠厉感。

市场部经理交上来的下一季度策划案中，提及准备招揽精通日语的人才以备与日企合作，江吟批复同意，吩咐特助给人事部打声招呼。

谢权好不容易挨到下班的点，哼着曲子推开江吟的办公室门："哥，我下午有场party就不来公司了。"

江吟低低"嗯"了一声，忽然想起什么："晚上记得去赴宴。"

谢权听到他的话头皮开始发麻，知道没有打商量的余地，索性应下。偌大的房间内安静了片刻，江吟抬头睨他一眼，目光沉沉，轻启薄唇问："还有事？"

谢权摸了摸下巴，坐到江吟对面打量他。穿着常穿的三件套西装，深蓝格领带打得一丝不苟，办公时因为轻微近视，鼻梁上架了一副金边眼镜，这种雅痞风的打扮竟然也没能将他浑身的凛冽感折中分毫。

这样性冷感的人，怎么会喜欢别人？谢权收回目光，用轻飘飘的口吻状似无意道："江总，您随身带的手帕是不是丢了？"

江吟写字的动作顿住，随后问："小谢总到底想说什么？"

"我可没别的意思。"谢权无辜地摊手，"只不过那天从八百关回来，听到一姑娘和保洁员辩解，说你那块手帕是她'老公'的，你说奇怪不奇怪，我和你那么熟，我竟然都不知道 LOGO 上印了你的名字缩写。"

江吟屈指敲了敲桌面，最后的耐性被消磨光："说完了？"

谢权扬起一个讨好的笑："是个顶漂亮的姑娘，你如果不要，就介绍给……"

还没说完，迎面飞来两个文件夹，他反应敏捷伸手接住，翻开粗略扫了几眼。全是英文，还都是商业术语，他真心看不懂。

江吟适时开口："这些资料，今天下午看完，下班前给我三千字的心得体会。"

谢权瞪大眼，哀号出声："哥，你认真的吗？我下午刚请了假。"

"请假作废，马上滚回去看。"江吟揉了揉眉心，不动声色地掩住声音中的疲惫。

江家和江家是世交，江家从政，谢家从商。江吟的父母都是军人，平常都在军队里，江吟受了谢家不少照顾，TK 董事长因病去世，临终前把最不省心的小儿子拜托给江吟照顾，他自然要管。

也是因为这层关系，谢权不敢反驳江吟的话。嚣张不可一世的小少爷任打任骂绝不还口。谢权磨了磨后槽牙，行吧，他忍！

等谢权气急败坏地摔门离开后，江吟垂下眼帘靠在椅背上，紧绷的肩线霎时松懈下来。如同谢权所说，与他熟识的人都不知道那方手帕上绣有他的名字，但姜皑知道。回忆中所有的细枝末节被重逢时的匆匆一面引出来，由不得两人有半分拒绝。

谢母与江吟作陪，给谢权和袁家小姐牵红线相亲。袁小姐如谢少爷所言，穿一身古板的黑色工装，盘着一丝不苟的发髻，连脸上的笑都是最公式化的弧度，和姜皑那天的一样。

江吟无视谢权递过来的眼神，将面前的高脚杯倒满酒一口饮下。

酒过三巡，袁家对谢权很满意，不断暗示自家姑娘多表示表示，无奈袁小姐也没有相亲的打算，客气地敬了谢权一杯便再无话语。

许是这气氛太过僵持，谢权主动讲起段子来哄两家的长辈开心。江吟无意多留，和谢母交代一声准备离席。江吟喝过酒，谢权不放心，也想趁机开溜："哥，我送你回去吧。"

江吟睨他，谢权心虚地把面前空了半瓶的红酒往里移了移。他迫不及待打开门，侧身等江吟出来："那这样吧，我出去给你叫辆车。"

江吟拿起搭在椅背上的西装外套，站起身时冲袁家长辈微一俯身，道别后离开包厢。

酒店门前不准出租车停靠，谢权索性打开 APP 叫车。

夜风急而清凉，驱散了夏末难耐的余温。江吟伸手扯下领带，解开脖颈处的两颗衣扣，紧箍着他的压迫感终于减轻了不少。

"回去吧，别让长辈等太久。"

谢权扬了扬手机："好人做到底，送佛送到西，我得看你上了车才放心。"

手机铃声乍响，是司机的号码，他打了个手势给对面驶来的车，随后自言自语："看来这司机是个新手啊，不会开定位吗？"

车缓缓停至跟前。江吟睁开轻合的眼，几步走过去试图拉后座的车门，谁知是锁住的。他按捺住自己的不耐，叩响车窗，示意司机开锁。

须臾，"啪嗒"一声响，江吟拉开车门躬身而入。谢权在打车的时候就告知了地址，他懒得再交代一遍。

车迟迟没有启动，江吟最后的耐性被磨光，抬眼往驾驶座看去。暗色中，女人过长的发垂至腰际，随着从窗外吹进来的风一荡又一荡。

路灯乍然亮起，霓虹闪烁。她的脸在灯光的映衬下显得隐晦不明，但那双沉默的双眼，却明亮万分。

姜皑在日本不常开车，如今回国交通规则不一致，她更不敢狂踩油门。透过后视镜看后座上的男人，他闭着眼，脸颊微微泛红，唇色却极淡。姜皑不自觉用手指摩擦方向盘，好不容易平复下来的心又乱成一团。

　　江吟早年应酬伤了胃，只要喝酒，就一定会不舒服。车厢封闭，酒气混杂着不知名的香料一并冲入鼻腔，让他不自觉皱起眉："麻烦开下窗。"

　　姜皑愣了愣，连忙按下中控，将车窗半降，回头询问："这样可以了吗？"

　　江吟并未看她，低低"嗯"了一声。姜皑握着方向盘的手下意识松动，停至红绿灯前，她从置物架拿出一瓶水递给他："喝点水会好受一些。"

　　她说完这句话便扭头看另一方向的灯牌，表情平和，眼神更是平静。江吟垂眸盯着手里的瓶装水若有所思。

　　姜皑放在腿上的双手握成拳，一句"没有你常喝的纯净水"差点脱口而出，话转到嘴边被她硬生生地咽回去。

　　车程近二十分钟，夜幕完全降下来的时候，姜皑把车停到楼下。江吟没有立即下车，反而坐直身子，妥帖地整理泛起褶皱的衬衫衣摆。姜皑用余光将他的一举一动收入眼底。两人都没有轻易开口，这一段不长不短的沉默，像是留给彼此斟酌话语的默契。

　　江吟把衬衫衣袖挽至手肘处，露出一段修长的小臂。他把西装外套搭在左手臂上，准备推开车门时，动作微微一顿。

　　他敏锐地捕捉到她的目光，不安的，期待的，强行掩饰住关切的凝视。

　　江吟收回手，口吻没有温度，仿佛只是朋友重逢后不冷不淡的问候："什么时候回来的？"

　　姜皑神情放松不少，嘴角带了笑，语气轻快："上个月回的。"

　　江吟颔首，没有继续多问，干脆利落地躬身下车。背影清癯贵气，比留在记忆中的添了几分矜贵与难以触碰。

　　忽地，他脚尖一旋，往回走过来。姜皑透过车窗看到他毫无情绪的脸，她半落下车窗，还未开口，便听到他低沉微哑的声音从上方落下："上楼，我有话问你。"

姜皑没吭声，试图以沉默抵抗。从再次见到他的那刻开始，她尽力维持的情绪总是大起大落。她像是断了线的风筝，在情绪风浪中暴涨暴跌。这种感觉很不好，让她有种还在治疗期的错觉。

江吟眸色沉沉，眉眼未动，目光从高处落下，顺着光线的转影一寸寸地扫过她的脸，将她情绪的轻微变化收入眼底。

"你还欠我一顿饭。"他淡淡说道。

五年前的一顿饭。

江母介绍朋友家的女儿给江吟认识，小姑娘刚上大学还有些不适应，希望江吟能多帮帮忙。姜皑知道后，偏不让他去，甚至还答应亲自下厨给他做饭。但那顿饭最终没能吃成，她甚至还接连消失了两个月。

没有人知道姜皑去了哪里，做了什么。等她再回到学校时，像是变了一个人，她宣布和江吟分手，开始接受其他人的追求，两个月的时间身边更替过无数的人，但没有一个人坚持到一周。

直到大二下学期，姜皑离开A大去东京念书，江吟都没能亲口从她嘴里问出，她到底发生了什么事。他现在提及，是存心想让她良心过不去。

姜皑重新启动车子，下一秒她看到窗外的男人霎时沉下脸。她望向江吟，表情无辜又茫然："要把车停在哪？"

江吟紧绷的侧脸线条终于松懈下来，他指了指拐弯处的地下停车区："里面有共用车区。"

姜皑点点头，慢慢驶过去。

位于市中心的高层公寓，江吟在这里住了两年，时间不算短，却是第一次带女人回家。

姜皑一进门就看到了正对玄关的墙上那幅巨大的中古油画，色彩搭配浓烈刺目，中央却是一片洁白的雪花。

"不用换鞋，"江吟放下手中的西服外套，不疾不徐地叠起衬衫衣袖，"冰箱里有食材，我没有忌口。"

姜皑讷讷地颔首："香菜也可以加？"他从前一直拒绝吃香菜的。

江吟往内屋走的脚步一顿，转过头来，侧脸晦暗。

"可以加。"

为什么听他的语气，姜皑有一种"你敢加就死定了"的感觉。

她走进厨房，打开冰箱，看到塞得满满的各式各样的果蔬有些惊讶。按江吟的个性，绝没有在家里开火做饭的闲情逸致。

姜皑捡出两个个头饱满的西红柿，准备给他煮面吃。炉灶台一尘不染，没有油烟的痕迹，甚至都不见各种调料的踪影。姜皑翻找了底下的抽屉，连基本的油盐酱醋都没能找到。锅里的水开始咕嘟咕嘟地冒热气，她咬了咬下唇，离开厨房走到江吟的房门前。

门是虚掩的，依稀能听到浴室里传来的哗啦水声，她叩响房门，试图引来他的注意。姜皑清了清嗓子，压下心中起伏的情绪唤他："江吟。"

片刻，浴室里的水停下。

浴室里的人裹着深蓝色的浴袍走出来，发梢还滴着水，黑眸中氤氲着一层薄薄的水雾，目光也变得柔和。

江吟往前走了几步，停到姜皑面前，黑眸沉沉的，让她略感压迫："怎么了？"

姜皑扒了下头发，苦恼地皱起眉："江吟，我没找到调味料。"

她低下头，眉眼无奈地垂着，声音也软下来，念到江吟的名字时，尾调习惯性地微微上扬。江吟心中腾地升起一种久违的感觉。

"抽屉里也找了吗？"

他又靠近几分，沐浴露的香气混杂着独属于他身上的清冽气息霎时扑面而来，姜皑下意识地往后退，直到脊背抵在门框上，她才勉强找回自己的声音："找过了。"

江吟眯起眼，视线落到她故作镇静的脸上，笑了。

"你慌什么？"他慢条斯理地将搭在头上的毛巾抽下来，语速不疾不徐，诚心想让她听清楚。

姜皑轻轻抿了下唇："锅里的水还在烧，我先去看看。"言罢，忙不迭转身离开。

江吟的眸色瞬间暗下来，他用手背蹭去由脸颊滑落至下颌处的水珠，深吸一口气后快步跟了上去。

厨房里，水汽蒸腾，油烟机嗡嗡作响。姜皑站在一侧看江吟逐层抽屉地翻找，刚想告诉他那些地方她都有找过，就发现他现在的表情淡到让人拿不准他的喜怒。

最后一层抽屉关上后，江吟直起身，语气有些不自然："可能被我丢掉了。"

他嘴唇动了动，紧绷的侧脸线条松懈下来："可以不放调味料。"

姜皑的眉毛抽动了几下，轻轻地"嗯"了声。最后端上桌的是西红柿面，细碎的葱花飘在面汤上，姜皑没放油，也没盐可放，乍一看确实有点寒碜。

江吟坐在桌前一动不动，连拿筷子的架势都没有。姜皑挠挠头，有点尴尬地沉默着。

江吟吝啬地分给她一个眼神，似乎是在无声地询问她，这东西可以入口吗。

"你喝了酒，最好吃点清淡的。"

闻言，他始终放在腿上的手终于抬了起来，握住筷子挑起三四根面，然后送到姜皑面前："你先尝尝看。"

两人之间隔着餐桌，江吟没有直接把碗筷推过来让她吃，而是用这样亲昵的姿势。他没有感觉到丝毫不妥，依旧面无表情。

姜皑伸手捏住筷子剩下的地方："我自己来。"

她避无可避地碰到了江吟的手，手指骨节相碰，微凉的触感从指腹传来。

彼此皆是一怔。江吟先松开手，起身往厨房走去。姜皑垂头吃了一口面，和清汤面没有什么区别。虽然味道很淡，但胜在火候掌握得不错，面条软硬适中。

江吟拿了新的筷子回来，手臂越过半方餐桌将瓷碗拉到自己面前，全程没看姜皑一眼。他的吃相很文雅，每次捻起面条的量不多，送入口中的速度慢而稳，十分赏心悦目。

姜皑不自觉多看了几眼，忽然想起他的那块手帕："等我有时间，我会把你的手帕送到你公司前台。"

觉得不妥，她又加上一句："谢谢你。"

江吟解决完瓷碗里清淡无比的面条，搁下筷子，一副漫不经心的模样："不是说，我认错人了吗？"

姜皑看到他眉梢眼角逐渐爬上来的嚣张，心思微动，迅速改口："你认错人了。"

江吟扬眉，指尖摩擦着竹筷表面，微微歪了下头，静等她后话。姜皑淡淡地撇开眼，语气有些生硬："我没那么丑。"

江吟突然笑了，被她气笑的。

手机铃声乍响，拉回姜皑的思绪。来电显示是舅母，估计耽误的时间太长，她不放心打电话来询问。

姜皑放在身侧的手攥成拳又泄气般的松开，房间内重归安静，耳畔只有钟表指针走动的声音。

江吟站起身："我送你下去。"

"不用了。"姜皑和他对视，平静无波的眸底霎时泛起波澜，她的每一个字眼都像是从喉咙中挤出来似的，"江吟，欠你的，我还了，以后我们就没有关系了。"

江吟的薄唇抿成一道紧绷的线，幽深的眸中酝酿着暴风雨来时的汹涌澎湃。

姜皑将背挺得很直，坚定地从他身旁走过，就在错身的那一刻，她垂至身侧的手被人捉住。

有些举动是出于条件反射，大脑还未做出反应，肢体就先有了动作。每每午夜梦回，他不知道在梦里练习过多少次挽留她的行为。江吟手上用的力道很大，等他反应过来后，他慢慢松开攥紧的手指。

"姜皑，"他咬字清晰地念她的名字，"我们没完。"

她欠他的，何止是一顿饭这么简单，还有一颗心，和四年无休止的惦念。这些她不知道，也还不起。

十月初，姜皑没等到其他三家公司的回复，便打算到一家外语培训机构当授课老师。毕竟不需要陪酒，只要教教课就能拿工资。

见面时培训机构的主任试探地问她："姜小姐，你的履历可以找到更好的工作，怎么想起来教学了？"

的确，如他所说，姜皑留学日本，又有大使馆的工作经验，随便投份履历到外企，最起码可以当个组长。姜皑立马将演练过千万遍的台词拿出来："想做点安稳的工作。"她脸上挂着淡淡的笑，让人抓不出丝毫破绽。

签订好实习合同，主任让她明天正式上班，带一批与日方合作，但没有日语基础的职工。培训时间是三周，合作企业那边希望培训机构能让每一位职员达到与日本人日常交流的水平。

姜皑看着表格上的时间安排略微有些犯愁，时间赶得太紧，语言又不是粗制滥造就能精通的。

主任临走时拍了拍她的肩膀："TK集团能找我们是荣幸，这份差事只能成功，不然就是砸我们的招牌。"看似是鼓励，实则话语里的威胁意味十足。

姜皑听懂了话中的含义，如果干不好，那三个月后你就给我辞职。

算了，船到桥头自然直。她收拾好文件夹，头也不回地离开办公室。

回家后她用电脑百度了TK集团的详细资料，近期该公司将与某知名日企合作开发一款专门为缓解抑郁症的新型治疗仪。

姜皑从来不相信医疗器械可以根治心理疾病，对这个公司的未来企划也不抱任何期待。

　　世界上有数以亿计的心理疾病患者，情绪反应脆弱，时而在巅峰，时而在深渊。他们站在冰与火的两极，无法掌控自己，甚至无法信任自己，曾经着迷的东西一点点地被自己亲手破坏，随光阴阴灰化。

　　她太了解这种感觉了。姜皑窝在宽大的沙发里不安地缩起身子，额间泛出涔涔的冷汗。

　　电脑屏幕暗下，浮现出锁屏图像，是一张偷拍的照片。虽然画面有些模糊，但依稀能看出是一个男人的身形轮廓。

　　她猛地合上电脑，掌心被震得发麻。目光落到茶几上摆着的那瓶药上，想起尹夏知的告诫，她忍下去触碰的念头。

　　几秒钟后，她没忍住又瞥了眼药瓶，怕自己抵抗不住，她索性紧紧地闭上双眼。

　　——你没病，你只是情绪起伏比常人剧烈一些。

　　——你看，你遇到江吟，也没有什么大不了的，不是吗？

　　课程定在每天下午的三点到六点，授课地点选在 TK 大厦的十三楼会议室。

　　第一天到场的人不算多，姜皑留意了他们的铭牌，大多是技术部和市场部的职员。第一节课她给大家讲解了相当于中文拼音的五十音图，采用形象记忆法将相似的假名放在一起记忆。两个小时下来，她随意抽取五个人考察，正确率在百分之八十以上。

　　六点五分，姜皑拿起挂在衣架上的外套离开会议室。此时，对面房间的门恰好也被人推开，她没留意继续往电梯口走。身后传来许多人嘈杂的脚步声，其间夹杂着用日语谈话的声音，引起姜皑的注意。

　　回国两月有余，她已经好久没有听到如此流畅的东京腔了。转身之际，被那群人簇拥着的男人抬起头，埋在文件夹中的视线随之上移。

"江总？"他身边的人见他脚步停下，疑惑地问，"怎么了？"

江吟把手里的文件夹递给特助："没事，你们先谈。"

十月初，S市转寒快，一场暴雨过后气温就降到了十八摄氏度。姜皑今天穿着及小腿的米色长裙，刚从暖和的会议室出来，外套搭在手上，有寒气顺着她裸露的小腿开始往上爬。

她微微颔首算是打过招呼，表面上云淡风轻，其实心底不知埋怨自己多少次，为什么查资料不查清楚，连TK的副总姓江名吟都能忽视掉。

江吟跨步走过来："你怎么在这？"

距上次见面已经过去半个多月，姜皑此刻再看到他的脸，依旧有种久违的感觉。

"来教课。"她扬了扬手里的教案，客气地笑道，"你的员工学习能力都很强。"

身后的助理适时提醒："江总，这是培训机构派来的日语老师。"

江吟了然颔首，看了一眼她手里收上来的随堂测试，目测不超过三十张。

"抱歉，下次我会让他们准时。"

姜皑摇头，声音有些生硬："没关系，现在的人数刚刚好。"

江吟微微垂眸，睫毛耷下来，眼睑下方出现一层若有似无的阴影。他的眼皮很薄，窄窄的内双将眼型勾勒得狭长，眼尾弧度微微下垂。认真凝视对方时，他给人一种极其无辜又极其诱人的感觉。

他没有回应她，就这么直勾勾地盯着她，就好像她做了什么对不起他的事情一样。

姜皑长吸一口气，缓缓吐出来，试图以此来缓解他给她带来的压力。电梯到达，她将手挡在感应器前，转身道别："江总，下次见。"

等姜皑的身影彻底消失在电梯里后，市场部经理才敢走上前："江总，我们继续？"

江吟抬眉，抬起手腕看了一眼表盘："谢权还在办公室吗？"

特助不禁汗涔涔："小谢总一般都是踩着点下班的，现在已经六点十分了。"

江吟若有所思地问他："他最近是不是很闲？"

特助不敢乱说话，一时沉默。

江吟从他臂弯里拿过所有的文件夹，表情看不出喜怒："通知他，从明天开始一起跟着来上课。"

特助摸不着头脑："上什么课？"

"日语。"他无波无澜道。

离开 TK 后，姜皑按例到尹夏知的心理治疗室检查，躁郁症不存在一次性治愈，每次波动周期为两到三个月。自从姜皑到日本读书，情绪崩溃的次数逐渐减少，可以说是尹夏知接触过的病人里最奇迹的一个。

尹夏知与姜皑，既是医患关系，也是多年的知己。她们同为 A 大学生，结识于某次社会心理选修课。尹夏知专修心理学，对这种课自然不放在心上，只是为了几个学分。而姜皑不同，她希望能通过教授的讲解，找到控制自己情绪的办法。

尹夏知告诉姜皑，这世界上没有人规定躁郁症患者不能恋爱。如果对方心理素质不够强大，脾气不够温和，没办法与冷漠极端、偏执爱钻牛角尖的爱人相处，那他根本没资格与你共度余生。

姜皑信了。于是开始追求江吟，他是第一个主动帮助她的人，没有计较她暴力的解决方式，甚至将她的所作所为看成正常人也会有的行为。

但最后，她失败了。他那样耀眼，她却缩在情绪蜗壳里不见天日。

姜皑仰面躺在沙发上，眼神放空，忽然想到今天江吟主动上前搭话的情景，瓮声瓮气地问正在电脑前敲病历的尹夏知。

"你说江吟到底是什么心态？"

尹夏知头也不抬："你已经问第四遍了。"

姜皑撇嘴："但你没有给我答案。"

"你觉得他对你余情未了？"尹夏知转过身来，手中晃着一支笔，"所以才一而再，再而三地接近你？"

姜皑坚定地摇头，下意识否认："不可能。"

尹夏知扬起眉："你与其在这边瞎猜，不如主动试探。"

姜皑没说话。

"就像你大学时候一样，"她捏着嗓子学得像模像样，"江学长，不是你说要和我做朋友的吗？"

说完冲姜皑狡黠地眨眼："我学得像吗？"

姜皑抖落浑身的鸡皮疙瘩，不忍心承认她当初一步步接近江吟试图追求的经历有多么不堪回首。

尹夏知收拾好病历单，关上电脑："我去报备，你在这好好休息。"

姜皑沉默好半晌后开口，声音幽幽的，包含着不知名的情绪。

"夏知，我的病还会再犯吗？"她伸手遮住眼睛，挡住刺眼的光线，仿佛深陷黑暗能让自己好受一些。

尹夏知把触碰到门把的手收回来，静静看着躺在床上一动不动的人。她认识的姜皑，是多么骄傲的一个女生。即便自己被关在一个小屋里，也试图去生存得生机勃勃，去挣扎，去负隅顽抗。而现在，她迟疑了。

尹夏知叹了一口气："姜皑，你是一个正常人。"

床上蜷缩的人动了一下，缩了缩脚趾。她记得有个人也曾和自己说过："你值得被爱被珍视，姜皑，你很好很好。"

下午三点五十分，TK 大楼门前车流攒动。

姜皑一路上到十三楼，推开会议室的门，将坐满房间的人群收入眼底，表情一怔。最前排是空出来的，只有一个低着头的男人坐在中间。

听到推门声，谢权抬起头，漂亮的桃花眼里还泛着浓浓的困意。但当他看到站在台上的女人时，眼底的睡意一挥即散。

姜皑今天穿了一件白色葫芦袖衬衫，一双藕白色的手臂藏在纱质的袖子里若隐若现。她与谢权对视片刻，眼中多是诧异。她记得他，就是那天八百关经理身边站着的人。

谢权对漂亮的人过目不忘，慵懒地往后一靠，扬起手和她打招呼。看到PPT扉页左下方的名字，他微眯起眼小声叫她："姜老师，我不会告诉别人你和江吟是什么关系的。"

姜皑礼貌地回以微笑："谢谢。"

谢权扬起嘴角，"哎"了一声："但我告诉江吟了，怎么办？"

姜皑眉梢抽动了几下，一双清冷的眼仿佛要冒出火来，就差把"我可真谢谢你"几个字明明白白写脸上了。

放映幕前，姜皑的身影被投影仪拉得有些长，影子尾端折断在屏幕上，被灯光削磨得极其锋利。她整个人都融入那片暗色中，唯独袖口别着的钻石纽扣随着她的动作一闪又一闪，简直要闪瞎谢小少爷的眼睛。他眼中的兴意丝毫未减，反倒越发浓烈。

姜皑何尝不知，这满屋子里来捧场的女员工全是冲着这位谢小少爷来的。她按亮台上的灯，询问昨天的五十音图是不是都记下来了。

台下传来稀稀落落的应答声，然而，第一排谢权那句突兀的"没有"引来众人的视线。他挑着桃花眼笑，表情无害："姜老师，我昨天落了一节课，要不您再给我补补课？"

姜皑眉眼调了跳。

自从谢权加入这个课堂，气氛活跃了不少，就是进度难以像之前那样顺畅。

第一天是如此，第二天、第三天，他都准时出席。姜皑有心无力，准备好言相劝，请这位小谢总高抬贵手放过她。

次日午后，江吟在员工餐厅用完餐乘电梯上到顶楼的总裁办。经过隔壁谢权的办公室时发现门没有关好，透过门缝能看到谢权伏案写字的身影。

他正准备推门而入，里面开始播放日语录音。江吟握住手把的动作一顿，最后轻轻地给他关好门。

助理接到内线后来到他办公室，在江吟的对面坐下。

"谢权最近都上课了？"他开门见山地问。

"去了，"特助犹豫了一会儿，咬了咬牙继续说，"听楼下的人说，小谢总不仅认真听讲，还乐于问问题。"

"问问题？"江吟微微前倾了下身子，单手撑着下巴，眉心微皱。

"每堂课的内容讲不完，其他员工跟着看热闹。"

江吟放下手，白皙修长的手指在桌面上点了点，抬头看他："影响到课时进度了？"

特助点点头："小姜老师挺苦恼的，毕竟课时很紧张。"

"那你也去吧。"满室寂静中，男人低沉沙哑的声音混杂着手指与纸张摩擦的声音一并响起。

"我去？"特助听到江吟的话脸上的表情怔了一下，话甫一出口就觉得意思不太对，怎么听怎么像骂人，于是改口道，"江总，我不太明白您的意思。"

江吟抬起头，黑眸沉沉，表情没有一丝开玩笑的意思："有问题吗？"

他一字一顿，语速缓慢，尾音压着，像是夹杂着冰碴儿，砸得特助心脏一颤一颤的。

特助立即改口："没问题。"他怎么敢有问题？

姜皑接到主任的电话，说原本定的三周二十一节课改为三十三节课，多出来的课程加在周末双休日里，酬劳双倍。

这些工薪族都这么闲的？明天周六，上四节课，但姜皑的PPT还没做好。

在日本念书的时候，上课方式不同于国内，导师出好相关课题，要求每个小组出PPT展示。姜皑是班上唯一一个中国人，也是唯一一个单独成组的学生。

这就意味着她要一个人完成四五个人的任务，自己查资料，自己翻译，做到夜里三四点是再正常不过的事情。

尹夏知特别担心她的精神压力会加重病情。但她撑下来了，仿佛无休止地学习和工作能让她忘记久存在脑海中的事情，暂时得到安慰和解脱。

尹夏知轮休，晚上约姜皑去喝咖啡。她进门后在客厅转了几圈，整个屋子都是黑白色调，冷冰冰的，没有一点生活气息。

"不去，PPT 没做完，明天有一整天的课。"

姜皑耷下眼帘，落地灯由高铺洒下来的光线从睫毛编织的细小罅隙中穿过，在眼睑下方投射上一层细密的影。她整个人浸在暖黄色的汪洋中，纤瘦的身形轮廓添了几分柔和感。

尹夏知靠着吧台摆弄新做的手指甲："女人啊，要对自己好一点，你成天累死累活，还没嫁出去就老了。"

姜皑眼睫毛都不颤一下："不累死累活工作，没等嫁出去，我就先饿死了。"

"真不去？"尹夏知重新挎上包。

姜皑眨眨眼，声音放低了点："给我带点饭回来……"

尹夏知盯着她，十分冷漠地弯下嘴角，露出一个实打实的嘲讽表情："呵，女人。"

周六上午九点，姜皑打着呵欠走进 TK 大厦，和前台小姐微笑着打过招呼，大厅里人稀少，毕竟是休息日，没有谁愿意牺牲休息时间来公司加班，除非被逼无奈。

谢权站在电梯口盯梢许久，发现姜皑由远及近的身影立马闪进电梯，等了三分钟，直到电梯门自动关上了，也不见她走过来。他用手挡住电梯门，探出头，正巧撞上刚站定的姜皑。

"姜老师，早啊。"谢权耳朵里塞着耳机，本想懒洋洋地抬手打招呼，估计是觉得十分尴尬，他扬起的手顺势放到后脑勺挠了挠头发。

姜皑想着，毕竟是合作公司的老板，她抬眼看了他一眼，又笑了一下。

电梯门合上，谢权殷勤地按好楼层。他用余光将姜皑脸上的表情收入眼底，心底琢磨了片刻，手指漫不经心地拉扯着耳机线："姜老师，我发现了一首特别好听的日文歌，你要不要听听？"

姜皑侧了侧头，她比谢权矮半个头，视线先落到他指尖绕着的耳机上。刚想拒绝，电梯停在了七楼研发部。门一打开，男人颀长的身影映入眼帘。他手里拿着装文件的牛皮纸袋，正跟身后的助理小声交谈，看到门内的两人时，话语立即顿住。

姜皑上上下下打量了他一圈，心思突然变了。她直接从谢权手里拿过半根耳机，虚虚地挂在左耳上。

谢权示威般的冲江吟挑眉，接收到他凛冽的眼神后无辜地耸肩——你看，是人家姜小姐自己愿意的。

江吟眉心一跳，往后退了一步，对身侧的助理说："还记得昨天和你说的话吗？"

特助的视线从这三个人身上来来回回兜转了好几圈。他听出来了，江吟的话像是警告。

原本只有两人的电梯里现在站着四个人，姜皑和谢权在中间，江吟和他特助分别站在他们两边。

姜皑贴着江吟，低垂着头，不敢动，怕一个举动就碰到他。

江吟没注意到她的小动作，觉得有些闷，伸手开始扯脖子上系得一丝不苟的领带。质地较硬的布料摩擦带起窸窣的响动，他握住领带的一端，缓慢地抽出来，折了几折将它缠在右手上。

姜皑不由自主僵直了脊背。躲得过他的动作，却躲不过他身上熟悉的气息。耳机里传来的音乐渐渐消失了，她往后靠了一下，身子抵在后面的扶手上，心脏"怦怦怦"地狂跳，但带不来可以支持生命呼吸的氧气。

到达十三楼，谢权和助理先走出电梯。江吟发觉姜皑不对劲，扶住她渐渐软倒的身子。当他微凉的指尖碰到她的皮肤，姜皑硬撑着最后一点理智回神。

江吟皱眉问："不舒服吗？"

姜皑咬了下嘴唇，眼眶有些红："没有。"

"就是第一次站在像江总这样的大人物身边，被您的气场压得喘不过气来。"姜皑继续说。

她勉强压制住情绪起伏带来的心悸，垂着头，眼底氤氲了一层水汽。谢权上前来搀扶她，却被她偏身躲过："我没事的。"

她腿发软，强撑住自己的身子想要维持体面，脚步踉跄往前走了两步，猛然被另一股力拉回去。江吟在她面前蹲下："我背你。"

姜皑攥紧衣摆，嘴角轻轻弯起："这不太好吧？"

电梯离会议室还很远，往来也没有其他人，江吟用下巴点了点远处的两人，交代："你们先进去。"

谢权啧声，倒是没多留，迈开步子离开他们的视野。助理接收到老板的眼神示意，略微颔首后跟谢权身后离开。

"现在没人了。"江吟保持着蹲下的姿势，偏过头看她。他蹙着眉头，眼神阴沉沉的，带着警告，"不然我就抱你了。"

姜皑今天穿着及膝的裙子，一抱什么都能看得到。她立刻摇摇头，向前走两步，白皙的小臂虚虚地挽住他的脖颈。

背上的女人很瘦，比四年前还要瘦。这是江吟的第一感觉。他用手揽住她的腿弯，能感受到她落在耳畔的呼吸，清浅而温热，不同于正常温度。

江吟再次开口："生病了？"

姜皑的下巴抵住自己的胳膊，低低地应了一声。

"江吟，我真的有病。"她半开玩笑半认真地说，声音很清脆，"是精神病。"

江吟的神色冷淡了几分，他背着她走过狭长的走廊停在大厅临时的休息室前，将她放到沙发上，居高临下凝视她："姜皑，别拿这种事开玩笑。"

姜皑有些错愕，随即扬眉淡笑："我没开玩笑。"她是认真的，只是他不相信而已。

中午江吟让助理带姜皑到员工餐厅吃饭，谢权趁没人一路上到顶层总裁办，推开门就看到江吟伏案批阅文件的身影，他几步走上去拉开对面的椅子坐下。

"先是怕没人去听课，把我当诱饵，又怕我耽误进度，让助理去盯梢。"他微微歪着头，下巴垫在桌面上，企图看清江吟的表情，"你这么担心人家，为什么不自己去？"

江吟面无表情，没搭理他。

谢权啧声："虽然不知道你们是什么关系，但你不表示，我可就要上了啊。"

江吟停住签字的动作，一停顿，墨水从笔尖溢出来印染了纸张。

谢权继续阴阳怪气地激他："我真的要上了啊。"

江吟从文件中抬起头，漆黑狭长的眼看着他。谢权起身，一步一步地往门口挪动："我现在就要去了哦。"

江吟硬邦邦地吐出一个字眼："滚。"

继而他的薄唇抿成紧绷的线条，眸底酝酿着汹涌的情绪。

谢权撇撇嘴："喊。"滚就滚。

"找我的小姜老师……"谢权的话还没说完，便听到身后噼里啪啦一通响，他饶有兴致地挑了下眉。

姜皑漂亮是漂亮，但他真没发现，这样的姑娘竟然能把他一向不动声色的江哥哥给搞疯魔。

Chapter 7

你走你的路，我也走你的

　　周六下午的课上到中途，姜皑趁他们记单词的空隙到开水间喝水，她算能体会到人民教师的辛苦了，难怪年纪轻轻就患上咽炎的人不在少数。

　　再回到教室，还没推开门，姜皑就听到房间里哄闹的声音。她碰到门把的手缩了回来，难道是她哪里讲错了？不可能，她闭了闭眼，深吸一口气，甩掉那些非惯性思维，直接推门进去。

　　前排除了谢权和助理，又多了一个人。他坐在正中央的位子，白皙修长的手指搭在一沓充当笔记本的 A4 纸上，穿着白衬衫，即便是坐着，他的脊背也挺得很直。

　　姜皑愣了愣。

　　听到有人进来，江吟偏过头，轻敲桌面的手指停下来。他换了个姿势，托着下颌，淡淡地望向她。

　　姜皑慢吞吞地走进来，嘀咕道："现在开公司的都这么闲吗？

　　江吟莅临日语培训课堂，周末的课一节不落，他坐在第一排支着下颌望向讲台时认真的模样，让姜皑差点错信他真的对日语这门语言有着浓厚的兴趣。

　　姜皑平时的声音很冷，声线低而缓，但她念起日语来，意外的温柔。当她念及那句"夏が終わった（夏天结束了）"时，江吟侧目看了一眼窗外。

　　不过六点，夜色便暗了下来。从十三楼望出去远不能俯瞰这座不夜之城，对面的跨江大桥路灯亮起，蜿蜒成一道刺眼的光龙。

　　在姜皑待过四年的国家，这句话还有另一个意思——一段无疾而终的恋情。

　　在漫长无望的治疗期，夜晚袭来的情绪总是轻易将她击垮，狭窄的留学生宿舍内，摆放的物件全是塑料制品。她怕自己控制不住情绪，将所有物品摔烂。

　　东京是个繁华的城市，在姜皑心里却不及 S 市的万分之一。她经常披着湿漉漉的头发坐在阳台，遥遥望着东方，好像有道声音一直在提醒她。

姜皑，只要你好了，你就可以再回到他身边。

江吟没有谢权那么闲，工作日的时候他忙到连人影都看不见。

姜皑经过对面会议室时会刻意停顿一下，透过层叠的百叶窗仔细辨别里面的身影，但都不是他。

下课空闲的时候，姜皑到茶水间接水，谢权就扬着一双漂亮的眼睛亦步亦趋地跟着她。茶水间内人来人往，谢权毫不避讳地站在姜皑面前讲段子，没有颜色的，只为博美人一笑。

"从前有个人姓铁，从小不能说话，请问他得了什么病？"

姜皑捧着咖啡杯，转了转眼珠，眼神清亮："什么病？"

谢权憋笑："哈哈哈，老铁没毛病！"

周身起了一阵冷风，吹得姜皑寒毛直竖。

姜皑小口喝着水，谢权站在她身边，温柔浅笑的模样引来过往员工的注视。

碍于合同关系，他是 TK 总裁，姜皑不好直接出言提醒，只好想了个稳妥的方法让他知难而退。她咽下口中浓浓的咖啡，声音平淡："格林童话里谁的胸最平？"

谢权垂眼，耳尖泛红："谁的？"

姜皑用指腹摩擦着杯壁，指尖轻轻敲了几下："小红帽。"

谢权思索片刻，没想出个所以然来："为什么？"

"因为啊，"她很淡地笑了一声，"小红帽的奶奶被大灰狼吃掉了。"

谢权愣了愣，嘴唇翕合数下，也没吐出一个字。姜皑重新接满水，心满意足地回到会议室。

谢权恍神，僵着脸给江吟发短信："哥，女人太可怕了！"说黄段子脸不红心不跳，这段位比他想象中厉害多了。

下午临下课，江吟出现在会议室后门，为了不影响课堂进度，他直接坐在最后一排。姜皑正在讲解语法，抬头匆匆瞥了一眼便收回视线。

到课堂实践，她放下手中的教案，双手轻轻撑住桌沿："下面我请一位来翻译个句子。"

翻开花名册，从市场部一直看到临时加上的谢权和助理，没能挑出一个顺眼的名字来。

半晌，姜皑轻飘飘地合上手中的册子，稍微放大音量喊了一句"江吟"。她没叫他"江总"，也没像其他女士一样客气地称他一句"江先生"。

众人的视线随即开始搜寻自家老板的身影。这时江吟已经起身，穿着与前几日版型相仿的深蓝色西装，没系领带，领口下方的两颗纽扣没扣，露出平直的锁骨。

别人不知道，但谢权可晓得江吟自学过日语，N1专业水平到不了，日常交际绝对没问题。姜皑想故意为难，怕是找错了人。

PPT上出现一行字："我可以和你做朋友吗？"

再正常不过的日常交际用语，江吟看到时却一顿。姜皑不喜欢拐弯抹角，无奈碍于心理障碍，不得不选这种方式来试探。

江吟盯着她的眼睛看了好一会儿，嘴角弯出一道难以捉摸的弧度。他斟酌片刻，缓缓用日语念出来。

谢权挑起眉，看吧，果然难为错人了。然而下一秒，姜皑没有半分恼意地用日语反问："可以吗？"

谢权能力不及，手肘拐了下身边的助理："小姜老师说什么？"

"她问江总能不能和她做朋友。"

彼时江吟已经给出答案，助理托了下眼镜继续说："江总说不可以。"

谢权一噎："嚯，我哥真杠。"

六点钟，课程准时结束。姜皑站在前门等人，谢权慢悠悠晃过来，斜靠在门框上："小姜老师，我哥他刚从后门走了。"

姜皑裹紧外衫，很薄一层，勾勒出她上半身姣好的曲线。

"他去哪了？"

"晚上有场应酬，应该是回休息室换衣服了。"谢权摸了摸下巴，饶有兴致问道，"你真的要找他？"

姜皑点点头，走出几步忽然想起什么转过身："休息室在几楼？"

谢权扬眉："顶楼左拐第二间。"

姜皑按住电梯，道谢后走进去。

谢权瞧着她纤瘦的背影消失在视野，心情莫名清朗。姜皑虽漂亮，但不爱作妖，对待旁人冷漠，唯独会在江吟面前展露她隐藏的小性子。他家江哥哥也为她破例了很多次，只不过两人性子拗，都不愿意直视自己的心。罢了罢了。

助理捧着文件走出会议室，瞧见谢权没走："小谢总，怎么还没走？"

谢权哼声："你不也没走？"

助理用下巴点了下怀里的文件："我得把这些送到顶楼……"

谢权闻言，一句"辛苦了"差点飞出口，转念一想，脚步退回去："送到哪？"

助理不明所以："总裁办啊。"

谢权眉梢一抽："不准去！你现在给我下班。"没点眼力劲儿！

TK 大厦顶层，透过观景电梯可以俯瞰 S 市鳞次栉比耸起的高楼建筑，交织而成的交通网宛若这个繁华城市汹涌鼓动的脉络。

电梯到达，姜皑收拾了下情绪，走到休息室门前，屈指叩响木门，不自觉屏住呼吸。半分钟后，门扶手转动半圈，面前的门缓缓打开露出男人俊朗的脸。江吟还没换好衣服，白衬衫的扣子又解开两颗，看到来人是谁时，深色的眼瞳微缩。

"你怎么来了？"

姜皑漂亮的眼睛转了一圈，视线不露痕迹地将他上下打量一遍。衬衫衣摆从腰间冒出来，松松垮垮地搭在裤腰上，乍一看有种刚睡醒的茫然。他站在她面前，高大的身影将顶灯打下来的光影全部掩住。

"你以为是谁？"她平静地问。

江吟侧过身子让她进来，抿起薄唇没应声。

姜皑依旧站在门口，用脚尖摩擦了下地板："如果是别的女人，你也会这么礼貌地请她进去？"

江吟下颌线绷得很紧，声音低哑沉静："进不进？"他左手搭在门扶手上，作势要把她一并关在门外。

姜皑不再迟疑，手肘挡住门板直接迈进屋："一点也不绅士。"

江吟没搭理她，拿起挂有礼服的衣架往里屋走。

姜皑亦步亦趋跟上，细高跟踩在木地板上发出有节奏的响声，像是踩在他心上似的。

江吟伸手挡在房间的门栏上："有什么话等我换完衣服再说。"

姜皑耷了下眼帘："江吟，你后悔了？"

她话里的情绪起伏得有些剧烈，开口时语调轻快，到最后竟开始哽咽，尾音一颤，被她极力控制住。话音刚落，站在她面前的男人突然转身，一只手压到她身侧，两人之间仅隔了一拳的距离，近到呼吸相贴。

姜皑被他突如其来的动作逼得往后退了一步，脊背抵在墙上，鼻息间萦绕着他身上的气息，清冽干净。

"姜皑，你说一个人能不能在同一个地方跌倒两次？"他话中没有情绪，只是简单的询问。

姜皑迟疑半刻："不能。"

"那你凭什么觉得我会在你身上跌倒两次？"江吟嘴角溢出一丝笑，却不达眼底。

姜皑垂着头，长发耷落下来遮住她的表情。偌大的房间内气氛沉寂下来。江吟轻轻磨了下后槽牙，是他话说重了？他只是单纯见不得她那股子嚣张劲。

"我去换衣服，等会儿送你回去。"他斟酌着说辞，不放心地交代，"最近治安不太好，你自己多注意些。"

说完，收起支在墙上困住她的手臂。就在他转身之际，姜皑突然伸出手拽住他的衣襟。江吟被她又拉回原来的姿势，怕压到她，他手撑住身侧的墙，勉强稳住身子。

"你这是做什么？"

姜皑手上的力道没有松懈，眼波微荡。她缓缓松开他的衣襟，手顺着肩线捋到肩头，力道很轻地抖落衬衫上的褶皱。

"江学长，曾经有人说过一句话，这人是不能在同一个地方跌倒两次，但是保不准他跌倒后就没想过要站起来。"

江吟顿时一笑："谁说的？"

姜皑抬了下眼帘，嘴角噙着笑："名人。"

"名人是谁？"

"姜皑。"她说得理直气壮。

"谬论。"江吟攥住她纤细的手腕，黑眸深沉，看不出喜怒，"很晚了，我让助理送你回去。"

姜皑轻易地把手腕抽出来，语调轻飘飘的："既然江先生认为是谬论，就千万别犯这种错误。"

江吟眸色渐沉，薄唇抿成一道紧绷的线，静静地等她把后话说完。姜皑抬起头，话语软下去："不然我会很困扰的。"

江吟蹙眉，低头睨她。这算什么，警告吗？

尹夏知在楼下等姜皑，时间已过六点半，还不见人下来。她正打算打电话询问，就见姜皑迈着轻巧的步子走出旋转门。

尹夏知按了声车喇叭，落下车窗示意姜皑过来。姜皑快步走来，脊背挺得很直，躬身入内后长舒了一口气。

尹夏知侧目看她一眼："都解决了？"

姜皑低低"嗯"了声："算是。"

言罢，她合上眼帘靠在车窗上，脑海中隐隐浮现出临别时江吟站在落地窗前吸烟的身影。他没让她离开，也没有问她原因，就那样静静地站在那，宽阔的背拢在浓浓的夜色中，孤傲而决绝。

他颀长的身影每每浮现于眼前，她内心的一隅都会传来隐隐的钝痛感。这个男人，曾经包容她的冷漠和戾气，让她主动收起浑身的棱角与倒刺向外界示好。她想让所有人知道，她姜皑，也可以去爱别人。

尹夏知放轻声音问："江吟说什么？"

"他说……"姜皑轻轻咬了下舌尖，将江吟那股子漠然学得惟妙惟肖，"姜皑，你个没良心的。"

尹夏知手指敲了几下方向盘，笑出声："这叫全解决了？"

"我说的是'算是'。"姜皑掏出一瓶水拧开，灌进嘴里觉得索然无味，"尹医生，我能喝点酒吗？"

尹夏知思忖："可以喝一点，不能多。"

姜皑抬起眼，看向窗外渐暗下来的夜色。因为是晚上，各种负面情绪积聚而来，尹夏知多次告诫她不要晚上饮酒，怕她一不小心从楼上跌下去。姜皑惜命，即便是在最难熬的治疗期，她也拼命忍住轻生的念头。只因脑海中不断回荡一句话：有个人，或许还在等你。

湖色礼是 S 市的年轻人经常光顾的一家酒吧，半清半闹，晚上会有驻唱歌手抱着吉他唱悠扬的法国民谣。

尹夏知泊好车，和姜皑相伴入内。吧台酒保客气地询问她们需要什么酒，尹夏知看了眼身侧的人："调杯度数低的。"

姜皑撇嘴，手指曲起敲着吧台："度数高的，喝一杯就醉的。"

尹夏知气得咬牙切齿："给你点颜色真的开染坊？"

酒保左右为难："不如试一试我们店新出的一款女士酒？"

姜皑思忖片刻，就要答应时，身后传来一道清冽的男声。

"那款的确适合她。"来人唇边弯着弧度，眼瞳幽深却色浅，他走到姜皑面前，用一贯清淡的语调说，"好久不见，皑皑。"

姜皑往后靠在吧台边沿上，长腿伸着，小高跟挂在脚尖，随着她小幅度的晃动一荡又一荡。

"周总，好久不见。"她客气礼貌地微笑着。

周逸寻有些讶异，这和他印象中的姜皑根本无法重合。那个总是冷着一张脸、几乎要竖起全身倒刺拒人于千里之外的姑娘突然沾染了人间烟火。

"皑皑，我是哥哥。"他无奈地伸出手想触碰她的脸颊，却被对方轻易躲过。

姜皑没料到他会主动提及，待缓过神来后扯了下嘴角。天知道，姜皑根本不想和周家扯上一毛钱关系。

酒保递过来酒杯，姜皑睨了一眼，说："麻烦再换一杯。"

酒保小心翼翼地瞅了眼周逸寻，这位女士似乎不怎么领情。谁知周逸寻不但不恼，反而温和地笑开："苏阿姨前几天还在念叨你，明天回去看看？"

姜皑的嘴唇碰到杯壁，仰头灌了一口，昏暗的灯光落下，顺着她线条优美的脖颈线过渡至平直的锁骨处，性感而优雅。一杯酒见底，她才懒懒地扫了一眼过去："不去。"

末了，她又笑着添一句："谁爱去谁去。"

"你还在怪父亲？"他又说，"那年的事情一定是误会。"

姜皑握住杯子的力道下意识加大，忍住起伏的情绪，下颌线绷得有些紧，不知在极力忍耐什么。如果不是那个人，她怎么会变成这样？

周逸寻宽阔的手掌覆盖住她的："他不会是那样的人。"

姜皑猛地站起身，她憋了一肚子火气，肩膀微微颤抖："周逸寻，你不必在我这给他找存在感，他是什么样的人，我姜皑有眼睛有心，我自己会看。"

尹夏知见情况不对，连忙挡在姜皑身前，拧眉相劝："周先生，您还是先离开吧。"

"抱歉，我不是有意的。"周逸寻敛眉，用一种极其悲悯的眼神望着眼前的姑娘，"我忘了，皑皑的病……"

这句话不经意间触碰到姜皑心底深深扎着的那根刺，尹夏知下意识回头看她："皑皑。"

姜皑垂至身侧的手紧紧握成拳。突然，她手腕一抬，掀起桌上那杯他推荐的酒，缓缓走到他面前，神情冷而淡，瞧着他。

下一秒，一整杯酒从他头顶浇下去："你不是说我有病吗，怎么样，感受到了？"

周围寂静一片，在场的人看着这场闹剧，自觉将他们视作恋情无疾而终后双方的争执。

酒吧保安走过来询问情况，周逸寻抹干净脸上粘腻的酒水，他似乎从未受过这种羞辱，一向以温润形象示人的男人眉梢眼角溢出狠厉。

他猛地伸手钳住姜皑的下巴，力道之大简直像是要把她骨头捏碎："姜皑……"

"周先生。"

两道声音同时响起，打破僵持的气氛。周逸寻收敛好神情，收回手转身面对正向这走来的人："江总，让你见笑了。"

江吟淡淡地抬眼，与他擦肩而过没停住脚步，直到走到姜皑面前才停下。他微微俯身，细长白皙的手指滑过姜皑下颌处被人捏红的皮肤。

"疼吗？"他问。

姜皑稍微愣神，被他漆黑的眸子攥住视线，一时移不开目光，只能怔怔地摇了摇头。

江吟回身，不着痕迹地将姜皑护在自己身后："周先生，为难女人是不是太没风度了？"

他今天晚上和这位周先生洽谈注资的详细细节，谁知谈话到一半，周逸寻站在二楼透明玻璃窗看些什么，匆匆说了声抱歉后就离开包厢。

周逸寻此人，是S市商界青年一派的佼佼者，鲜少在谈判桌上显露神情。江吟觉得奇怪，随即跟上来，却看到姜皑被他为难。他也不知怎么回事，鬼使神差地走过来替她解围。

湖色礼外，江吟从裤兜里摸出烟盒，打开打火机，"咔嗒"一声，火苗乍起。他不常吸烟，只有心情不好的时候会抽一支。姜皑安安静静地站在他身边，低着头，脸颊处的手指印还有些红。

江吟把烟按灭在身侧的垃圾桶："还疼吗？"

她摇摇头，又点头，吸了吸鼻子："疼。"

低眉顺眼的模样，真被欺负坏了。江吟叹口气，伸手抚上她的侧脸轻轻揉着："好点儿了吗？"

姜皑抬头，咬着下唇，欲言又止："江吟。"

"嗯？"单调的一个鼻音。

"别对我那么好。"

江吟微眯眼，手下的动作故意用力，疼得她整张脸皱在一块："还知道疼？"

姜皑撇嘴："当然知道。"

他哼笑，声音淡漠，没有情绪："姜皑，你真的没良心。"

"年纪大了，良心有没有已经不重要了。"姜皑顿了顿，又问，"你不是来谈合作案的吗，和周氏？"

江吟颔首，手指摸向口袋，想掏出根烟来消解心里的烦闷，余光瞥见正走出门的尹夏知，淡声交代："别进去了，直接回家吧。"

姜皑讪讪点头："嗯，好。"

尹夏知把姜皑送回家，临别时不放心地看她："真不需要我陪你一晚上？"

"你放心，我很好。"姜皑挥挥手，推开车门躬身而下，只不过酒劲上来，视野有点模糊。她往前走了几步，回过头，"明天去青岩寺祈福吧？"

尹夏知透过车窗看到站在路灯下的姑娘，微垂头，长发落下遮住她半边侧脸，光影变幻之际，她抬起眼，弯起嘴角笑了笑："顺便给我自己求个平安符。"

尹夏知默然，这算是她的另一种逃避吗？

姜皑看出她的顾虑，递给她一个安心的眼神："是你说人生在世不要太为难自己的。"

　　长久沉默后，尹夏知妥协："好吧。"

　　车缓缓启动消失在视野之内，姜皑转身继续往大厅走。已经十二点钟，轮值的保安托着下巴昏昏欲睡，她按了几次门铃都没能叫醒他，最后索性拿出门禁卡开门。

　　晚风凛冽，寒意轻易穿透她的薄款外衫顺着身体轮廓向上爬。姜皑打个寒战，小跑进电梯，暖意袭来，她呼出一口气轻靠到侧壁的扶手上，紧绷的肩线瞬间松懈下去。

　　姜皑闭上眼，试图将今晚发生的所有事从脑海中赶出去，男人粗哑的声音却乍然响起。

　　"父亲不是那样的人。"

　　"我忘了皑皑的病。"

　　"皑皑长得比你妈妈还要好看，叔叔真的好喜欢你啊。"窗帘紧闭，稀疏光亮透过微风掀起的窗帘一角泄进来，女孩缩在大床一隅，惊恐地攥紧身下的床单。中年男人身上沾着酒气，步步紧逼。他伸手攥住女孩的胳膊，"皑皑，别怕。"

　　女孩与他拉扯，使劲摆脱他的桎梏，掀起桌上的琉璃台灯狠狠地往眼前男人的头上砸去。

　　坚硬的器物与男人的后脑碰撞，发出闷哼一声，随即有腥味从空间里弥漫开来。

　　女孩被这血色骇到，握住台灯的手慢慢松开力道，玻璃碎了一地。听到声音赶来的人不停地砸门，最后门开了，所有人都怔住。

　　"叮……"

　　电梯到达，响起清脆的提示音，姜皑猛然睁开眼，额间泛出生理性冷汗。呼吸起伏引来心悸，她跟跄着走出电梯，缩起肩，无力地顺着墙壁蹲下。

楼道中的声控灯再次暗下。直到姜皑的手机传来短促尖锐的振动声。灯光乍亮，她不适地眯起眼，伸手抹去额角泛出的汗，花很长的时间喘匀呼吸后翻开手机屏幕。

"到家了？"

姜皑蹙眉，短信发送的号码，她不认识。她走到门前，输入密码后开门进去，随手按开客厅的灯。正要换鞋，那号码又锲而不舍地再次发来短信。

"你家的灯还没开。"这是午夜骚扰短信？

第一次遇上，倒是让她意兴盎然地坐在地毯上回复："性感小野猫，就要做最撩。你若寂寞无人陪，我们店提供上门服务。"

S市某家娱乐场所的宣传词，当时尹夏知吐槽过好久，这都二十一世纪了，谁还那么老土。

过去五分钟，姜皑盯着手机屏幕，暗下又亮起，没再等到回复。她撇嘴，扔下手机走进浴室。

翌日，一阵夜雨让S市秋日的气温降得更低。平常习惯坐办公室的职员对温度升降感知不明显，半数秘书处的人都染上风寒。

助理走进办公室，还没开口，就先打了个喷嚏。江吟签好文件，抬头漫不经心地问："感冒了，需要休息吗？"

助理吸了吸鼻子："小毛病，没事。"想必是昨晚回去太晚，淋了雨。

江吟抿唇敲了几下桌面："现在三点半了。"

助理收好签完字的文件，随口答："今天小姜老师请假停课了。"

"有说原因吗？"他的动作顿住，装作不经意地问。

助理忍住鼻腔里的不适，瓮声瓮气地回道："江总啊，小姜老师又不是我们的员工，请假原因肯定是和培训机构说啊。"

也是，又不是他的员工。江吟薄唇僵直，眸子黑压压的，看不出情绪。

"帮我约周逸寻。"他声线清冷，像是压着胸腔里的怒意似的，"五点钟，不然合作免谈。"

这句话说得毫无征兆，落到助理耳朵里，他一时难以辨明江吟的意思。

周氏作为风投公司，近些年来转入医疗制造业，与 TK 合作是他们拓展版图最重要的一步，可以说虽然这次是 TK 占主导，但周氏风评不错，算是比较满意的合作方。江吟最初也是满意这个伙伴的，怎么突然变卦了？

助理没多问，立刻离开着手去联系，做江吟的助手，不多话是第一准则。

江吟哪能忽略他疑惑的表情，一想到昨晚姜皑站在那，纤瘦的肩膀不停颤抖的模样，他一向坚硬的心突然软了。

下午四点五十分，助理敲门通知他，周逸寻已经到了。江吟抬起腕表看了一眼时间，早到十分钟，已经算是周氏最大的诚意了。之前哪次合作，不是其他公司巴结着希望他周逸寻给个眼色帮他们起死回生。

助理等在门口："江总，现在要过去吗？"

江吟依旧一脸生人勿进的淡漠表情，眼瞳幽深，静静翻阅着手里的文件。既然他诚意大，多等等也无妨。

顶层会客室，周氏团队一共五个人，各个精英模样，本以为这次可以把合同敲定，谁知等待许久后，只有江吟和他助理两人到场。

周逸寻不着痕迹地压下嘴角："江总。"

江吟略颔首，视线扫过他们，蜻蜓点水般地落到周逸寻温和的容颜上："周总等很久了？"

周逸寻笑着摇头："希望能等到好消息。"

江吟轻扯了下嘴角，递给助理一个眼神，助理打开估价 PPT："这是我们公司最后给出来的价格。"

周逸寻目光放远，定格在大屏幕上，在看清数额后瞳孔一缩，这可比昨晚上商谈时足足多了三千万，几乎是周氏的极限了。

江吟双手交握支着下巴，将他的表情变化全部收入眼底："周总对这个数额不满意？"

周逸寻脸上的笑意不减："江总怎么突然改变主意了？"

"既然周总想赌一把，不如将筹码加大。"他藏在黑眸里的情绪莫测，眼神却是宁静，有种一切都在掌控中的笃定，"不知道周总敢赌吗？"

周逸寻擅长用温和的外表来掩饰他内心的戾气。

江吟初了解，如果没有姜皑，他还不能这么快认识这个男人。

"我可以给周总时间考虑，三天后我等你们的答复。"江吟施施然起身，习惯性扣住西装的一粒扣，"抱歉，接下来还有内部会议，我就不送了。"

周氏团队面面相觑，素闻TK江总虽然性子冷，但待人有礼，不管是成功合作，或是无缘合作，他都以礼相待，绝不会让业内说出一个"不"字。今天这逐客令落到他们头上，传出去定会被人笑话。

周逸寻看着男人的背影消失，面上的笑容冷下来："去查江吟和姜皑的关系。"

秘书常年跟在周家，自然晓得姜皑的身份："查姜小姐？"

周逸寻摘下眼镜，他不相信世上会有那么巧合的事。昨天被他目睹和姜皑争执，今天商定好的金额就突然变卦。

除非，他得罪了这位江总。

青岩寺位于S市城西的山上，入秋后有不少当地人前来求缘，放眼望去漫山红遍，枫叶又红了一年。

尹夏知特意调班和姜皑来求平安符，这个地方她们上学时也常来，轻车熟路绕进山停车区，姜皑下车等她泊好车。

第一次来青岩山的时候，听寺里的师傅说，这池子灵，树灵，只要许愿一定能成真。姜皑闻言，非要在祈愿树投进铜钱，从清晨到黄昏，最后得偿所愿。那枚铜钱上缠着她精心编织的、难以入眼的如意扣。不知道江吟还留着没有？

尹夏知泊好车走过来，看见姜皑望着灵树发呆。她朝姜皑挥了挥手："别睹物思人了，是你自己不去上班的。"

大学时候在这的老和尚早已不知去向，现在站在树前忽悠游客的是位小和尚。小和尚没背熟唬人的词，磕磕绊绊地给姜皑她们介绍灵树有多灵，寺里搞活动，铜钱买一送一。

尹夏知拿起一枚，全当讨个乐子，朝树洞里扔去，铜钱砸到树干，掉进池里。小和尚递给姜皑另一枚铜钱："祝您心想事成。"

姜皑犹豫了几秒钟，最后尹夏知帮她接过来："试试？"

姜皑望着手心里的铜钱，声音淡淡的："如果一次能中，就是奇迹。"

尹夏知挑眉："那如果中了，明天回去上班？"

姜皑听懂她话里的意思，弯起嘴角："别说回去上班，让我再追江吟一次也未尝不可。"

尹夏知点点头："这可是你说的啊。"

姜皑不信这个邪，抬起手腕把手心里的物件抛掷出去。铜钱从空中打了几个转，阳光透过树叶编织而成的罅隙落下来，折射在它光滑的表面上。

姜皑眯起眼，看到它运动的轨迹，兴致寥寥地转身离开，还未走出几步，清脆的碰撞声传来。铜钱穿过树洞掉落到池里，激起一圈涟漪，她顿住脚步，表情不可思议。

尹夏知也没料到她会一击即中，回过神来后，走上前拍了拍她的肩膀："道阻且长啊，兄弟。"

小和尚把那枚铜钱取出来递到姜皑面前，铜钱的表面上仍残留水渍，在阳光的映衬下熠熠生辉。

"你现在可以许愿了。"小和尚兴致勃勃，帮师傅忽悠人那么多天，这是第一个投中的。

姜皑双手合十，在心底默默念着。"愿自己能像正常人一样，不再受心理疾病困扰。"

睁开眼，她看到铜钱反面镌刻的字体：大吉。

顶好的兆头。

闹钟响了四五遍，姜皑翻身关上，厚重曳地的枣红色窗帘拖在地上，牢牢遮掩住外面淡薄的日光，房间内没有一丝光亮。

已近午时，周围却仍旧冷冰冰的，没有丝毫暖意。她翻身裹紧毛毯，长舒了一口热气。

十月中旬，气温降到十度左右，此刻从各个角落渗进来的冷意让她不想离开被窝。她甚至有些怀念日本留学生宿舍的恒温空调，即便是在隆冬腊月，穿一条打底裤就足够。

上周五姜皑请假没去 TK 培训，后来不知是天意还是良心不安，次日她便回去了。本想着到顶层办公室给江吟道个歉，理由她都精心编造好了，谁知推开门后，里面只有谢权在看漫画。

谢权看到来人是她，立马把搭在办公桌上的脚缩回来，正襟危坐："你找我哥啊，他去日本开会了。"

姜皑原不信，第二天，她没见到江吟，市场部部长和他的特别助理也没来上课，她才勉强接受这个事实。

姜皑从被窝里爬出来，习惯性地赤脚走在地板上，脚掌接触到地面立刻有凉意袭来，她缩起脚趾，弯下腰去拿被踢到床底下的拖鞋。

教案散落一地，有些细节性的语法知识她忘记了，只能掏出上学时的笔记作参考。

姜皑没有留物件做念想的习惯，笔记用完就扔进书橱里，所以毕业时，最欣赏她的铃木老师以收藏学生笔记为由把她即将要送到废品站的笔记全部回收。

当时姜皑无可奈何，谁能料到不久后的今天，她会百般哀求老师把笔记再空运过来。

收拾好地面，姜皑进卫生间洗漱，白炽灯的光线落在她略显苍白的脸上，她眼睑下方的淡青色被衬得愈发明显。

她拿出遮瑕粉匆匆盖上一层，并挑了一支提气色的口红涂在嘴唇上。然后将盘起来的头发散开，又拍了几下脸颊，让脸上添了点血色，勉强可以入眼。薄款外套抵挡不住凛冽的秋风，姜皑披上一件及膝的长款风衣就下楼了。

有辆车停在楼下，车窗半落，男人站在车外抽烟，看到她出来，他掐灭指间的烟蒂，快步迎上去："皑皑。"

是周逸寻。

被他挡住去路，姜皑压住心中的不耐，启唇："周总找我有事？"一开口，便是生疏与距离感。

周逸寻有些失望："皑皑，那天的事是我不对。"

姜皑微微扬眉，奚落道："哪天的事？抱歉，我记性不太好。"

"不管你记不记得，这声'对不起'我是一定要说的。"他发出一声微不可闻的叹息，垂下眼和她相视，"既然你都回来了，不如回家住吧，苏阿姨也很想你。"

姜皑的视线落到他薄薄的唇上，笑了："我不是为了你们周家人回来的，你们谁想念我，谁记挂我，都不关我任何事。"

周逸寻抿紧薄唇，表情中带着几分不悦："那是为了谁回来？"

顿了顿，他的目光变得凛冽："江吟吗？"

姜皑的表情冷下来，连最基本的礼貌性微笑都消失不见了："周少，周总，您未免管得太宽了。"

言罢，她沉下一口气，准备离开。两人擦肩而过时，周逸寻攥住她的手腕咄咄逼问："我要一个答案。"

他手上的力道很大，姜皑挣了几下没能挣开，目光触及周逸寻难得露出的哀伤神色，她突然散开眉眼，眸中盛满温情与认真。她说："我回来，的确是为了他。"

"现在，你满意了吗？"

她虽然被日本大使馆一纸调令回国，但是地点有很多选择，未必非得回到S市。可她想，若能远远地再看那人一眼，只一眼，就再好不过了。

Chapter 8

我知这世界，本如露水般短暂

课程上到最后收尾阶段，姜皑带领大家总结交流，与日方合作需要注意的礼节规矩，递名片、餐桌礼仪、鞠躬问好……她总觉得用文字表达太过贫瘠，最后选择一一示范。

能入 TK 集团的，大多是高才生，即便是个普通文员，也是重点本科毕业，学习能力自然不必说。

下课后谢权冲姜皑挤了挤眼："小姜老师，我哥回来了噢。"

姜皑收拾东西的动作一顿，淡淡地回应他："是吗？"

"这个点应该在员工餐厅吃饭。"他观察着她的神色，语气揶揄，"去不去？"

姜皑犹豫片刻，摇摇头："不去。"

"行吧，那我自己去。"谢权遗憾地摊手，末了，重重叹一口气，"听说他为了早回来几天，熬了三个通宵，又受了风寒，现在应该面色不太好，是不太适合见人。"

语毕，他转身离开，故意放慢脚步，从心底数着秒数。

五、四、三……

姜皑抱着文件夹走出来，声音淡而平静："我跟你去。"

谢权弯起嘴角，似笑非笑："女人的嘴，骗人的鬼。"

TK 餐厅去年翻修过，采用北欧简约装潢，半圆卡座相对而设，平直的白色桌椅打眼望去整齐而舒服。

现在来吃饭的人不多，零零散散坐着不到十个人。谢权的视线扫过一圈，定格到某个位置，被景观树遮掩的严严实实的座区，隐约可以透过叶片编织而成的罅隙望到一个颀长的身影。

姜皑顺着他的目光望过去，下意识抱紧怀里的文件夹。她有种想遁地的冲动。

谢权没给她这机会，几个大步走过去："自己吃饭呢？"

江吟今天没穿西装，而是一袭军绿色风衣，里面依旧是白衬衫，领口处有刺绣纹路。这身打扮中和掉他身上的凛冽感，或许也有生病的原因，他没有以往精神，表情恹恹的。

闻言，江吟抬头，习惯性蹙眉："这个点你不回家打游戏？"

"今天不想打游戏。"谢权侧了侧身子，"小姜老师想来关心关心你。"

被点到名，姜皑僵直着脊背，接收到男人望过来的锐意眼神，硬着头皮走上前。

江吟没收回视线，也没主动开口说话。气氛僵持在这一刻。

"那啥，我回去打游戏了，你们聊。"说完，谢权便脚底抹油溜了。

江吟垂下眼，鼻音浓重："坐吧。"

姜皑点点头，目光顺势向下，落到他没动一口的饭菜上。

"没胃口吗？"

江吟执起咖啡杯轻呷一口："胃不太舒服，吃不下。"

他嗓音有些哑，低沉沉的，尾音压得很低，莫名地撩拨人。

"那就不要喝咖啡了。"姜皑不由自主地说道。

江吟看着她脱口而出后追悔莫及的表情，有些想笑，正打算说句话让她宽心，对面一只纤长的手伸过来，把他就要放到嘴边的杯子拿走。

姜皑当然感受得到他笑容里藏的调笑，一个没忍住上前夺了他的杯子。然后就有一种拿到烫手山芋的感觉。她索性转移话题："日本现在换季，气温转变比 S 市大，你乍然去那肯定受不了。"

江吟双手交握，指尖敲打着手背，沉思半晌："挺关心我啊？"

"还你的人情。"她匆匆敛起外露的神情，"快吃饭吧，一会儿就凉了。"

江吟定睛看她，忽然觉得眼前的女人有种不真实的感觉，他忍不住走神了。

大一那会，也是换季，姜皑畏寒感冒，没有胃口却非要吃樱桃。

江吟看她可怜兮兮的模样，没忍住给身处南方的表姐打电话，麻烦她寄一箱过来。电话里表姐揶揄他，冬天吃樱桃，可真是养尊处优啊。

"难不成是未来弟媳？"话里没有嘲讽，满满都是探究意味。

"是。"最后他承认。

江吟搬了两箱樱桃到姜皑临时租住的房子，风很大，他露在外面的两只手冻得冰凉。

姜皑打开门看到人，把樱桃随意地扔到地上，心疼地握住他的手放到自己脸上。

到现在江吟还记得，两箱樱桃，撒了一箱。她漂亮的眉毛皱着，掌心的温度似乎能直接渗到他的心窝里。

"你是不是在发烧？"

姜皑看到他脸颊泛出不自然的潮红，拿起手机准备联系刚离开的谢权。

"没事，休息一晚就好了。"江吟揉着发胀的太阳穴，视线模糊，意识消失前他看到对面的人急匆匆地站起来。

姜皑的手被他握住，手心微凉的触感传来，她意识一顿。那端谢权已经接通："小姜老师？"

她压下心头万绪："江吟发烧晕倒了，麻烦你过来帮忙。"

谢权刚到地下车库，听到姜皑急促的话，反手合上车门便往电梯口走。

按照正常人的认知标准，江吟需要一个人来管束，不然迟早过劳死。他每一天都超负荷运转，悲伤与欢愉全部内敛于心，所有的遗憾与不舍他都憋着，不告诉别人，徒留一个冷清的躯壳。

谢权以前认为，能改变他的人不会出现。直到有一天，他在江吟钱夹里看到一个姑娘的照片，笑眼弯弯，那股灵气简直要透过照片这种无生命力的纸张逼入人眼。

他嬉皮笑脸没个正经，抢过江吟的钱夹仔细端详，结果一向沉静冷漠的男人真沉了脸。

从那天开始，谢权就知道，有个人在江吟心里，是动不得的。

病来如山倒，一向强势的江吟如今躺在病床上，也只有等医生诊断的结果。

病房里充斥着淡香水的味道，后调隐隐可以嗅出玫瑰的馨香，搭配木质香料，勾勒出独属于男性清冽的沉稳气息。

护士端着铁质托盘走进来，看到病床上的男人，脸颊开始泛红。谢权习以为常，没多在意，让开病床前的空区，方便护士扎针。

姜皑站在病床的另一侧，不知道在想些什么。

谢权小幅度地打了个呵欠，七点钟，他美妙的夜生活被迫取消。

"小姜老师，你饿不饿？我去买点饭。"

姜皑摇摇头："我没有吃晚饭的习惯。"

"那我去找点东西吃。"

姜皑看了一眼面色苍白的江吟，抿了下唇："我去吧，你在这看着他。"

谢权挑起英挺的眉，停住脚步："也好。"

江吟不常生病，谢权记得上次见他感冒还是在两年前。就他个人而言，是非常不喜欢生病时的江吟的，龟毛，脾气变得不好，难伺候，一向冷静自持的模样完全被抛掷脑后。

护士的动作小心谨慎，生怕一个不小心将针扎到不合适的位置。在她把压脉带捆到他手腕上时，江吟醒了，他皱眉望着天花板，然后视线落到护士的脸上："这是哪？"

护士连忙道："先生，这是医院。"

谢权收起手机，站起身走过去，又是嬉皮笑脸的："哥，你生病了。"

江吟扶着床坐起身，不想理会他的废话："她呢？"

谢权装作不懂："谁？"

江吟的声音有些冷："姜皑。"

"小姜老师通知我送你来医院，她现在应该在家里吧。"谢权假装思考，顺便观察江吟的表情。

一个遇到姜皑就全然陌生的江吟。他微敛起外露的神色，隐藏在长睫下方那双幽深如夜的眼睛添了几分讥诮。有那么几秒钟，他竟然在期待，睁开眼看到的第一个人是她。

护士小心翼翼地将针头推进江吟的脉管里，轻微的刺痛感没能让他从绵长的思绪中回神。调制好速度，护士对谢权说："这瓶滴完，可以按铃叫我过来。"

谢权道谢，重新坐回沙发里。扔在身旁的手机传来单调的铃声，他看了一眼闭目养神的人，随手接起，听完那端的话，开口问："哥，你喜欢喝什么粥？"

江吟懒得抬起沉重的眼皮："随便。"

谢权"哦"了一声，传达给对方："他说随便。"

江吟想起今晚要和日方合作人开视频会议，他给助理发了一条短信，没过多久，立刻有人捧着一台电脑走进病房。

"等会儿由你出面与他们交涉。"他不想让别人看到自己虚弱的一面。

谢权应允，话语稍显苦恼："可是我听不懂他们讲的话。"

江吟冷冷地瞥过来："不是上课挺认真的吗？"

得，搬起石头砸自己的脚，现在开始算账了。

会议伊始，谢权象征性地问候两句，后面全程看江吟的脸色行事。起初十分钟，谢权勉强可以应付对方的提问，越往后他越听不懂，连脸上格式化的微笑都险些难以维持。

江吟揉着发胀的眉心，在本子上写了一行字，谢权立刻把电脑搬过去。

会议开始十五分钟，姜皑提着饭菜回来。门是虚掩的，里面传来流利的日语，是谢权不能说出来的商务用词。

她推门而入，轻微声响引来床上男人的注目。视频是外放，姜皑听到那端的人询问江吟是不是哪里出了错。

"抱歉。"江吟无波的眸底泛起波澜，"麻烦您继续。"

姜皑敛神，走到谢权身边，轻声询问："工作不可以推迟吗？"

"拜托，他是江吟。"一种极其夸张的语气。

姜皑蹙眉，这种典型要钱不要命的做法让人伤脑筋。她拿着便当盒走到江吟面前，把便当盒放到折叠桌上，垂眸静静地看他。

江吟说了句"稍等"后按下静音键，在姜皑转身离开之际握住她的手腕，下巴抬起，点了点没有启封的保鲜盒："你就是这么对待病人的吗？"

姜皑不自然地挣了挣手腕："你先放手，我帮你打开。"

江吟依旧固执地用手锁住她，耷下眼帘似乎在思忖她话里的真假。

下一秒，就在姜皑以为他要松开手时，被一股更大的力拽向对方。她被他困在怀里，她忍不住挣扎，他这是什么意思？！

江吟单手锁住她，挂着点滴的右手抬起关闭静音键，稍稍垂头对怀里的人说："如果你不想毁了这笔上亿的合作案，就乖乖的，别动。"

他简单利落的警示起了作用。姜皑不动了，手抵在他胸膛上，把脸埋到他肩窝——她不敢抬头看自己是不是已经出现在屏幕里，只能选这种鸵鸟埋头的心理，暗示自己他没有抱着女人开视频的嗜好。

谢权瞅准机会离了病房，偌大的房间里只剩下江吟条理分明的交谈声。

姜皑庆幸 VIP 病房的床足够大，让她不至于没有空间只能窝到他怀里。不过长久保持一种姿势，她的小腿开始发麻，她拽了拽江吟的衣角："腿麻了。"

论起坏气氛的手，她姜皑绝对算一个。江吟没放开手，找了一个再次商榷的理由早早地结束了会议。

姜皑曲起腿支在床上："药没了，我去找护士换药。"

"就这么想逃？"江吟问，唇线绷得很直，声音淡到几乎没有情绪。

　　姜皑闭上眼睛，感受到距她越发近的男性气息，她是那么熟悉这个男人，他曾经强势到让她无所适从，也温柔到令她无法抵抗。

　　"没想逃。"她垂下眉眼，声音软了几分，顿了顿，又说，"要是想跑，早跑了。"还能在这让他抱着？

　　江吟反复斟酌她话中的真假，最后松开手，按下床头的提示铃。姜皑立刻从他怀里起身，帮他打开保鲜盒的盖子："你趁热吃。"

　　江吟不擅长用左手，无奈右手扎着针，他拿起勺子搅了搅正冒热气的米粥："之后有什么打算？"

　　姜皑舔了舔干涩的下唇："如果江先生可以给个好评，主任就会留用我。"

　　他哂笑，奚落道："没想到姜小姐的业务能力挺强的。"

　　姜皑当然知道他说这句话的目的不只是为了她简单一句"谢谢"。

　　江吟眼底平静无波，抬起头直视她："如果我不呢？"

　　他轻轻敲了几下桌面，看到她吃瘪的模样，慢条斯理地补充："那姜小姐是不是依旧要碍于职业回避去当老师？"

　　姜皑撇撇嘴："有本事你去投诉。"

　　他表情微滞了一下，瞬间又恢复以往的清冷样子，声音沙哑绵长，一字一顿清晰迫人："你可以试试，看我敢不敢！"

　　姜皑自知现在不是讲道理的时候，她摆出格式化的微笑询问："江先生的意思是？"

　　江吟双手交握，斟酌了片刻，笑意很淡："请你来 TK 工作。"

　　从大学开始，姜皑就觉得江吟这个人说话很懂分寸。所谓分寸就是无论说些什么都很有深度，不会让你感觉到不适，也不会让你立刻明白他话中的含义。

　　"等你培训结束，TK 会开始招新，到时候你只需要来参加面试即可。"江吟黑眸直直地看着她，声音压低，"懂了吗？"

　　姜皑反复念叨几遍他的话，话尾的"即可"占了很大分量，她郑重地点点头："你要黑幕我。"

江吟用一种高深莫测的眼神上下打量眼前的女人，表情意味深长。姜皑感受到他的视线从她的头发丝开始往下滑，一直落到她的脚后跟，眼风凉飕飕的，令她寒毛直竖。

偏偏姜皑不是认输的主，她挺了挺胸抬起下颌，输人不输阵。

江吟的目光顿住，捂住嘴轻咳一声："各凭本事。"

姜皑啧声，假正经。

最后一天培训，市场部经理提议给姜皑办个欢送会。谢权属于爱凑热闹的主，第一个举手表示同意，其他员工一看老板表态，自然不敢有任何意见。

姜皑其实不太擅长应对这种场合，只不过碍于"盛情难却"，才硬着头皮到场。

地点定在湖色礼三楼 KTV 包厢，谢权是这里的常客，一进门就有经理模样的人迎出来，而谢权就像是个家里有矿的暴发户，直接把黑卡递出去。然后将手搭在姜皑肩上，对众人说："晚上随便吃，随便喝，都记我账上。"

姜皑瞅他一眼："你家里有矿？"

"这你得问江吟，具体有没有我不太清楚。"

姜皑被噎住。

谢权临进包厢前接到一通电话，他看了一眼屏幕，然后鬼鬼祟祟地走到人较少的地方接通电话。姜皑望着他离开的背影心生古怪，但没跟上去，被簇拥着进了包厢。

谢权定的是大房间，两排长沙发足够坐下所有人。市场部经理今年三十岁，玩心不减，带头和小年轻拼酒划拳。

姜皑也不能幸免，输了三局，一瓶啤酒见底。幸好她酒量不错，在日本喝的清酒和烧酒度数比国内的酒不知要高多少倍。

市场部经理赢上瘾，抓着她要再来一局。姜皑不好推拒："最后一局啊。"

一片叫好声中，包厢门被人推开。无奈屋里的人玩得太嗨，谁也没注意到门口的动静。频闪灯转换之际，姜皑又输了。

刚才那瓶酒见底，有人立刻递上来新打开的。年轻人谈话毫无顾忌，坐在姜皑身旁的小姑娘问她："都说 TK 有两尊大佛，相中他们的人千千万，但没一个妖精让他俩破戒。其中一个是小谢总，被管得严，没办法破戒，另一个就是江总，真的是无情无欲。小姜老师，你比较喜欢他们中的哪一个？"

姜皑从桌前离身，瓷白的手指有一下没一下地敲着墨绿色的酒瓶："非要选吗？"

平常上课时姜皑有种遥不可及、不食烟火的孤傲，不少男同事明里暗里打听她的情感状况，奈何没人敢直接问出口，趁大家玩得高兴，便拜托会说话的女生来询问。拿公司的两尊大佛做托词，无非是想得到答案。

暗香浮动，坐在中央的姜皑微垂眉眼，嘴角缓缓弯起，在众人期待的目光下不疾不徐道："选谢总吧。"

小姑娘低低"哎"了一声："我以为像你这么成熟的女人，会喜欢成熟点的呢。"

姜皑本来就当这是玩笑话，随口答："我性子冷，要是找个同类人，这还有法过吗？"

她话音刚落，身后传来一声冷笑。谢权不知道什么时候回来的，他身边还站着另一个男人，他们都不陌生，正是刚才话题的男主人公。

江吟静静地站在那，白衣黑裤，脊背挺得很直，如青松一般。不过唇畔溢出来的那冷笑还没有及时收回去。

姜皑眨眨眼，笑意僵在脸上。气氛一下子僵住，包厢内也没有放歌，此刻安静得吓人。

谢权看了看面面相觑的那群人，语气轻快地问："我把江总请来，你们不欢迎？"

众人汗涔涔："欢迎欢迎！"

"那不就得了，大家别拘束啊，接着玩。"

他推了一把江吟，四处环顾着给他找坐的地方，狐狸眼一眯："小姜老师旁边有人吗？"

没等姜皑回答，站在远处的人就抬步朝她走过来。姜皑整个人就像被按下暂停键一样，有种被人抓住小尾巴的憋屈感。

江吟不说什么，只是笑，冷笑，她就知道他生气了。江吟由远及近，走到姜皑面前顿了一顿，垂下头视线扫过她紧绷的侧脸线条，忽然笑了，还知道怕。

他颀长的身姿挡住顶灯，大片光影落下来让她清晰地察觉到，此刻他离自己有多近。

姜皑喉咙哽着，缓缓抬起头看他。江吟也不急，漫不经心地等她开口，眉梢一点点挑起，目光微沉。

姜皑轻轻咬了咬舌尖，往右侧移了几寸："江总，您坐。"

江吟的视线落到她裙摆下露出来的半截小腿上，慢慢往上移，最终停到她假装平静的脸上。他坐下，手指搭在手腕的腕表上，似是不经意地提："喜欢比你小的？"

姜皑的背脊更僵硬了。

"喜欢会逗你笑的？"他继续问。

姜皑一直憋着，小脸憋得通红。

江吟意味深长道："谢权缺心眼，的确比较会逗人笑。"

包厢没要水，茶几上摆的全是酒，姜皑被他追问得口干舌燥，只能一点点用啤酒解渴。不一会儿，一瓶啤酒已经见底。

江吟伸手从她手里拿过瓶子，声音冷淡沉静："别喝了。"

姜皑手中霎时空了，有点不适地握成拳。她抬起头，表情很无辜。

江吟坐着比她高，从她的角度能看到光影从他又高又挺的鼻梁过渡到下颌处，他的眉头拧得很紧，有种不怒自威的威慑感。

"去买饮料吗？"他启唇问。

在姜皑犹豫之际，江吟已经起身，众人的视线一下子聚焦过来，眼神中的八卦意味很浓。

江吟眼底的笑意渐渐漫出来，他就是故意让她不好做。姜皑深吸一口气，款款起身："好。"

江吟唇边的笑意略顿，随即恢复一贯的冷清模样，单手抄在休闲西装裤里往外走。姜皑没多留，立刻跟上。

酒水区在一进门的大厅，姜皑不认识路，跟着他左拐右拐，离开五光十色的走廊，他好像很熟悉这里的环境。

只剩最后一个拐弯，姜皑快步跟上，与江吟并肩走，他侧目，轻描淡写地说："买完饮料送你回去。"

姜皑愕然："为什么？"

"他们会玩到午夜，太晚。"

来到酒水区，江吟轻车熟路地拐到冰柜前，有服务员上前恭敬地叫了一句："江先生。"

江吟略颔首，偏头对身边垂着头的姑娘说："去挑。"

姜皑轻轻抿了下唇，打开冰柜拿出一瓶矿泉水。目光停在他常喝的那种进口纯净水上，轻声问："你要不要？"

江吟靠在吧台边沿，正用手指揉着眉心，他似乎很累，听谢权说合作案进展到关键时期，所以一直没有空来上课。闻言，他抬起头，黑眸中情绪压得很沉："什么？"

姜皑把矿泉水抱在怀里，用空闲的手拿出一瓶，反身合住冰柜门。

"我记得是这个牌子。"

江吟垂眸看了一眼，掀掀嘴角："良心回来了？"

沉默三秒，她收回手："不喝算了。"

江吟向前迈了一步，站直身子，直接握住她手腕，走之前不忘对等在一旁的服务员交代："记在我账上，谢谢。"

服务员立刻了然，顺势离开。

江吟有意迁就她放缓脚步，乘电梯下到地下车库，夜间凉风不知从哪吹进来，寒意顺着姜皑的小腿往上爬。

两人停在黑色 SUV 前，车前灯亮了亮，江吟松开她，打开副驾驶座的门："你先进去。"

"哦。"姜皑手扶住车门，下意识朝副驾驶座看了一眼。

"没有别人坐过。"江吟从口袋里掏出烟盒，白皙修长的手指按住盒盖，他耷下眼帘，并没有看她。

姜皑平稳的心绪突然漏了一拍，有种被他一眼看出心事的窘迫。她背对着他，捻起长裙两侧躬身而入。

车门随即关上。车外，男人孑然站在那，唇色淡淡的，却因为含着烟添了几分颓靡。车库里的灯光极暗，光线被灯罩过滤后浅浅地渗透下来。

姜皑不知道他何时会抽烟的，最起码，在她离开前，他还是烟酒不沾的人。

不久，江吟掐灭烟，从车前绕到驾驶座，他言简意赅地说："地址。"

姜皑回神，手指摩擦着指甲盖："御河山庄。"

车缓缓启动，驶出车库。晚上八点，大路上依旧车流涌动，探照灯落下暗淡的光线，勉强将前路照亮。

湖色礼距御河山庄车程不过十分钟。姜皑掏出手机写工作报表，余光处有绿化带掠过残留下的影，她有些心不在焉。

江吟侧目看她一眼："在写辞职报告？"

姜皑一噎："实习员工不需要辞职报告。"

车停在最后一个红绿灯口，江吟半落下车窗，凉风从窗外灌进来："明天我让谢权把往年的面试题目发到你邮箱。"

姜皑眼尾上扬，脸上有了笑："不用了。"

江吟眉峰宕起："这么有自信？"

"算是。"

车停在楼下，姜皑道谢准备下车。江吟却快她一步，按下中控锁将车锁死。姜皑的手顿在半空，讶异地转过头，眼神慌乱。

"姜皑，你难道没有什么要对我说的吗？"他声音很淡，"现在就我们两个人，我想听你说实话。"

"实话？"姜皑脸上的笑一点点消失。

江吟松开紧握的方向盘，侧头望向她："你可曾爱过我？"

姜皑猝不及防被他抓住视线，难以躲避。窗外的风将他柔软的黑发吹起，拂过漆黑幽深的眼，把他身上的凛冽气息送入她的鼻腔。

这就是让她留恋了四年的人啊。她吸了吸鼻子，神情苦涩。

江吟闭上眼，他知道自己等不到答案的。就在他要放她离开时，一双手搭到他肩膀上，随即一股熟悉的清香拂面而来。

姜皑倾身，吻落到他的嘴角上，她的睫毛轻轻颤着，偶尔扫过他的皮肤带来一阵痒。

四年前在一起的时候，即便是在热恋期姜皑都未曾主动吻过他。

江吟记得第一次约会，深秋十月，正常人也受不住凛冽寒风，她却非要穿裙子。十八九岁的小姑娘都爱美，希望能在自己喜欢的人面前尽态极妍。

他不许，姜皑就梗着脖子和他呛声，秀气的眉头拧紧，连药也不喝了。他无奈，只好耐心哄着她："你喝了药之后，我们再谈。"

姜皑的眼睛转了转，干净清秀的五官舒展开："好啊，那你先亲我一下。"

彼此都是喜欢谈条件再办事的人，相处起来没有那么困难。只要满足了她的愿望，她立刻就将事情办得妥妥当当。

姜皑吃准了他的心思，于是翘着细长的眉梢乖乖坐在床上，她临时租住的房间虽小，但布置得温馨舒适。当然，这种粉红色少女心自然不是她的风格，谁让她家男朋友外表冷酷，内心却有个公主梦呢。

江吟有一副好皮囊，暖黄色灯光下，那双漆黑的眼睛中夹杂了别样的情愫，有几分说不清道不明的脉脉温情。

姜皑舔了舔嘴角，双脚抵在床沿，去拉他的手。江吟垂眸，板着脸说："记住你说过的话。"

最后姜皑得逞，笑得像只偷了腥的猫。

有阳光落到眼皮上，灼热感自皮肤缓缓蔓延开来。姜皑翻了个身，关掉一直吵闹的手机。眼睛不经意间扫过周围，视线定在对面黑白相间的书柜上，她猛然坐起身，这不是她的房间。

天鹅绒被随着她剧烈的动作有一半落到床底，姜皑抓了一把头发，开始回忆昨晚的事。

三分钟后将所有的思绪全部捋顺，她把头重重地埋进被子里。有什么能比主动试探吻了别人，却在下一秒晕死过去还丢脸的事情吗？

姜皑翻开手机页面，尹夏知的短信占满一整个屏幕。

"你去哪了？"

"一晚上不回家，姜皑，你能耐了啊。"

"你不会喝酒了吧？我前天开给你助神安眠的药不能兑酒精啊！"

怪不得会无缘无故产生晕眩感。

她言简意赅回复道："人身很安全，勿念。"

回复完短信，姜皑掀开被子发现自己身上只穿着内里打底，外衣被人细心妥帖地叠成规矩的方形放置在床头。她走到房间里的卫生间，目光触及琉璃台上新开封的牙刷，心底一暖。

她后知后觉地安慰自己，准备得这么充分，他应该去公司了吧？

她知道迈出第一步后就不能回头，她也不想回头，好不容易才克服心理障碍往前走了那么一小步。

姜皑深吸一口气，双手撑在琉璃台边沿，拼命按捺住起伏不定的情绪，压下心头的慌乱与不安。

一旦触碰到了，便很难再收回手，毕竟他是那么让人留恋。

洗漱完毕，坐在床上挣扎了十五分钟后，姜皑慢吞吞地走到卧室门前，握住门把手缓缓转动，门锁发出"咔嗒"一声响。

她屏住呼吸，先探出头四处张望了一会儿，没看到江吟的身影，她才安心地走出来。

突然，在她视线所不能及的阳台冷不防传来男人低沉沙哑的嗓音。

"还知道要出来？"

江吟刚洗完澡，穿着秋款浴袍，墨蓝色衬得他胸前的皮肤更显白皙。

姜皑怔怔地转身，脸上的笑意僵住。

江吟坐在阳台上的藤椅里，手中捧着一沓文件，额前的头发湿漉漉的，好像一点都不担心会感冒。

她有点心虚，接收到男人的眼神示意后，慢慢地朝他走过去。

江吟不急，手指轻轻敲着桌面，似乎是在等她主动开口。

姜皑舔了舔干涩的下唇，小声道："昨天晚上，我喝多了。"

"哦。"他语气里没有一丝惊讶。

"哦"是个什么意思？

姜皑摸了摸鼻尖："但我说过的话我都记得。"

江吟反倒笑了："你说过什么话？"

她仔细回想了一会儿，眉眼耷下，好像真的没有说过什么话，做过什么才是真的。

姜皑苦恼皱眉的模样落到江吟眼底，他兴致盎然地挑眉："想起来什么了？"

她不喜欢装聋作哑，既然记得，就没必要掩饰，而且是在江吟的面前，更加没有必要。

"昨天我做的一切我都记得，但结果并非我本意。"都怪自己没谨遵医嘱，在最后一秒有失体面。

"江吟，我想再追你一次。"姜皑把声音放软，她整个人浸在曦光里，一向清冽冷漠的眉眼都变得柔软起来，"现在站在你面前的不是四年前的姜皑。"

她变得更加坚强，她可以控制住自己的情绪，不再逃避。

江吟抿着唇，没有立刻回答，长久静默后，他叹了一口气，将桌上的一沓文件交给她："这是 TK 历年来的题目。"

姜皑漂亮的眼睛紧紧地盯着他的一举一动，不太明白他如此平淡的反应是有何用意。她伸手接过文件夹，胡乱翻了几下，一时没忍住问他："你不想继续了吗？"

"不是。"江吟目光沉静，声音更是平静，"我要确保能把你锁住，让你再也逃不得。"

姜皑犹豫地看了一眼手中的文件，迟疑了一下开口："锁住我？"

"TK 合同上明确规定，除非员工犯重大错误，需经过总裁批准方可离职。"他的语气淡淡的，嘴角翘起来一些，"算是卖身契，你敢签吗？"

"敢。"有什么不敢的？

TK 集团的面试定在十一月中旬，留给姜皑一周的准备时间。她本科念的语言，在日本一直辅修经济，笔试题目根本不在话下，只是这面试稍微让人头疼，江吟给她的文件里没有确切的题目，全是一些开放性的问题。

培训机构前几天给她打过电话，问她离职原因，起初主任好言相劝，每天一通电话请她回去，还答应给她转正。后来姜皑索性不接听，对方也没有再紧追不舍，像是有人在背后阻挠一般。

江吟自从那日送她回来就没再联系她，他有他的傲气，被女友一声不响地宣布分手，没得到分手原因又再次和她产生交集。

你不要
对我笑

S 市外翻处不知从哪得到姜皑要到 TK 面试的消息，专门管事的副处长约她出来喝茶。姜皑不能拒绝，毕竟是之前的顶头上司。

地点定在市中心的一处茶苑，平常有许多小资追求者光顾，副处长约在上班的时间，姜皑到时院子里没有几个人。

她走进院子，有人从对面的包厢出来。迎面而来的人穿一袭长裙，外搭一条长款墨绿色披肩，正和挽着她手的姑娘有一搭没一搭地聊着。

姜皑没继续往前走，而是下意识掉头离开。

"皑皑。"身后传来男人的制止声，姜皑停住脚步，缓缓转过身来。

周逸寻的视线落到她裸露在外的小腿上，纤细而修长。宽松柔软的衬衫裙，裙摆松松地搭下来，让她整个人看起来规矩又温柔。

"这里不是日本，气温比较低，还是穿得保暖一点。"他侧头望了眼身边的妇人，"苏阿姨你可得好好说说她。"

苏妤嘴唇翕合数下，却吐不出一个字眼。

姜皑站得笔直，表情漠然，视线扫过面前的三个人，嘴角弯起一道略显讽刺的弧度。

周逸寻，和他名义上的未婚妻，以及亲手送她出国的亲生母亲。

"是你委托副处长约我来的？"她话语毫无波澜，有种洞悉一切的笃定。

周逸寻推了推架在鼻梁上的眼镜："皑皑，苏阿姨想见你。"

姜皑扬起眉，笑意很淡："现在见到了，我可以走了吗？"

苏妤在周逸寻的搀扶下朝她走了几步："皑皑，是我让他叫你来的。"

姜皑不着痕迹地后退，与他们保持在适当的距离："周夫人，不知道你有什么要对我说的呢？"

周逸寻蹙眉："皑皑，苏阿姨是你母亲。"

"哦。"姜皑点点头，毫不留恋地微俯身，"如果周夫人有需要到我的地方，我会报答她的生育之恩。但要是想奢求其他的，抱歉，我给不起。"

说完，她转身离开，背影决绝又清冷，浸在秋日的薄雾里，被削尖了身形轮廓。

苏好是她的母亲。生她，却不爱她，从父亲去世到她再婚，不过五个月。她有美满的家庭，有敬她的养子。

姜皑以为，妈妈最起码是信任她的，要比任何人都信她。然而，当她拿台灯抵抗继父的侵略时，现实回应她的却是重重的一巴掌。

——皑皑，你病了。

——叔叔没有要侵犯你的意思，他是妈妈的爱人啊。

谢权到合作公司签合同，回来时赶走了司机，好不容易放松下来，他要兜风消遣一下。

下午五点半，夜幕渐降，他落下车窗，冷风灌进来驱散他在会议桌上积攒的睡意。

穿过人群拥挤的市中心，想起江吟要合同备份，谢权掉头朝他公寓驶去。

警卫门口站着一个人，谢权没太注意，越过她五米后不经意瞥到后视镜。

我去，这不是小姜老师吗？！

谢权把车倒回去停到姜皑身边，半落下车窗："小姜老师，你怎么在这啊？"

凉风习习，拂过耳侧。昏黄的路灯洒下一片暗黄色光晕，小区周围静悄悄的，偶尔路过的人朝他们这投来好奇的目光。

姜皑微眯起双眼，她的精神状态不是很好，整个人看起来疲惫极了。闻言，她抬起头，下意识往副驾驶座看去，没有江吟。谢权敏锐地察觉到姜皑松了一口气。

"小姜老师，您先上车吧。"他直白地说，"我这有份文件，是江吟要我转交给你的。"

缄默片刻，姜皑绕过车前走到副驾驶座，拉开车门躬身而入。

车厢内萦绕着淡淡的白松木香，谢权松开方向盘，冲她挤了挤眼睛："还好我眼尖，不然要白跑一趟了。"

他没有问及姜皑出现在此的原因，给她留足了面子。从一开始他就知道，不同于那些前赴后继要傍上江吟的女人，姜皑虽然没将"我要折花"这几个字明明白白地写在脸上，但江吟那朵高岭之花必然会归她囊中。

姜皑歪了下头，视线不疾不徐地落到谢权脸上，她低眉一笑："不知道小谢总是要给我什么文件？"

谢权俯身，从置物柜里掏出牛皮纸袋："今天下午周氏的秘书送到总裁办的，说里面装着江吟最想知道的答案。"

姜皑的目光凝滞，手指抚上牛皮袋一角，不由自主屏住呼吸。她睫毛轻颤一下，从他手里拿过文件。根本不需要打开，她就可以猜到里面装的是什么。

"你不用担心啊，我和我哥都没打开看。"顿了顿，谢权又说，"我哥他完全尊重你的意思。"

这么说够明白了吧？！有人希望你主动和他解释清楚。其余人说的，他一概不信，甚至懒得了解。

"我会和他解释清楚的。"姜皑再度垂下头，将文件塞入随身携带的挎包里。她语气平淡，听不出情绪，尾音压得极低，像是在极力忍耐什么，"至于周逸寻，你们不必理会他。"

谢权立刻点头，表情夸张："我从一开始就看不惯那个周逸寻，整天戴着一副眼镜，装得有多斯文似的，其实肚子里全是坏水。"

姜皑附和地点头，对于他说的话不置可否。记得第一次在饭桌上看到周逸寻，那时候他刚上大学，明明应该满怀抱负畅谈理想，他却一副城府极深，三缄其口的温和模样，将所有戾气尽敛于那副金边眼镜下。虚伪，为达目的无所不用其极。

"今天麻烦你了。"姜皑看了看时间，准备告别，"我还有事，下次再见。"

谢权趁她没下车前，截住她的话："既然都来了，不上去看看吗？"

姜皑推开车门的手落到半空，顿了一下，她回头对他笑了笑："今天就不去了。"

反正以后有的是时间。

十一月中旬，S市的气温降到零度，姜皑前两天重感冒了一次，现在乖乖裹上了厚重的毛呢大衣，扔掉好看的小裙子，换上打底裤。

从舅舅家出来，舅舅不放心，又塞给她几片暖宝宝，姜皑无奈地收下，一出大门，立刻有寒风袭来，吹得她鼻尖泛红。

坐地铁到TK大厦，路程不过三十分钟。面试规定的时间是上班高峰期，姜皑挤在拥堵的306线，清新的空气稀薄，OL惯常用的几种香水味道混杂在一起，充斥于狭小的空隙中，让她不自觉皱起鼻子。

侧兜里的手机传来短促的振动声，她掏出来看了一眼。

"在哪？"

姜皑莫名觉得发短信的号码有些眼熟，却想不起在哪里见过，她回复一句，言简意赅问他是谁。

过了几分钟，姜皑收到回复："江吟。"

突然，地铁一个急刹车，身前的人往后倾倒，一位白领身上挂着的五金扣划过姜皑的小臂，留下一道红印。

姜皑没顾上疼，扶住身侧的拉杆稳住自己的身子，顺便扶住身前的人。那人回过身，略微皱眉："抱歉，这车开得太不稳了。"

姜皑动了下嘴角，没说话。若是放到从前，她不会去管这些事，并非她自私自利，而是一旦她出手做了这些，她反倒不知道怎么去迎合他人感激的笑脸。

到站，想起江吟的那条短信，姜皑停下脚步，下车远离人流。

这时，电话铃声响起。

"在哪？"和江吟在短信中一模一样的询问。

姜皑走到廊道一侧，脚尖摩擦着地面，下意识推测他话中的情绪。

"到 TK 楼下了。"

那端沉默半晌："哦。"

下一秒，传来一阵忙音。姜皑看着变黑的手机屏幕，摸不清状况。

TK 近年来业务版图扩张，所需人才数量增多，不少当地以及全国境内的应届毕业生都会优先考虑到此工作。

姜皑走进 TK 大厅，等待区围着许多年轻人，她算是资历较老的，换个说法就是年龄最大的应试者。她抬手看了看手表表盘，现在八点十五分，面试已经开始十分钟，人却不见减少。

江吟的秘书从面试房间走出来："抱歉，各位久等了，江副总马上到场，第一位面试者可以开始准备了。"

马上到场？姜皑抬眼，这不太符合江吟的风格。她坐在前排，助理几乎一眼便看到她，朝她微微颔首后再次进入面试室。

五分钟后，江吟出现在众人视野内。他穿着一袭挺拓的黑色调西装，大衣搭在臂弯里，薄唇一如既往地轻轻抿起。在人事部经理的引路下，他径直往面试室走，在要进去的前一刻，他漫不经心地回头，抄在裤兜里的手伸出来，食指扬起指向等待区某个地方。

众人的目光也随着他指向的方向拉远，顺着姜皑精心打理过的头发丝往下滑，落到白皙颀长的脖颈线，最终停到她有意无意绕住衣摆的白皙手指。

"她是第几个？"

人事部经理汗涔涔地翻开平板电脑查看："姜小姐是第五个。"

他似笑非笑地说："我知道了。"

说完，他转身走进面试室，木质门随即关闭，挡住门外众人探究的视线。

姜皑舔了下干涩的嘴角，从包里掏出水杯小口喝着水。身边的小姑娘们在讨论，是不是有人得罪江副总了。

姜皑朝她们虚虚地望了一眼，捏住被揉搓得泛起毛糙的履历页，嘴角弯了弯。兵来将挡水来土掩，她有的是办法应对。

江吟兴致寥寥地翻弄着手里的表格，有一搭没一搭地回答各部经理的询问，稍微回忆了下上一个面试者，小姑娘刚出象牙塔，将 TK 视作事业开始点，过度重视导致的结果就是过分紧张，连说话的声音都是颤抖的。

谢权仰面坐在椅子里，表情生无可恋："这才第四个，我怎么感觉像是过去了一辈子。"

人事部经理哂笑："小谢总这说的什么话。"

第五个，姜皑走进来，虚虚地弯了弯腰，脸上浮现出职业化的微笑。

人事部经理下意识地看了一眼江吟，发现对方连眼皮都不抬一下。各部经理轮番上阵，各式各样的问题变着法为难她。

姜皑在心底筹算，面上不动声色，所有问题都应对得得心应手，有种职场老油条的感觉。轮到江吟，他掀开眼帘望向她，眼神冷淡陌生，半晌，毫无波澜的声音响起："为什么转调回国？"

如果按照俗套的剧情走，电视剧里的女主角会声泪俱下地告诉男主角，我是为了你回来的。

姜皑一动不动地定在那里很久，眼睛转了一圈，抿了下嘴角："我业务能力不行。"

江吟一本正经地继续："怎么个不行法？"

姜皑眉眼耷下，轻轻叹了一口气："出席私人活动，老板动手动脚还要我陪酒，我吐他一身。"

她声音绵软，故意拖长音调，尾音扬起，挠得人心尖发颤。谢权没忍住笑出声，接收到江吟凌厉的视线后默默拉住嘴上的拉链。他在得知今早上从不迟到的江总为何会晚到时，就想放肆大笑。

他哥今早亲自去接这位小姜老师，最后被不声不响地放了鸽子，能不气吗？赌上他男性的自尊和五包辣条，江吟今天绝对会为难她。

江吟曲起手指敲了几下桌面，薄而骄矜的眼帘缓缓垂下。

"TK 下季度将与日企合作，如果关系到公司合作链条等重要环节，姜小姐也会如此暴力解决问题？"他问得很有深度。

在职场不乏潜规则交易，即便是知名大企业也不例外。

姜皑深以为然，她卷起舌尖，飘忽的视线落到江吟脸上。天气晴，阳光柔暖，将他深刻立体的侧脸镀上一层光晕。他坐在人群中央，离她有些远，气质更添几分遥不可及。

良久，她澄澈漆黑的眼睛眨了眨，故作疑惑地问："江总会让我出席这样的活动吗？"

答案当然是不会。

江吟吃了个哑巴亏，轻轻地磨了磨后槽牙，再抬起眼，笑意从眉梢眼角漾出来，乍看有些瘆人。

谢权默默地吞了一口口水，装模作样地开始翻弄手中的文件，悄悄递给姜皑一个自求多福的眼神。谁知姜皑依旧笑吟吟的，不慌不忙地迎上江吟想要将她就地格杀的眼神。

看起来江总对这个答案不是很满意，各部门经理大气都不敢出一声，和周围的人面面相觑，若搁旁人身上，见到江总就犯怵，哪还敢和他呛声，这姑娘可了不得！

江吟保持着轻敲桌面的姿势，视线扫了他们一眼："你们还有问题吗？"

谢权摇摇头，憋住笑："没有，我觉得姜小姐很满足我对助理的要求。"

江吟侧目，眼瞳漆黑幽深，话语中不带情绪："谁说是给你招助理了？"

谢权的肩膀抖动了一下："你不会是要把小姜老师占为己有吧？"

占为己有，他故意把这个词语咬得很重，传到江吟耳中，听得有点刺耳。

"我可不同意啊，反正你都有助理了。"谢权懒散地窝进椅背里，撇撇嘴，"不问问人家小姜老师的意愿，江老板太霸道了。"

江吟不动声色，看向姜皑的眼神坦然而平淡："你可以离开了。"

姜皑起身，笑容未变："好的。"

谢权对面试结果不感兴趣，临场也是被逼无奈，最后找了个借口一溜烟跑了，留下满屋子的人商讨录用的情况。

人事部经理翻开姜皑的资料，面色犹豫："江总，姜皑之前是外翻处的，碍于职业规避，我们是不是要慎重考虑？"

江吟沉声道："刚才她已经说明了辞职原因。"

"这并不是问题所在。"

姜皑递交辞呈，得罪了外翻处，不管她辞职理由是否占理，其他私企都要考虑规避问题而拒绝录用，这是翻译处的行规。

江吟自然清楚，他问："依你所见，只考虑面试者的综合素质，姜皑她是否有资格被录取？"

经理来回翻弄了几下所有人的履历，不得不承认在其中姜皑算是佼佼者。

江吟款款起身，神情淡然："既然是人才，何必在意那些莫须有的规则条例。"

经理没再反驳："那，姜小姐的具体职位？"

江吟目光垂下，扫过她用规矩的正楷写着"总经理助理"几个大字，薄唇略抿，思忖片刻后说："这个职位，可以给她。"

~~~ⓧ~~~

Chapter 9

我也不是恶人，只想让你开心

▼

姜皑又失眠了，她坐起身，半靠在阳台边的贵妃榻上，身侧的圆木茶几上放着那天谢权交给她的文件。她一直没拆开，大概是心里早有预料周逸寻会拿什么来恐吓威胁她。

半夜三点十六分，闹钟亮起睡眠灯，不过片刻又暗淡下去。姜皑重新躺回床上，拿被子遮住头，蒙住眼睛，这让她安心。不同于全世界陷入黑暗，这种短暂且局限的闷重感会安抚她躁动的心，给她带来慰藉。

今天是她试图脱离药物主动入睡的第一夜，效果似乎不尽如人意。尹夏知开的药只能勉强治疗她的情绪起伏，对失眠症状一点帮助都没有。她长吁一口气，合上眼帘，重新尝试入眠。

半梦半醒之间，姜皑的眉头突然皱起。一道漫长无边际的走廊，尽头悬挂着一幅用纱布遮住的中古油画，她眼前像蒙着一层雾，看不清楚。皎洁的月光从窗外投射进来，微风掀起窗幔，凉风习习，她越往前走，身体越发沉重。

突然，有人自后面抱住她，用极大的力道将她推到墙边，他锁住她的手腕，以一种极其旖旎的姿态吻她的耳垂，一阵金属碰撞的声音响起，将她的思绪硬生生地扯回。

男人用皮带缠住她的手腕，粗粝的表面摩擦她腕间细腻的皮肤，她疼得要命，被迫抬起头，一轮弦月高高挂在天边，尖端从云缝中扎出来。他细长而温热的手指划过她腰际，潜入裙摆内侧……

姜皑突然惊醒，残存的睡意被全部驱散，冷汗浸湿了她的脊背，梦里的最后一秒，她看清了男人的脸，是江吟。他站在背后吻她的耳垂，像是长久行于沙漠中渴望水源的难民，不停地吻她，动情又旖旎。

姜皑扒了扒头发，这是一场荒唐离奇的梦。

天已经大亮了，自从温度降下来后，姜皑便物色了许多家地毯，长毛或短毛，适合养生保暖还是有趣逗乐，本来可以很快定下来的，但她对这种必需品有独特的癖好，必须到店内亲自体验一番才决定。

地毯昨天才送来，姜皑赤脚踩在地毯上，温暖的绒毛贴紧脚心皮肤，让她有一种异样的舒适感。地毯一直延伸到浴室门口，尽头放着拖鞋。整个房间是黑白色调，根本无法看出这是单身女性的住所。

接近一周的失眠令姜皑的面色看起来不是很好，幸好她不需要出门，单纯希望到 TK 工作前能将状态调回到最佳状态。于是，她给尹夏知打了电话。

尹医生到的时候，姜皑刚把一千块的拼图拆碎，坐在地毯上拼拼补补，她听到声音，抬起头，目光迷蒙："你来了啊。"

尹夏知瞧见她眼眶下方的青黑色，叹了一口气，问："昨天几点睡着的？"

姜皑舔舔嘴唇，调出睡眠 APP 的记录："十二点钟上床，一点半睡着，两点醒了一次，三点醒了一次……"

尹夏知冷下脸："治疗失败。"

好歹也骗骗她啊。

尹夏知拿出包里的协助工具，走到桌前往香薰灯里燃了点安眠香。

"你躺下，我试着帮你催眠。连续两天不眠不休，姜皑你可能耐了。"

姜皑用指腹摩擦着拼图棱角："可能是前几天见到老熟人受到刺激了，过段时间就没事了吧？"

尹夏知呵呵一笑："你最好祈祷是这样。"

浅度催眠可以助人入眠。姜皑平躺在床上，眼睛一动不动地盯着来回摇晃的怀表，耳畔缓缓流淌过舒缓的钢琴曲，尹夏知引导的声音慢慢响起。

她长睫轻颤，拼命压制的疲倦感顷刻席卷而来。微风浮起窗帘一角，浅淡的日光透过缝隙泄入，铺落在她薄薄的眼皮上，带来一阵和煦暖意。

就在姜皑马上要合上眼帘的前一秒，床头柜上的手机传来振动声。她猛地睁开眼，眸底一片清明。

尹夏知手中的怀表霎时偏离运动轨迹，她抿紧唇，黑眸中的情绪压得很低："这发短信的人最好是有十万火急的事情。"不然弄死他。

姜皑讪讪地摸了下鼻尖，抬起手机扫了一眼手机屏幕。唇畔的笑意僵住，放下手机，她下意识地望向尹夏知。

"是江吟？"她咬牙切齿地问，情绪不算好。

姜皑点点头，局促地坐起来，多年熟知的关系，她当然知道尹夏知最讨厌治疗被打断。

尹夏知笑了笑："挺好的。"

说完便开始收拾工具，姜皑连忙上前挽住她的手臂："尹医生，就这一次，下次我一定关机！"

"行啊，这次你别回复他。"尹夏知抬起下颌，"我就原谅你。"

姜皑怔住。

她翘起嘴角调笑："舍不得？"

姜皑迟钝两秒，毅然决然松开手："你走吧。"

尹夏知一口气没提上来，呛得脸发红："姜皑，你真能耐了。"

三天后，TK面试结果公布，谢权拿到第一手资料来找江吟。第一行明晃晃写着"姜皑，总经理助理"几个大字。

"满意了？"江吟懒得多说话，在最下方签署好名字后视线匆匆扫过，大体了解是哪几位应聘者通过了面试。

谢权激动之心溢于言表："哥，我发现你还是爱我的。"

江吟挑了下眉，将手中的文件递出去。谢权乐滋滋地伸手去接："我这就亲自去和小姜老师说，她被录用了。"

江吟依旧握着文件一角，眼睫微微下垂，没动。

谢权疑惑地抬起头："哥？"

下一秒，面前的男人手腕稍用力，把文件拿回去妥帖地放到桌面上，话锋一转："你母亲催你抽空回家，别忘了。"

"你耍阴招。"谢权语气幽怨，想上手抢文件，没想到被江吟眼疾手快地捉住手腕，他力气可比不上经常健身的男人，号出声，"我手腕要断了！"

江吟凉凉地瞥他一眼："别做无用之功。"

谢权的表情冷漠："哦。"丝毫不把他的话放心上。

江吟缓缓挑起眉梢，唇畔滑出一丝冷笑："哦？"

大猪蹄子，怪不得单身四年，活该！

谢权离开后，江吟放下手中的笔，将批阅签署好的文件放到一摞中，抬眼看了下挂钟，已经是十一点半。

他掏出手机，调出姜皑的号码，打好一行字忽然想起什么，眼神微沉，把写好的话删除。他手指一滑，发出去一条空白短信，然后扔掉手机，烦躁地解开领带。他觉得空间内所有的空气被抽光了，变得更闷热了，明明室温只有十二度。

他从抽屉里拿出车钥匙，平息住胸腔里汹涌的情绪，面色如常地走出总裁办。

一路行驶到御河山庄，他只来过这里一次，近些年新建成的小区，除了选址过于偏僻，绿化及装修建筑算得上高档优美。他把手机调成静音，对于姜皑的回复既期待又犹豫。

一路上他想过许多种她回复的内容。

平常版："？"

虚伪版："江总有什么事情？"

手指碰到置物柜里的手机机身，江吟不由自主地僵直脊背。深吸一口气后翻开屏幕，目光扫过主页面，他眯了眯眼，眼神一滞，表情多了几分难以置信。待了几秒，又按灭手机。

门卫热心地将栏杆打开，江吟重新启动车子驶入小区。停到姜皑家楼下，他瞥了一眼屏幕，黑漆漆的屏幕映出他沉静的脸。

他熄火，下车，站在树荫下的垃圾桶旁点烟。一支烟燃尽，他掏出手机给姜皑发了条短信："下来。"

对方没回。

江吟把手机塞回兜里，准备上车，原本晴朗的脸上多了一丝阴霾。真是闲得他，跑那么远来亲自通知消息。

　　他重新坐进驾驶座，黑眸中凝着一团浓墨。过了一会儿，正对车前挡风玻璃的大厅出现一道身影。女人穿着居家服，柔软的长发搭在背上，不施粉黛，脸颊泛白。一出楼道门就被寒风挡住去路，她瑟缩起肩膀同时停住脚步。

　　江吟微眯起眼，落下车窗示意她。姜皑认得他的车，几步走上前，站在副驾驶座门外俯下身："你怎么有空过来了？"

　　他看了一眼她被风吹得泛红的鼻尖，心下一软："上车。"

　　"哦。"姜皑拉开车门，坐进来。

　　江吟感受到一股寒意随着她的近身袭来，带着淡淡的花香。他抬起眼，视线和她的撞在一起，语气别扭了："为什么不回我短信？"

　　姜皑用手背蹭了蹭下巴尖，试探地问："你是说那条空白短信吗？"

　　江吟从喉咙中溢出一个单音节："嗯。"

　　"我以为是你手滑了。"她眨眨眼，继续补充，"没什么内容，不知道怎么回。"

　　江吟没说话，握住方向盘的手加重力道，表情很不友好。

　　姜皑轻抿起的唇瓣松开一道缝，嘴角挑起，声线很细，像裹着浓浓的蜜："你在等我回复吗？"

　　江吟面无表情地回复她："没有。"

　　姜皑的声音低下去，淡淡地"哦"了一声，她所有的喜怒哀乐都挂在脸上，丝毫不多加掩饰。

　　"我想了很久怎么回复你，然后还没想出来怎么回复，第二条短信进来了，我连衣服都没来得及换，就穿着拖鞋下楼了。"说话间，她下意识地缩起藏在拖鞋里的脚趾，眉眼垂下，声音听起来很低落。

　　江吟垂下视线，落到她赤裸的脚趾上。她皮肤白又敏感，风一吹就染上红，此刻与周围白皙的皮肤形成鲜明的对比，略显刺眼。

他依旧没说话，而是抬手打开车厢内的暖气，立刻有暖洋洋的风从身侧拂过，熨帖着冻僵的脚趾，暖意顺着神经末梢一路攀爬，几乎要暖到心窝里。

车厢内安静极了，姜皑偏头靠在车窗上，睡意袭上来。好像从高二开始，她便有失眠的症状，一直到大学遇到江吟，勉强有所好转。对于现在的她，想要安安稳稳睡个觉，真的是太不容易了。

江吟甫一开口，打算告知她录取结果，却发现身侧的女人已经睡着了。他这才看清姜皑眼眶下方那片青黑色，那是长期熬夜留下的痕迹。

"为什么要让自己那么累呢？"他伸出手，疼惜地拂过她的脸颊，手指触碰到她的皮肤，稍稍停留，感觉到她动了一下，迅速收回手。

姜皑只是侧了下身子，寻了个舒适的姿势窝进座椅里。

江吟松开紧抿的唇瓣，放置在膝盖上碰过她的手指像燃起了火，烧得他炙热难耐。

姜皑一觉睡了四个小时，醒来是在 TK 的休息室。她来过一次，对这个房间印象深刻。装潢是按照江吟的风格来的，浅蓝色为主调，配以白色家具，干净纯粹。

屋里空调开得很足，姜皑掀开被子趴在床沿找拖鞋，视野所及处没找到，她往下探了探头，床底下也没有。

木质门被人推开，姜皑没稳住身子，差点往前倾倒，最后她单手撑住地板，抬起头往门口看去。

江吟手里拿着一只白色瓷杯，静静地站在那，薄唇带着笑，看到她一系列非常人能及的动作，饶有兴致地挑起眉。

姜皑十分诚实地和他对视："年纪大了，起床前要做拉伸。"

江吟走进来，将手里的瓷杯放到桌上："睡醒了？"

她点点头，脚搭在地板上，一晃又一晃，脚趾不安地蜷起："我的鞋呢？"

江吟仔细地回想了一下："应该落在车里了。"

"那我是……"怎么上来的？

后句话堵在嗓子眼里，姜皑觉得自己根本没有勇气听到答案。

"你觉得呢？"江吟抬起眼睫，虚虚地望她一眼。

姜皑轻轻咬了下舌尖，心底突然升腾出一股窘迫。她直勾勾地盯着他，耳垂泛红，带着羞怯的愠怒。

"车库有直达顶层的电梯，你不必担心有人会看见。"他淡淡地解释，"喝点水，等会儿我让助理送你回去。"

姜皑高悬的心终于落地，就着他递过来的水杯，把嘴唇贴上去。她嫣红的唇瓣沾上水渍，色彩又明艳几分。江吟眉心一跳："自己拿着。"

"好吧。"她伸手，指尖滑过他的手指，最后整个手心贴住他的手背。

江吟抿了抿唇："松开。"

姜皑撇撇嘴，慢吞吞地松开手，睡醒之后她的精神明显好了许多，眼眶下方的青黑色淡去不少。

江吟抬起手腕扫了一眼时间："我现在去开会，有什么事情可以叫谢权来。"

姜皑了然，趁他没离开前拽住他的衣角："江总，我被录用了吗？"

江吟的黑眸沉沉的，嘴角绷着，不疾不徐地吐出两个字眼："你猜。"

姜皑瞪他一眼。

TK集团录用结果三日后公布于官网，姜皑往下翻看网页，最后在"总经理助理"一栏看到自己的名字。

她这几天都住在舅舅家，阁楼收拾得很干净，打开天窗能看到清晰的夜空。她网淘了一件天文望远镜搭在窗前，晚上睡不着时便窝在沙发里看星星。一直到去TK报到的前一天，姜皑收拾行李回家，舅母舍不得她，多次嘱托好好照顾自己。

　　姜皑之前从事翻译行业，办公室着装一应俱全，甚至连出席会议的礼服也一并从日本空运回来，根本不需要做任何准备。

　　只不过考虑到是初次上岗，不免会有人质疑她空降到顶层，为了打消这些莫须有的揣测，姜皑选择最古板也最妥帖的西装套式，搭配一双黑色细高跟，长发束起，发尾打着大卷，看起来精神又干练。

　　生活恢复到未辞职前的朝九晚五。

　　人事部经理早早等在楼下，见她进来，便迎上去："姜小姐。"

　　姜皑记得她，微微颔首算是打过招呼。

　　"小谢总还没来，江总交代我带你去熟悉工作环境。"

　　"有劳。"

　　顶层有直达的电梯，不需要与其他部门的人同挤一部，这算是顶层优待。

　　姜皑来到顶层的次数不少，却是第一次到办公场所。由经理引路，她进入公共办公区，秘书室有四人，分别负责不同项目。

　　停在格子间外围，经理对姜皑说："这是总裁办秘书室的负责人李倩，以后就由你们协同配合帮助两位老板处理事务。"

　　李倩是个精明的女人，当她看到姜皑的模样时不由得一顿，虽然心底升腾起一股紧迫与危机感，但还是不着痕迹地掩饰住了。

　　助理和秘书是不一样的。秘书陪同老板出席会议，必须光彩照人，以显示出一个公司的"门面"，而助理仅需要在工作上与上司好好配合。

　　"银色山泉这款香水不适合李小姐。"姜皑接收到对方的打量目光，微微弯起唇，笑意盎然，她侧着脑袋，声音清冽，"前调太冷，中调涩，李小姐长相柔和，最好选一款果香类的香氛。"

　　李倩怔了怔，一时不知道该怎么回应。其实她对香水没有研究，自从因业务能力出众被提拔到顶层，她便开始研究奢侈品，妄图与上流社会擦边。

　　姜皑抿了下嘴角："我没有别的意思，你不要误会。"

李倩没来得及回答，总裁办的门打开，江吟站在门口，凝眉望过来："都不需要工作？"

　　姜皑眨眨眼，没作声。手中的包有些沉，里面装着电脑和其他数码设备。

　　经理出声："江总，我带姜助认认人。"

　　江吟放远目光，轻轻扫过垂着头的女人，头发打理得一丝不苟，浑身散发着好职工的气息。姜皑刚好抬起眼，和他的视线撞在一起。

　　"江总，您要的文件周氏已经发过来了。"李倩适时开口。

　　江吟随口"嗯"了一句："姜皑，你进来一下。"

　　被叫到名字，姜皑点点头："好的。"

　　江吟交给姜皑一份文件，用眼神示意她打开看。文件用蓝色夹子装着，姜皑垂眸扫过一眼，便看到标头上用黑体五号字写着"合同意向书"，她伸手接过来。

　　"这是周氏递来的合作案。"江吟伸手松开领带，细长的手指划过布料传来窸窣的响动，"虽然不知道你和周家有什么过节，但现在你是我的人，有权发表意见。"

　　姜皑所有的注意力都被他那句"你是我的人"牵扯住，一时没想到如何应答他。

　　半晌，江吟问："没有什么想说吗？"

　　"有。"姜皑没打开文件夹，而是俯身将它塞回江吟手里，"周逸寻是我继兄，我可能一直没和你说过。"

　　江吟点点头，示意她继续说。

　　"我记得我跟你提过，我妈改嫁成了豪门贵妇人，不巧，就是周家。"姜皑眨眨眼，漆黑的眼睛直勾勾地盯着他，"我记得我还说，我恨周家。"

　　江吟当然记得。那年周逸寻被邀请回学校做演讲，一向不爱出门的小姑娘突然转了性，早早拉着他到会场，面对满室空座，她却选择最后排，最角落的位置。

一整场会议，她面色不算好，眼睛里藏着火苗，仿佛下一秒就要冲上前把正在演讲的男人一刀抹掉脖子。

姜皑眉梢挑着，嘴角噙着淡淡的笑："我是不是特别虚伪？"

江吟也弯起嘴角笑："怎么虚伪？"

"我那么恨他们，却要迎着笑脸。"

他眯着眼，不说话。

姜皑站直身子，脊背挺得笔直："我不是公私不分的人，你不必介怀我。"

江吟垂眸，若有所思。其实从上个月开始，他就已经开始物色新的合作伙伴，周逸寻发现端倪后，追加三千万想要留住 TK。江吟一口回绝，但周逸寻依旧诚意十足，每周都前来拜访。

他揉了下发胀的眉心："我知道了，你先出去吧。"

姜皑踟蹰片刻，舔了舔嘴角，用一种极其柔和的目光，从男人的眉眼看到抿起的薄唇。

江吟动作一顿："你看什么？"

"看你啊。"她身子往前靠，单手撑住桌沿，声调拉得长又绵软，"谢谢江总体谅。"

两人靠得很近，江吟几乎能看清她眼中自己的倒影。这时，传来敲门声，姜皑遗憾地站回原地："我去找小谢总报个到。"

江吟先出声让外面的人进来，随后不疾不徐地交代她："谢权玩心重，你要多担待些。"

来人是李倩，听到老板说这话，不自觉抬起眼看向一旁的姜皑。姜皑的表情很淡，好像没有听到江总的嘱托，又或许根本没放在心上。

离开总裁办，姜皑到自己的位子收拾东西，助理的办公间是辟出来的，不与秘书室共享一个格子间。她刚把文件归类完毕，江吟的助理打着呵欠走进来，看到她时，一愣。

"小姜老师……哦，不对，应该叫姜助了。"

助理叫林深，姜皑之前拿到的花名册上却印着"林申"两个字。她仔细地看了一眼他的铭牌，礼貌地伸出手："重新认识一下，林助。"

林深挠了挠头，干笑两声："还挺不适应的。"

偌大的办公间只有他们两个人，办公桌相对，中间偌大的场地简直可以用来打羽毛球。

谢权来公司已经是九点半，姜皑到办公室找他。门是虚掩的，透过缝隙能看到男人双脚搭在桌上懒散玩手机的身影。

姜皑推开门，轻咳一声。谢权遥遥地望过来，笑起来："小姜老师。"

姜皑走过去，面色很淡："小谢总。"

谢权最怕江吟一本正经的样子，现在才发现姜皑绷起脸来和江吟有七分像。

"今天有工作任务？"他小声问，"还是哥让你来监督我？"

"不是，按例来报到。"姜皑面上表情不变，歪了歪头，"不知道您有没有什么需要交代的？"

呵，谁不知道江吟名义上是让小姜老师当他助理，实际上是替江吟自己分忧。有什么需要交代的，给他一百个胆子，他都不敢使唤江吟的人。

谢权长叹一口气："我没什么事，小姜老师你回去歇着吧。"

姜皑点点头："有什么事打内线通知我。"

一上午全是空闲时间，姜皑抽空转了转顶层的房间设置，端着杯子到茶水间冲咖啡。

恰好碰到迎面而来的李倩，她往右侧靠了靠，目不斜视地走进去。

李倩跟在她身后，指了指置物柜里的一种咖啡："这种比较浓醇，不会太苦。"

姜皑冲水的动作稍顿，语气淡淡的："没事，我味苦。"

李倩用手指轻敲了几下杯壁，试探性地问："姜助和江总之前认识？"

姜皑不知道她意欲为何，微微偏头，轻呷一口咖啡，任苦涩的液体炸开舌尖上的每一个味蕾。

"认识。"

李倩有些诧异，没想到她丝毫不避嫌。姜皑没有耐心等她继续问下去，就一概说全了。

"是大学校友，江总那么有名的人，我怎么能不认识？"

李倩听完，眼中的警惕消退大半："和我一样呢，我也是 A 大毕业的。"

姜皑放下手中的杯子，低头摆弄她刚做的水晶指甲："如果我猜得不错，你入学的时候江吟应该毕业一两年了。"

"你怎么知道？"

如果是同在校园，肯定吃过她和江吟的瓜，不会傻傻地跑过来试探她。人走茶凉，她出国后江吟也毕业了，没有什么饭后谈资可以坚持两年。

李倩状似无意地提及："那姜助肯定听说过江总的感情往事吧？"

姜皑怔了一下，对李倩仅有的好感霎时降为负值。

姜皑这一顿，李倩爽快了。她就是看不惯姜皑一脸不食人间烟火的淡然样子，明明都是司马昭之心，她凭什么可以以冷漠和傲慢来对待同类人？

"你说是什么样的女人会放弃江总这样的男人呢，我看除非是不长眼……"

姜皑高深莫测地看着她，表情十分意味深长。得，她算是知道了，自己不仅不配拥有姓名，在江吟的爱慕者心底还是残疾一样的存在。

李倩喜笑颜开，捧着杯子绕到直饮水前接满水。

姜皑轻靠在琉璃台沿上，手指漫不经心地敲着台面，眼睫微抬，放轻声音问她："李秘书，你看我的眼睛还在脸上吗？"

李倩的喉咙哽住："你什么意思？"

姜皑笑而不语，拿起桌上的咖啡杯离开。

来 TK 一周，姜皑算是摸清了谢权和江吟的分职，小谢总负责应酬喝酒，长得喜庆，爱对人笑，很容易把对方老总忽悠得团团转。而江吟负责收拾烂摊子，谈判桌上的事谢权连问都不问。反正也听不懂，最多是给个面子出席。

午休时间，姜皑错开用餐高峰期，坐在办公室里等到十二点半才起身准备下楼。经过总裁办，她脚步一顿，下意识抬头往里看。

原来有人比她还晚，姜皑没来得及收回视线，和男人对视上。

江吟一脸冷淡地看着她，眼帘懒懒地耷拉着，手背抵住下巴，歪头，眼神意味不明。

姜皑怔了怔，扬起嘴角懒洋洋地和他挥挥手，继续朝电梯口走。中途她偷偷往后看了一眼，果然没跟上来。

她走进电梯里，按下按键，站在里面等了半分钟，电梯门缓缓关上。

她其实还是有点惆怅的，江吟和林深在工作上配合完美，根本不需要她帮忙，一来二去她这几天只能陪谢权出席晚宴等活动，不着痕迹又得罪了李倩，以前都是她陪两位老板出席的。

电梯停在五楼餐厅，姜皑收拾好情绪走出电梯。餐厅里的人少了大半，她捡了两样清淡的菜打包，忽然想起顶层也有个没吃饭的人，手指指向马上售罄的清蒸虾饺："麻烦拿一份这个。"

姜皑拎着饭菜回到顶层，走到总裁办门前。还未敲门，身后传来一道清冽的男声："吃好了？"

"给你带了点上来。"

江吟先她一步推开门，背着光，整张脸藏在暗色里，好像笑了一下。他随手把取来的文件扔到桌上，对仍站在门口的人说："进来吧。"

姜皑也不扭捏，大大方方走进来："清蒸虾饺，最后一份，是我抢下来的。"

江吟转身脱掉西装外套，袖口叠起露出一大截线条流畅的小臂。

"我在日本经常吃，新鲜的虾饺味道不错的。"生怕他不吃，姜皑将盒子往他那推了推。

江吟轻轻"嗯"了一声，不紧不慢地问道："除了这个，你还喜欢吃什么？"

姜皑侧着脑袋，笑吟吟地望向他："你是想了解我这四年的喜好变化吗？"

江吟睨了她一眼，没说话。

"说起来你可能不相信，我在那边最常吃日式拌饭，就是那种把生鸡蛋直接打到米饭里，再浇上秘制酱油。"

江吟脑子里有了画面，吞咽的动作一僵，缓缓放下手里的餐具。

姜皑挑眉，眼波流转："是不是听起来特别不能接受？"

江吟狭长的眸子眯起，眼瞳漆黑幽深："口味变了很多。"

姜皑面上表情不变，身子向他那倾了倾，慢悠悠地接上下面的话："但对男人的口味始终如一。"

他"哦"了一声，伸手捏住女人微微翘起的下巴，端着审视的目光打量她。为了掩饰身上那股凌厉感，姜皑日常会用眼线笔把眼尾拉长并压低，不涂眼影，整个人看起来也是柔和的。

化妆真是一门技术。

姜皑扬起眼睫笑："看够了吗？"

江吟表情微动，捏住她下巴的力道减轻不少，最后松开手，重新拿回餐具。

姜皑不动，直勾勾地盯着他的一举一动。如果眼神有温度，她觉得面前的男人早就被烧灼了。偏偏这人是江吟，哪怕是搁在油锅上煎熬，他也不会皱一下眉头。

她叹了一口气，眼神刚离开他，嘴里就被塞进了一只虾饺。江吟面无表情地说："吃完去休息一会儿，下午日方会发来新的策划案，你需要尽快熟悉。"

姜皑嘴里含着虾饺，腮帮鼓起来像只小仓鼠，听完他的话没忍住撇嘴，捡起一块菜叶子一并塞进嘴里，委屈巴巴地瞅他。

江吟一时不忍，按住额角揉了揉："如果有不懂的随时来问我。"

姜皑不紧不慢地解决完面前的食物："你慢慢吃。"

两份青菜，一碟米饭，她共吃掉三分之一。姜皑正要起身离桌，不料被江吟按住手腕重新坐回去。她抬眼看他一眼，没懂他的意思。

"吃完。"

姜皑眨眨眼，她能拒绝吗？

中途李倩来敲门送文件，日方合作公司发来的技术评估报表。彼时姜皑已经收拾好餐具，坐在离江吟很远的沙发上浏览文件。

江吟抽出纸巾擦了下手，接过文件粗略地看了几眼，手指轻轻捻起页脚若有所思。

李倩以为哪里出错了，连忙问："是哪里不对吗？"

文件是密封的，江吟作为第一接手人，如果有错也是合作公司的纰漏。他摇摇头，没仔细看直接放到桌上，琉璃桌面质地滑，手指稍用力便将文件送到姜皑面前。

李倩抿了下嘴角，悄声观察着姜皑的动作。

这份文件不是随便谁都可以看的，关系到TK新上市的医疗器械技术核心，稍有不慎泄露给竞争对手，公司的损失将无法估量。平常谨慎如斯的江吟，却如此信任她。

姜皑的手指搭上文件一角，觉察到李倩的视线，她皱了下眉头，这东西不能随便动？

江吟下巴抬起，声音低沉而清冽："这份文件明天下午翻译出来。"

姜皑这时才拿起来，打开后放到膝盖上仔细阅读扉页上的引言。科技类的资料她接触不多，在日本工作翻译的大多是经济类文件，第一段上来就有三个词把她思绪卡住，怎么翻译都不顺畅。

李倩琢磨了半晌江吟的话语，没有半点偏向姜皑的意思，完全是上下级正常下达指令的口吻。于是试探地问："江总，我最近手上的活挺少的，不如我帮姜助翻译？"

姜皑挑眉，没说话。江吟从她眼神里看出了不想背锅的抗拒，开口问："你需要帮助吗？"

"翻译文件是我的职责所在。"她斟酌着语言，选了个谁也不得罪的说辞。

江吟抬眉，正过身子直视李倩："你听到了？"

他的目光薄凉，眼风像是夹杂着寒冬的冰碴儿，划过来落到耳中也不见有半分融化的趋势。

李倩在职场打拼多年，又了解江吟一贯的行事作风。他这句话隐隐含着警告之意，希望她不要越职去做不该做的事情。

下午江吟要开会，姜皑没多留，收好文件跟李倩一道离开总裁办。两人的办公地点不在一块，出门后姜皑往办公室走，迈出几步发现身后好像多了条尾巴，她往前走一步，尾巴就跟着她往前一步。

停到办公室门前，姜皑握住门扶手，抬起眼帘问她："你有话要说？"

李倩嘴唇动了动，但没说话。

姜皑比她高，又穿着细高跟，这会儿借着身高优势居高临下，把她上门兴师问罪的气势碾压得一丝不剩。

李倩的表情很悲切："姜皑，你的到来让我很不安。"

姜皑垂下头，声音淡淡的："不安？"

"我没有显赫的家世，从TK最底层一路打拼到人人艳羡的顶楼，我比任何人都需要这份工作。如果你是以为我觊觎江总，那你大可放心。"她顿了顿，又说，"我输不起。"

输不起，多沉重的三个字。

姜皑的眼睫毛微微颤了颤，敛起攻击性的目光，笑了："我没有想要排挤你的意思，你比我资历老，自然知道有个词叫能者居之。再说，江吟不是什么人都可以觊觎的。"

江吟那样好的人，每次想起他，她都会感觉自己狼狈又不堪，以至于最后有种难以割舍的负罪感。

李倩还想说些什么，但姜皑已经旋开门走进去了，她被挡在门外，最后一点底气顷刻消失。

临进下班，谢权还没回公司，姜皑第五次从总裁办走出来，掏出手机给他打电话。

忙音顿了两声，那端接起，先是噼里啪啦一通响，继而是骂骂咧咧的嘈杂声。她皱眉，拿下手机看了一眼屏幕，没有拨错。

再贴到耳畔，一道熟悉的男声嘶吼落下："你们再提我爸一句试试！"

"呃……"小少爷去干架了？

姜皑回到办公室，目光在林深脸上转了一圈，快步走过去，将手机搁到他桌上。

"林助，小谢总的手机定位可以查吗？"

林深从电脑屏幕中拔出视线，愣了愣："小谢总？"

他的表情不是很正常，带着几分慌乱。

姜皑随口问："你知道他去哪了？"

林深犹豫了一会儿："知道。"

"小少爷去干架这事也知道？"她拉长尾音，漫不经心地晃着手机。

林深紧张到腾地站起身："不可能啊，今天是老董事长的忌日，小谢总现在应该刚祭拜完回来。"

姜皑手中的动作瞬间顿住，大概猜测到事情始末，她面无表情地看了他三秒："快查定位。"

林深立刻打开电脑页面，不出五分钟调出一个地址："是在湖色礼。"

姜皑点点头，转身就往门口走。走出几步，想起什么似的转身，差点和后脚跟上来的林深撞倒一块。

"你通知江吟，我先去。"她垂眸扫过他手里的钥匙，伸出手示意他。

　　林深终于想起被抛掷脑后的老大，把车钥匙匆匆扔给姜皑，转头去给江吟打电话。

　　湖色礼距离 TK 十分钟的车程，却赶上下班高峰期，市中心塞车严重，姜皑到现场正好和匆匆赶来的警察撞上。

　　酒吧在内部清场，姜皑从侧门进去，正对舞台的卡座区一片狼藉。从她的角度仅能看到谢权宽阔的脊背，他单膝跪在沙发上，手里紧紧揪着一个人的衣领，用了狠劲，就是不放手。

　　姜皑往前走了几步，绕过满地狼藉，终于到了谢权跟前。一瞧，谢权脸上挂了彩，眼眶猩红，完全没有注意到她的到来。

　　"我让你和我爸道歉。"他发疯似的钳住对方的脖颈，浑身的戾气全部显露出来。

　　姜皑怕闹出人命，上手握住他的手腕："谢权，冷静点。"

　　干净熟悉的声音扯回谢权的一丝理智，他微怔，侧过头："小姜老师？"

　　他的态度转变让对方抓住机会，拎起地面散乱的酒瓶往谢权身上抢去。

　　"你爹就是个病羔羊，还想让我给他道歉，我这就送你去看……"姜皑眼尖，下意识用手去挡，玻璃急剧碰撞破碎，玻璃碴子霎时划过她的手臂。

　　谢权回神，用手肘抵住他的喉咙，偏过头，语气急促："小姜老师。"

　　姜皑看了一眼渗出血迹的小臂，声音淡淡的，有点冷："没事。"

　　警察已经围起警戒线。有个大块头来询问情况，得知是谢权先出手，便要把他们一并带回去。姜皑用布条扎住手臂，勉强控制住出血。因为疼痛面色泛白，她皱着眉，内心深处拼命压住的暴力因子几乎要冲破束缚。

　　想摔东西，想打人。

　　明明是对方挑起来的事端，因为前些年的一桩合作案，导致公司破产，如今偏偏在谢权情绪最低落的时候，辱骂他的父亲。

如果是她的父亲，他绝对不会这样处理。

思及此，姜皑皱了皱鼻子，望向大块头："你是哪个地方的？"

大块头挥舞着警棍，嫌麻烦懒得多说话："你想干什么？"

姜皑站起身，发现腿麻了，于是拽了一把高脚椅过来坐下。跷着腿，神色冷而傲："我想干什么？当然是投诉你啊。"

大块头愣了愣，指着在一边垂着头正懊恼的谢权："是这小子先挑事的。"

姜皑低低地"哦"了一声，学他的模样指向对方："是他先出言侮辱人的。"

其他警察处理好现场催促大块头回局里，他用警棍指着姜皑和谢权："这两个也带回去。"

姜皑晃了晃挂在脚尖上的高跟鞋，十分看不爽他用手中的东西指向他们，一副趾高气扬的姿态。

她记得爸爸说，警棍虽然是职业的象征，但就像那套制服一样，穿上去，是要保卫人民的。可这世道，虽然好人占多数，但也有这种蝼蚁蛆虫啃噬道德缺口。

灰暗无光的走廊，顶灯年久失修忽闪忽灭。江吟赶到警局是在十五分钟后，还穿着去开会的那套衣服，及膝的毛呢大衣裹着风尘仆仆的气息。他的视线落到脸部挂彩的谢权身上，顿了顿，移到一侧，姜皑下意识藏住受伤的手臂。

他转身对助理交代："去办手续。"

然后迈开步子往他们这走，谢权以为他会上来一拳，捂住头朝墙根缩了缩。谁料江吟直接越过他，站到姜皑身侧："别藏了。"

姜皑抬头看看面前的男人，下颌绷得很紧，眸子里阴沉沉的，像浸了墨。

姜皑被迫抬起手臂，挨近手肘处的地方仍可见血色。白衬衫染了鲜血，看起来触目惊心。

江吟看到她的伤口，唇线抿成一道紧绷的线，面色阴沉得更吓人了。

姜皑咬了咬唇："其实不是很疼。"

江吟蹲下，手指握在她手腕处，用压得很低的声音叫她："姜皑。"

空气中寂静三秒，姜皑垂眸，等他继续说下去。在一旁努力缩小存在感的谢权突然打了个喷嚏。

江吟抿着唇，脱下大衣披到她身上："下次别让自己受伤了。"

林深办完保释手续出来，身后跟着那个大块头，这会儿他脸上没有刚开始的盛气凌人，唯唯诺诺地站在江吟身边给两位道歉。

姜皑平生最瞧不起这种人，她闭了闭眼，又睁开，离开前淡淡地说："请对得起你身上的这身衣服。"

江吟是开车来的，他拉开车门让姜皑先坐进去，回头瞥了眼依旧懊恼的谢权。想起今天的日子，他轻轻地叹了一口气："这事不怪你，让林深送你回去。"

谢权怔了怔，有点为难："哥，我让小姜老师受伤了……"

车窗是半落的，姜皑清楚地听到他的话语，开口："没关系，快回去吧。"

江吟弯了弯唇："听到了？"

谢权点点头，三步一回头地跟林深离开。

江吟绕过车前坐进驾驶座，没立刻启动，而是侧目凝视姜皑一眼。目光下落，又看了眼她的胳膊："去我那。"

姜皑眼帘耷了耷，没反驳，她不会处理伤口。

行驶到中途，姜皑受不了寂静的气氛，像是把她按在锅炉里小火慢炖，这感觉太难受了。她歪头看了看江吟的表情，试探地问："你不想问问我原因吗？"

车停到红绿灯前。江吟没回头，直直地看着前方："谢伯父身体不好，前年去世，谢权那时候放肆恣意，没能见伯父最后一面，这是谢权心中的一道坎。"

他人的家事，不便评说。

姜皑微微颔首："我父亲是警察，他是个很好的人，我也不容许别人说他一句不好，所以我帮谢权，因为他让我有种同命人的相惜。"

大学时她跟他提过，第一天踢垃圾桶也是因为那群人出言不逊。

"当然，除此还有另一个原因。"她低下头，唇畔的笑意扩大，"我在乎的另外一个人，非常在意谢权，我不能坐视不理。"

江吟紧绷的唇线忽然松开，握住方向盘的手微微僵住。

姜皑瞥他一眼，垂下头整理脏乱的衬衫衣袖："我不想让你有负罪感，帮谢权是我的事，和你没什么关系。"

江吟面无表情，重新启动车子："可是你受伤了。"

姜皑说得云淡风轻："所以我才能跟你回家啊。"

江吟的嘴角不着痕迹地扬了扬。

江吟的包扎手法很不错，她大学的时候就知道。当时军训练习匍匐前进，受训地点是学校操场，人工草皮不如天然的青草柔软，她跟在队伍里面一点点地往前挪。

白皙的手臂上被扎出不少红印，这倒没什么，过一会儿就会消下去，最难忍受的是，不知谁在草坪上扔了玻璃碴子，她正好压在上面，整个小臂顿时鲜血淋漓，不亚于现在的惨状。

姜皑舔了下干涩的唇，忍不住承认一个事实，她这有生之年所有的落魄与狼狈，皆由江吟收场。

客厅与前不久来时并无差别，除了沙发上多了两三个和房间蓝白调装潢最不搭的嫩粉色抱枕。

姜皑用没受伤的那只手拎着他的大衣，乖乖站在玄关处等他换鞋。江吟单手接过她手里的衣服，随即往卧室走去。走出几步后发现人没跟上来，顿住脚步回头瞧她："过来。"

姜皑点点头，随他进入卧室。

　　江吟弯腰从置物柜里拿出小型医药箱，抬眉看了一眼非常识相坐在床沿等他的姜皑，低垂着头，一声不吭。

　　姜皑怕血凝固之后不好处理伤口，便早早将袖口挽到手肘处，看到他过来，乖乖地抬起手臂。

　　江吟打开医药箱，用镊子取出两块一次性酒精棉，手指轻拖住她的手肘，动作轻柔缓慢。

　　有两道很深的裂口，长度大概三厘米，幸好没有玻璃碎片扎在里面。

　　酒精消毒，是最难熬的步骤。姜皑不怕疼，但棉球碰到伤口传来的刺激感让她不自觉皱起眉。

　　江吟下颌绷得紧紧的，生怕一不小心控制不住手中的力道，弄疼了她。姜皑看他丢掉沾血的棉球，再去夹新的，忍不住缩了缩手臂。

　　"还来？" 江吟稍用力把她拉回原来的位置，面不改色地继续手中的动作："消毒不彻底会留疤。"

　　姜皑不甚在意："没事，又不是在脸上。"

　　"会很丑。"他不咸不淡道。

　　她心思微动，咬着唇斟酌话语，发现怎么问都不合适，最后选择最简单的方式："你在意这个？"

　　江吟目光沉静，眸底压抑着翻涌的情绪，侧脸线条绷得很紧，视线落到姜皑脸上好半晌才收回去："我不想你受伤。"

　　姜皑抿下嘴角："以后不会了。"

　　江吟不说话了，从箱子里拿出其他工具。他比照着绷带宽度，抬手将她的衣袖往上又挽起一块。指尖压住纱布，捋平后缠上绷带，另一只手拉着带尾，缠了薄薄一层。

　　姜皑静静地看着他手中的动作，又轻又缓，好像对待一件极其珍贵、容易破碎的宝贝似的。

　　她上身弯下去，唇凑到他耳畔，清浅的呼吸铺落而下。还未开口，江吟恰好抬起头来，侧脸擦过她的嘴角，一刹那呼吸交缠。

姜皑捏了捏手心，小声地问他："江吟，你不要我了吗？"

她怕他没反应，用手指牵住他的小拇指，撒娇似的摇了摇。

江吟闭上眼，面无表情地抽回自己的手。姜皑手心里一下子空了，心都连带着变得空落落的。她垂下头，模样像极了受尽委屈的小兽。忽然觉得再死缠烂打也没什么用，姜皑撸下衣袖毅然决然地起身："你不要我，那我走了啊。"

她压下嘴角，声音随之冷下来："真的走了。"

男人依旧没有什么动静。

姜皑垂眸，暗自叹口气，迈开步子往门口走，走出两步，觉得不太对，转回身子："按照剧情你不是应该拉住我的手腕，让我别走吗？"

江吟眉一挑，收拾好药箱放在一旁。目光扫过她伸出来的手腕，无奈失笑："我觉得我的态度已经很明显了。"

姜皑的动作顿在那，一时没接上话，手腕僵在半空也没来得及收回。等她回过神来，手腕被江吟轻巧攥住，稍一用力她整个人便倾倒在他怀里。江吟一只手放到她脑后，另一只手借由这个姿势环住她的腰。

姜皑感受到男人一向平直的肩膀微不可察地塌了下。

"皑皑，别再突然消失了。"

他的声音很淡，却含着很浓的情绪。姜皑的下巴抵住他的肩膀，眉眼隐匿于光的背面，轻轻地点了点头。

Chapter 10

你回眸一眼我就心动

▼

隔日中午，谢权拎着大包小包来到江吟办公室，全是从八百关打包来的食物。

姜皑也在那，正坐在沙发上翻译文件，看到谢权进来，虚虚地点了点头，继续翻阅中日字典。

谢权把东西堆到桌上，看了看江吟："我给小姜老师买了点补菜，哥，你一起吃点。"

江吟懒得抬起眼皮："你们先吃。"

姜皑有些饿了，放下手中的文件："小谢总破费了。"

谢权在心里感慨了多遍，还是小姜老师给面子，他解开包装袋将保鲜盒一个个拿出来。

"这道是红枣花生炖猪肘。"

没人说话。

"这道，木瓜凤爪汤。"

姜皑哭笑不得。

"这道，猪腰枸杞。"

姜皑跷着腿，一副看戏的模样，听谢权一口气憋完所有的菜名后，伸出手指一一点过那几道主菜。

"红枣花生炖猪肘，木瓜凤爪，主丰胸，"她顿了顿，继续若无其事道，"猪腰枸杞，配之大补，壮阳。"

这次，江吟终于抬起头来，饶有兴致地望过去，看到谢权又气又窘，憋了一上午的气，全消了。

昨天的事虽然真的不能怪谢权，但他毕竟已经是成年人，明明有更稳妥的方式解决一切，可他偏偏选择最直接也是最吃亏的一种。江吟教他两年的东西，他全给忘光了。

江吟起身走过去，有条不紊地解开西装衣袖上的扣子，微弯下腰，在谢权万分惊恐的眼神下，将那盘猪腰枸杞推到他面前。

"哥，我不是故意的。"谢权吞了下口水，伸出手指悄悄推着保鲜盒朝桌子中央挪动几寸，"这些菜都是经理推荐给我的。"

"下午日本合作方要来公司，现在你陪我到机场去接他们。"江吟这话是对姜皑说的。

"就我们？"她蹙眉问，"昨晚你没怎么休息，身体扛得住吗？"

"没事。"

谢权没得到回应，主动请缨："我可以当司机。"

姜皑跟在江吟身后，走到门口，眼前的人脚步一顿，不紧不慢地吐出两个字："吃完。"

谢权一脸苦相，不如弄死他算了。

经过秘书室，李倩站起身："江总，您是要出去？下午日本那边的合作方要来公司……"

江吟言简意赅："我和姜助现在去机场接人。"

李倩眼神暗了暗："我知道了。"

姜皑习惯性揉搓了下衬衫袖口，走出几步转过身："李倩。"

李倩不动声色地压住即将显露于表的戾气，没好气地回她："怎么了？"

"江总的意思是让你留在公司，准备妥当茶水，安排好参观程序。"她话中毫无情绪波动，"这种事，我做得不如你细致。"

电梯里，江吟整理好松垮的领带，忽然想起什么，说："我记得之前你对菜品没研究。"

姜皑点点头，诚实道："记性挺好。"

江吟发现四年过去，这女人能一口话噎死人的本事见长。

姜皑用脚尖蹭了蹭地面，她总不能说是上午他怒意太重，她没忍住想缓和他们兄弟之间的气氛吧？

"红枣花生炖猪肘，尹夏知给我煮过。"她理直气壮地直视他，一板一眼道，"你要感谢她，不然没有今天的我。"

江吟的指尖搭在电梯扶手上，眼帘下垂，狭长的眼睛微微眯起，其中情绪不明。

"至于那个枸杞猪蹄，"姜皑长长地叹了口气，"大学时候我们在一起一年半，你没越线，我以为你……"点到为止，才是恰当的说话礼仪。

江吟的嘴角也随之弯起，他静静望着她，却不说话。

电梯到达，姜皑趁没人悄悄牵住他的手："伊藤先生是带他妻子一起来的吧？"

"嗯，别人眼中的模范夫妻。"他掏出车钥匙开锁，"这次来TK 参观也是抽空，他们的本意是来游玩。"

"是吗？那我可以陪同当导游。"

江吟回过头来，拒绝她的提议："陪同游玩太累，你不适合。"

姜皑眨眨眼，慢吞吞地鼓了下腮帮。

机场在郊区，需要绕机场高速，驶离市中心后姜皑开始担心他。昨晚她睡得不好，做了噩梦，江吟听到声音，就推门进来，后半夜怕她再梦魇，一直陪她到天明。

于是她清晨睁开眼看到的第一幕，是江吟坐在阳台的沙发里翻阅文件的身影。晨光从他背后大面积铺洒开来，将他坚毅俊朗的身形轮廓不着痕迹地削磨至温和柔软。她有种失而复得的欣慰。

S 市国际机场平常人流多，国内多数航班会选择在此中转。他们到时，伊藤夫妇的飞机恰好抵达。

之前在日本某场经济座谈会上，姜皑见过伊藤先生一面，不过碍于是竞争方，只有最简单的寒暄问候。

VIP 通道口设在机场出入门一侧，方便 VIP 用户抵达及离航。伊藤夫妇相携出来后，江吟迎上前，问候几句，引他们到停车位。

江吟去开车的空隙，伊藤与姜皑闲谈，提及年前那场座谈会，直言对她印象深刻。遇上熟人，对方不免礼貌询问一句她为什么回国。姜皑笑了笑，虚情假意地恭维几句，然后说不适应那里的生活。

回到 TK，考虑到伊藤夫妇的生活习惯，江吟和姜皑先请他们到顶层吃下午茶。中途，江吟收到一条短信，面色微变，用眼神示意姜皑离开，两人前后脚来到走廊。

短信内容是姜皑翻译的技术核心文件被泄露了。

姜皑的表情一怔："不是我。"

江吟垂下头，轻靠在墙壁上，眉眼间掩饰不住的倦意涌上来："我知道，现在先稳住伊藤他们。"

姜皑转过头，刚要推开玻璃门，就看到伊藤皱着眉走出来。

江吟眉心一跳。

"这是怎么回事？"伊藤拿出手机递到江吟面前，"我们公司答应与 TK 共享技术核心，并不代表可以泄露！"

姜皑侧目看了一眼，发给江吟的是她翻译的上半部分，而剩下的则是流到伊藤手里。

"现在确定的是，有人窃取了翻译文件，而原文件被收在保险柜里。"姜皑视线上移，和江吟对视，"我去和他解释。"

江吟的表情没多少变化："可以交给我。"

她递给过去一个安心的眼神，开始和伊藤交涉。对方现在油盐不进："你已经翻译出来了，对方根本不需要再花钱请翻译。"

姜皑露出一个似笑非笑的表情："并不是。"

江吟久处在暗色中的头抬起，眼神难以置信。

"最核心的地方，是我还没有修改过的。"她无辜地抿了下唇，"有许多翻译错误。"

伊藤愣了几秒，语气依旧不好："你确定？"

姜皑颔首，语速放慢了不少："请您放心。"

伊藤松口气，负手回到露台，收拾好情绪没让夫人看出丝毫破绽。

姜皑紧绷的肩线霎时松懈下来，扶着墙瞅身侧的男人："江吟，我腿软。"

她的眼眶有些红，被伊藤的气场震得勉强能稳住声线不崩坏，现在睫毛轻颤，真一副被吓坏的小样子。江吟伸出手到她面前，骨节分明的手指微微蜷着，掌心纹路走向分明："要牵吗？"

　　姜皑动作停顿了瞬间，把手塞进他温热宽大的手掌里："要牵的。"

　　姜皑拉着江吟到自己的办公室，彼时林深已经开始调查监控录像。她站在桌前，抽出最底层的文件夹，白皙的手指捏着薄薄一层纸，不紧不慢地翻开扉页。拾起扔在桌上的钢笔在段落里画出一道横线，又将几个核心词汇用圆圈圈出来。

　　随后她抬头看了江吟一眼："我在日本没做过几场科技类的翻译，有些生僻词根本不清楚具体含义。"

　　江吟略垂眸，把她递过来的文件接过去："你觉得有人会主动上门？"

　　姜皑轻靠在桌沿，思忖片刻后缓缓开口："最迟一周？"

　　他合上文件放回她手里："我再去和伊藤交涉一下，等会儿下班送你回家。"

　　姜皑挑起眉梢，一双漂亮的眉目瞧着他："不想回家。"

　　江吟薄唇抿起，淡淡地笑了笑："那去哪？"

　　她轻轻地咬了下舌尖，愉悦地弯起嘴角："去你家吧。"

　　江吟抬头看了她一眼，没明白她话里的意思。缩在旁边查监控的林深尽量减少自己的存在感，他简直想把耳朵给堵上。

　　"我相中你的床了。"姜皑抱着文件夹，眼帘微抬，再接再厉道，"我觉得离了它就睡不安稳了。"

　　江吟默然，看到她格外得意的表情，磨了下后槽牙之后抬脚离开了。

　　他就是拿她没办法。

　　临下班前，姜皑收拾好东西到电梯口等人，经过秘书室停住，脚尖一旋，往内部的格子间走去。

　　其他几个秘书都卡着点下班，只有李倩仍坐在办公桌前。姜皑走上前，左手搭在桌沿上敲了几下，手背上的掌骨绷起，像是隐忍着什么似的。李倩仰起头看她，表情慢慢发生了一丝变化。

她没开口说话，姜皑也不急，视线轻飘飘地掠过她妆容精致的眉眼，再往下到没有半分褶皱的衣襟，最后落到她无意识间蜷起的手指上。

"李秘书，我是来和你道别的。"姜皑故意将声线压得很直，音量低弱，听起来没有平常那样凌厉。

李倩的嘴唇翕合数下，说："我知道文件泄密对你打击很大……"

姜皑叹口气："如果能找出罪魁祸首来就好了。"

她这一字一顿，故意把"罪魁祸首"四个字念得很重，李倩嘴角僵住，默不作声。姜皑收起嘴角虚伪的弧度，她这个表现还挺明显的，全是女人的善妒心在作怪。

姜皑先去了一趟尹夏知的治疗室。下午六点钟不是对外接待的时间，她没顾及直接推门进去，没想到撞上格外香艳的一幕。

尹夏知搂着她的亲学长亲吻，沉溺其中无法自拔，连姜皑推门入内都没及时发现。

姜皑轻咳几声："尹医生，我来拿点药。"

尹夏知猛然松开男人的脖颈，看到来人后一双眼睛简直要冒出火来："拿什么药，没看见门上挂着'暂停接诊'四个大字吗？要拿药明天来。"

姜皑应了一声，知道现在不是和她讲道理的时候："不如你们继续，等亲热完了我再来。"

尹夏知憋下心中的火气："回来。"

学长无奈地捋平衬衫上的褶皱，和姜皑打完招呼后离开治疗室。尹夏知依旧面无表情："说吧，什么药？"

姜皑简单地叙述了一遍事情经过，大致就是江吟家的床治好了她的失眠，她决定再去体验两次，看看能不能根治失眠症。为避免再出现晚上睡不着的尴尬局面，她想在尹医生手中讨点药。

尹夏知听完沉默两秒，呵声笑出来："哪是床治疗好你的失眠，明明是大活人的功劳。"

姜皑舔了舔嘴角，默认了。

"别说那些好听的，什么睡不着的尴尬局面，你就是怕江吟担心。"

姜皑没说话，把玩手指甲的动作也停下来，慢慢往沙发靠背里缩了缩。尹夏知最见不得她低落的神情，明艳无比的脸就像一支即将枯败的花，蔫坏的叶子一颤一颤的。

"我只给你开三天的药。"她说，"如果不行，你要搬回去住。"

姜皑看了看她，又垂眸思索良久，最后非常识相地点点头。

江吟在楼下等。姜皑把药塞进包里走出写字楼，已经是十一月末了，街上不少不耐寒的人早早就穿起了羽绒服。当然也有像她这样的，不耐寒却逞能，非要穿毛呢大衣上街挨冻。

坐进车厢里，她长吁出一口气："没想到今天外面还挺冷的。"

江吟侧目看她一眼，声音中裹着暖意："是你穿太少。"

"已经很多了。"她揪起厚厚的打底裤，哀怨道，"我在日本的时候根本不会穿这么厚。"

江吟把车厢空调调高几度："这里是中国的Ｓ市，冬季最低温可达零下八度。"

"好呐，过几天穿上秋裤好了。"

在姜皑去见尹夏知这段时间，江吟就近到商场买了些家居用品，从后备厢里提出一大包东西，姜皑眼尖地瞧见最外层的一双粉色毛绒拖鞋。

"江吟，你是不是特别喜欢粉色？"这个问题她四年前就想问了。

"不是。"他的语气有些许不自然，下颚微绷，"我母亲喜欢，她是我接触最多的女性。"言下之意，此种喜好应该满足大多数同性人的要求。

"哦，阿姨喜欢啊。"她默默记下了。

姜皑知道江吟家庭美满，幸福和睦，父亲是军人，母亲在军区医院。好的家庭才能培育出这样优秀的他，所以她一开始觉得，江吟和自己不是一路人。后来在一起了，她便想着为他收起满身的棱角和倒刺，她想让喜欢他的人，同样能接受自己，所以她尽可能去微笑，去讨好他的朋友和家人。

他们之间感情越深，这种情绪就不停往她心窝里钻。

上楼后，姜皑弯腰从袋子里掏出粉色棉拖，指腹触碰到鞋面的绒毛，又留恋地蹭了几下，手感挺不错。

江吟看她和鉴宝似的，上手摸了质地料子，最后伸进脚去，只露出小巧白皙的脚后跟。他忽然想起什么，问："我听林深说你明天不去公司了？"

姜皑还在垂眸看鞋，瓮声瓮气"嗯"了一声："不去了。"

江吟没多问，绕到卧室拿出药箱招手让她过去："换药。"

姜皑站在原地挣扎了片刻，硬着头皮走向他，挨着坐下后挽起衣袖。今天早上在文件柜拿东西的时候不小心碰到了，没愈合的伤口又渗出血来。

江吟的眼神暗了暗，面色不愉："姜皑，你是不是欠收拾？"

她垂了垂眼帘，没敢说话。

江吟把绷带一圈圈解开，最后剩下被血浸染的纱布，他拿镊子小心挑起一个角，却听到姜皑低低的抽气声。血凝固太久，和纱布黏在一块。

"怎么找我的时候不说？"

姜皑看不清他黑眸中压抑的情绪，只觉得他话中的警告有种迫人的压迫感。

"刚开始看你忙，后来去接伊藤，一不小心忘记了。"

江吟轻轻叹口气，声音硬邦邦的："我现在要把纱布揭下来，会有点疼。"

姜皑点点头："我保证不矫情地叫出声！"

江吟没抬头看她，一直盯着揭开纱布的那一角，正准备动手时，发现她不自觉颤了颤手臂。他顿住动作，压着嗓子叫她的名字："姜皑。"

"嗯？"姜皑拼命忍住生理性颤抖，保持淡定，不紧不慢地哼出一声，尾音拉得很长，软绵绵的怪是折磨人。

"当年为什么要走？"

姜皑所有的小动作顷刻间消失，望向他的目光也霎时顿住。沙发一侧的落地灯正不懈地投射下暖黄色的光线，落到他漆黑幽深的眸子里，晕染开一片暖色。

她屏息，连心绪都跟着漏了一拍。躲不过的，只要想和他重归于好。这个问题，终究是要给他答案。

姜皑闭了闭眼，正斟酌着说辞，手臂处突然一阵刺痛传来，让她下意识叫出声。江吟用镊子捻起纱布，意味不明地看着她。他怕伤口感染，敷上药后没缠绷带，用医用胶带固定纱布。

说好不叫出声的人弓起背窝进沙发靠背里，乍然而来的刺痛逼红了她的眼眶，一双黑眸氤着水汽，表情不是那么和善地盯着始作俑者，看起来像是要掀桌子上天。

姜皑撇开眼，闷闷地把头埋进抱枕里："我饿了。"

"那我去弄点吃的。"江吟没忍住，唇边溢出明显的笑意，起身走进厨房，留她一个人在明亮的客厅生闷气。

姜皑把视线从他颀长的背影上收回，不动声色地敛起外露的情绪。江吟刚才的态度，让她觉得他根本不在意她的答案。

她下意识捏了捏指腹，勉强唤回自己的思绪。她仰天靠在沙发上，柔和的光线落满眼皮，柔和的温度简直要透过皮肤侵入心底。

江吟拉开冰箱门，里面重新塞满他母亲送来的食物。晚上他不习惯吃饭，一般工作到饭点已过，回来便洗澡休息。但现在不一样了，厨房不再是冷冰冰的摆设，也会有个人对他说："江吟，我饿了。"

　　过了一会儿，姜皑出现在厨房门前，只穿着里面的白衬衫，衣摆从裤腰里拉出来，柔软地搭在腰间。因为刚卸了妆，眉眼瞬间柔和下来，眼波盈盈，唇色淡却健康。她靠着琉璃门，伸了伸长腿："需要我帮忙吗？"

　　她确定穿成这样是来帮忙的？

　　江吟喉结微动，目光顺着她露出来的半截脚踝往上移，最终停到她似笑非笑的脸上，一看就不是来帮忙的。

　　想起那碗没有味道的西红柿清汤面，江吟有点头大。本以为她自己在日本四年生活基本可以自理，没想到还是连个伤口都不会处理。思及此，他思绪一顿，再次抬头，看着面前巧笑倩兮的姑娘。

　　姜皑自己在国外生活了四年。独自面对空无一人的房间，陌生的语言环境与交流方式，想象不到前路将会有什么样的险途在等待自己。随便拿出哪一样都足够令一个十九岁的女孩心塞恐惧一阵子。

　　他根本无法想象这四年她是怎么过来的，经历了哪些事，遇到过哪些人，最后如何重新站回到他面前，退去一身的反骨与倒刺。

　　姜皑没得到江吟的回应，自顾自地走进来，手掌撑在琉璃台边沿上，上半身微俯，看到他拿出的几样菜后皱起鼻子："太清淡了啊，我想吃肉。"

　　随着她俯身的动作，修身的白衬衫瞬间绷紧，勾勒出她上半身姣好的身形轮廓。

　　"去我衣柜里挑件衣服换上。"他的表情有些不自然。

　　姜皑转了转眼睛，假装嫌弃的口吻："你的衣服？"穿上肯定又长又大，丑死了。

　　江吟缓慢地直起身来，微眯了下眼："不然你光着？"

　　姜皑来得匆忙，没回家收拾衣服，本打算明天回去拿，今天晚上肯定不能穿衬衫过夜。她舔了下嘴角，露出勉为其难的笑容："那好吧，又不是没穿过。"

江吟无奈地揉着眉心，挽起衣袖开始洗菜。半晌，听到客厅里传来脚步声，他虚起眼望过去，然后发现自己的决定是错误的。

　　姜皑拉开他的衣柜，没找到西装三件套以外的衣服，打开隔间后才发现叠起来的毛衣，没多挑，她拿起顶层的白色款套上。她比江吟矮半头，穿他的上衣没那么夸张，毛衣下摆堪堪遮住小半个大腿，衣袖到手掌处，乍一看还以为是她自己的打底裙。

　　她的下身只穿肉色的打底裤，若不是房间内的光线映衬，真会觉得她是光着一双腿。江吟就这样认为了，他看到她，几乎是同时拧起眉："去穿上裤子。"

　　"穿了啊。"姜皑眨眨眼，一脸无辜，她伸手捻起膝盖骨处的一层"皮"，为了让他看仔细，特意抬起小腿，"真的穿了。"

　　灯光映衬下，她露出来的脚踝比腿部皮肤白了不止一个度，呈现一种冷白的色调。江吟收回视线，用下巴点了点桌上的一盘葡萄："拿出去吃吧。"

　　日本水果稀有，热带水果是很难见到的，就算见到，也要花大价钱买。苏好送她出国，每个月会给她打很多生活费，但姜皑有傲骨，宁愿打工也不花她给的钱。于是刚到日本那会，她穷到叮当响，哪有钱买水果，最多是买杯水果茶解馋。

　　姜皑喜滋滋地捧着水果盘离开厨房，坐回沙发里掏出包里的手机，屏幕亮起，显示三个未接来电。一串熟悉的号码，苏好用了半辈子的手机号，恐怕这种老用户，通信公司都要当宝贝供着。

　　她没管它，不接也不挂。打开电视挑了一部电影，不知不觉盘中的葡萄已经被消灭大半。苏好最后放弃了，可能耐性都被消磨光了。

　　江吟两手端着瓷盘出来，所过之处带起一阵饭香。两人都不是吃饭喜欢谈话的人，过程一直很安静。

　　姜皑中午没吃什么，现在饿到前胸贴后背，面前一盘小油菜带起她的食欲。就着吃完米饭，她抬头发现对面的男人正拖着下颌凝视她。

她没摸清他眸中蕴着的含义，试探地问："我去刷碗？"

"不用。"

"那我擦桌子？"

"也不用。"

姜皑抿了下嘴角，那他是个什么意思？

"难道你单纯只是想看看我？"

江吟一噎，仿佛被戳穿心事似的，迅速起身收拾碗筷。姜皑拖着下颌，手指轻轻地点着唇畔，翘起眉梢笑道："还真是啊。"

江吟一言不发，端起瓷碗往厨房走去，姜皑看着他强装淡定的背影没忍住笑出声，她不想放过他，顺手端起没端走的盘子跟在他身后，像尾巴一样。

江吟洗盘子时，她站在旁边，接过湿漉漉带有残余水渍的瓷碗用餐布擦拭，等他洗好，放入壁橱里，准备收拾琉璃台时，姜皑便递过去洗干净的抹布，随后又低头解决饭前剩下的那盘葡萄。

江吟最终忍受不住她炙热的目光，转身靠在琉璃台沿，无奈地问她："有什么话要说？"

姜皑眨眨眼："不是你要和我说什么吗？"

他动了下嘴唇，点点头，一本正经地问她："葡萄好吃吗？"

姜皑的思绪顿时梗住，千算万算没算出他想问这个，随口一答："好吃啊，我有三年没吃过葡萄了。"她叹口气，那段时间是真穷，等有钱之后又开始忙。

"然后就都吃了？"

姜皑依旧不解地眨眼，抱紧手中已经空掉的水果盘："你想吃啊？可以再洗。"

"这是最后一盘。"

闻言，她肩膀缩了下，动作很慢地抬起头："我有个法子，你要不要试试？"

"什么法子？"江吟的声音又冷又清，像浸在凉薄的夜色中滚上一层冰碴儿。很平常的语气，可此时，绕过窗外不远处喧嚣的车水马龙，落到姜皑耳中平添一丝诱惑。

她舔了舔嘴唇，忍住胸腔中的情绪起伏，凑上前快速吻了吻他的嘴角。伴着她的呼吸，一阵独属于葡萄的酸甜气息袭来。

很快又消失了。姜皑卷起舌尖顶了下腮帮："浅尝辄止才能流连忘返。"

江吟抬起修长的手指，划过她泛红的脸颊，语气很淡："皑皑，我只是想说，葡萄性冷，你吃这么多可能会难受。"

姜皑回过神来，一手拍掉他的爪子。

大哥，说话请一次性说完好吗？

翌日，姜皑醒来，窗帘紧闭遮掩住室外的光线，房间内漆黑一片，让她难以确定现在是几点。她翻出手机，屏幕显示早上九点十分。

江吟已经去公司了，桌上摆着准备好的早餐，三明治和牛奶，他嘱咐她拿到微波炉里热一热再吃。旁边还有瓶药，他怕昨晚那盘葡萄真的会起作用，以备不时之需。

姜皑懒散地瘫到椅子上，手中把玩着那药瓶，忽然想起什么，她起身跑到玄关处找到随身包，掏出那瓶熟悉的药后慢慢靠墙坐下。尹夏知嘱咐过很多次，现在这个阶段她根本不需要进行药物治疗。姜皑记下了，于是控制自己不去想自己的病。

可每次和江吟在一起，她怕控制不好起伏的情绪，总偷偷将药塞进包里。她希望，站在他面前的，是个正常的姜皑。

十点钟，姜皑收拾好自己下楼。打车到御河山庄，一路上畅通无阻。

手机付款，零头都省了。刚迈出车门，身后传来喇叭声，她以为忘拿东西司机鸣笛提醒，准备好心提示他一下这里是禁止鸣笛的区域，谁知一转头就看到苏好站在一辆豪车外。司机正扶着车门，为了避免她太过心急撞到头用手挡住车顶，极为细致地关切着这位贵妇人。

姜皑讽刺地挑起嘴角，装作没看见继续朝大厅走。苏妤踩着优雅的步子跟上她，细声细语地唤她名字。

一股子压制不住的烦躁从心底蔓延开来，姜皑觉得如果再和周家扯上一丁点关系，她绝对会英年早逝。直到苏妤加大音量说："你周叔叔也来了。"姜皑飞驰的脚步终于顿住，距离大厅不过三米，只有三米她便能摆脱他们的纠缠。

"他想见见你。"

姜皑轻轻磨了下后槽牙，偏头看向停在路边的车，树下光线暗淡，她看不清黑漆漆的车厢中坐的是什么人。但一听到苏妤提及那个男人，她就忍不住开始犯恶心。

姜皑缓缓转过头，终于肯分给苏妤一个眼神。

"见我？"她的声线压得很低，表情是形容不出的冷漠，一双眼睛通透干净，"他配吗？"

苏妤好言好语继续说了几句话，一直跟到姜皑进入大厅。

"皑皑，不要记恨妈妈和你周叔叔。"她抬起手背蹭了下眼角处的泪痕，停在大厅门口，"那年的事是误会，因为怕你想不开，我才送你出国。"

到现在，还用一个"误会"敷衍她。

姜皑直起身，又转身，规规矩矩地给她鞠了一躬："谢谢您。"说完，她毫不留情离开。

电梯上到十八楼，她按下按键一直等，最后不见电梯下来。她扶住墙的手攥成拳，泄恨般地砸向墙面，浑身积攒的暴戾因子终于找到突破口。

心中的烦躁不见消减半分。她的目光落在一旁的垃圾桶上，铁质表面泛出银白的金属光泽。

姜皑咬了咬舌尖，没忍住。空瘪的垃圾桶在她大力的踢踏下，表面凹进去，刺耳的响声终于唤回她的理智。

姜皑捏了捏手心，离开时要到物业赔偿一百元，发泄的代价。

取完东西，姜皑预约了诊疗室的心理宣泄室。尹夏知不负责这块，看到姜皑出现在诊疗室门口，狐疑地问道："第一天就睡不着？"

姜皑摇摇头，绕过她自顾自地去更衣间换衣服。尹夏知一看，懂了。她走到前台找到负责预约的护士，用下巴点了点更衣间方向："姜小姐预约的宣泄室？"

护士翻开预约记录，找到姜皑那行上午十一点至午后三点的条目："四个小时。"

尹夏知默然，将手中的文件随意搁到台子上："麻烦先帮我保管一下。"随后解开白大褂往走廊尽头走。

心理宣泄室，顾名思义，是为满足心存焦虑者发泄情绪而设置的外部配合解压治疗房间。四面墙壁皆为厚重海绵包成的软墙体，房间中设有供其发泄的仿真宣泄人，窗帘紧闭，从而隔绝外界干涉。

姜皑已经有一阵子不来这个房间了。她换好运动装推门进去，拿起桌上摆着的一副拳击手套戴上。脱掉室内拖鞋站到软垫上，左手扶正仿真橡胶人，静静地站在离它几寸的地方，没有别的动作。

姜皑的焦躁写在脸上，尹夏知虽不知具体情况，但还是轻靠在软墙上慢慢嚼着嘴里的口香糖，任凭她发泄。仿真宣泄人可以发出声音，机械女声在寂静的房间内回荡："我好疼，你别打我了。"

姜皑不为所动，一双黑白分明的眼瞳木然深沉，眼眶微红，自觉屏蔽掉外界的一切声音。半个小时后，姜皑累极，解开手套坐在地上，背绷得很直，不服输地凝视眼前的宣泄人。

尹夏知蹲在她身旁，试探地问："怎么，和江吟吵架了？"

姜皑抬起眼看她，黑眸漆黑一片，浸着水光："没有。"

"那就是周家人又来找你了？"

姜皑没说话。

这段不长不短的沉默证实了尹夏知心中的猜想，她哼笑几声："真是阴魂不散。"

姜皑动动嘴唇，把头埋进臂弯里，添上一句："比鬼还难缠。"

她黑漆漆的眼底布上一层茫然，长睫微颤，眼眶周围的红色消下去不少，理智逐渐回归。

尹夏知拍了拍她肩膀："出去吧，这房间太暗了。"

姜皑往后缩了下身子，将整张脸塞入臂弯那一隅暗色中："夏知，我今天看到苏妤……她好像比四年前还要年轻了，她连一句问候的话语都没有。"

比如，这几年，你过得好不好；又或者是，回来就好，以后别走了。

没等尹夏知回答，她无声地笑起来："算了，不奢望。"

三日后，周氏主动上门与 TK 再谈合作，周逸寻有种不到黄河心不死的执着，但这份执着让顶层负责合作案的一群人很头疼。

江吟这次准时到达会议室，准备再将上次那套说辞搬出来，即便周氏有千般好，他决定的事情也不会变更。周逸寻慢条斯理地推过去一份文件："不如江总等看完再做答复。"

江吟端着审视的目光打量他片刻，白皙纤长的手指轻敲几下文件夹表面，在他意味不明的注视下打开牛皮纸袋，三秒钟后，合上。

周逸寻饶有兴致地挑眉："江总对我们提供的这份科技报告不是很感兴趣？"

他就是要把 TK 逼到无路可退，碍于核心科技泄露不得不选择以合作资源共享来弥补损失。

江吟微挑起嘴角，表面不动声色："不知道周少是从哪得来的这份文件？"

周逸寻双手交握，往后靠进椅背里，声音淡淡的："江总新聘的助理是我的妹妹，一家人肯定向着我一些，能拿到文件没什么奇怪的。"

江吟冷淡地"哦"了一声："可我记得姜助没有姓周的哥哥。"

周逸寻凝眉，没想到江吟会公然在谈判桌上用私事打他的脸。

"既然周少毫无诚意，我们也不奉陪了。"江吟不给他留丝毫情面，没说送客，没其余动作，面无表情，让周逸寻自己领悟。

林深自认为老板的意思已经很明显了，犹豫几下，出声说："周少，不如你们先回去吧。"

第二次无功而返，周氏团队面子上更挂不住。这次 TK 江总表态更明显，原本势在必得的案子估计真的要凉。

走出会议室，经理踟蹰许久，走上前询问："周总，我们这是触了江吟的霉头？"

周逸寻眸中闪过狠戾，路过助理办公室时脚步顿住。透过玻璃窗能看清里面的所有，漆白的墙壁，布艺沙发搁在落地窗前，旁边放着一排新鲜的绿植，午后的阳光从窗外铺洒进来，半间屋子都被照亮。

女人坐在桌前办公，遇到难处习惯性地拿笔戳了下脑门，懊恼地弯起眉，嘴角无意识间压下。

周逸寻冷冷地看着她，黑眸中毫无情绪波动。半晌，他启唇："走吧。"

重新坐进车里，周逸寻摘下眼镜，眼帘紧闭着。他忽然想起姜皑第一次到周家，十七岁的小姑娘眉眼间已经长开，红唇紧抿，防备性地盯着客厅里的人。

父亲周亭东之前没有见过姜皑，只听苏阿姨提及，她有个女儿。那天周逸寻记得很清楚，当亭亭玉立的姜皑站在他们面前，父亲处惊不变的脸突然失去了神采。

因为苏好长得像周逸寻的母亲，所以爱妻如命却在五十岁失去爱妻的周亭东毫不犹豫再娶苏好，只当慰藉。见到姜皑以后，他才发现，这个姑娘更符合他心底亡妻的模样。

正因如此，姜皑用台灯砸破周亭东的头，引来所有人的注意，瑟缩在床头说他试图侵犯自己时，周逸寻才会选择相信她。

姜皑常说，周家没有一个人信她，可她不知道的是，那天晚上，他为了逼迫自己的亲生父亲承认过错，被人狠狠地打了一顿。这些她不知道，他也不想让她知道。

周逸寻从烟盒中抽出一支烟，摸向口袋没找到打火机。经理一脸难以描述的神情："周总，你不能再抽了。"

周逸寻烦躁地仰起头，这一生他想得到的东西，一定会不择手段握入手中，就算神挡杀神，佛挡杀佛。可如果，挡在前路的是姜皑，他忍受不了她喜欢别人。

姜皑失眠症复发，一直折腾到天蒙蒙亮才睡着。隔日不需要上班，她一直睡到中午，走出房间发现江吟穿着一身灰蓝色居家服，站在阳台浇花。

她朝他走过去，揉着眼睛，嘴里存留了牙膏的薄荷味，呼吸间一股凉气吸入体内。

江吟听到响动，转过身："睡醒了？"

姜皑迷迷糊糊应了一声，从身后环住他的腰，下巴抵住他温热的脊背，瓮声瓮气地哼声："没醒，还想睡。"

江吟无奈地弯起嘴角："姜小姐，现在是北京时间十一点钟。"

姜皑及腰的长发挽成丸子挂在脑后，经过一夜有些松垮，随着她摇头的动作一晃又一晃。她打了一个呵欠，埋怨道："我都没睡多久。"

江吟放下手中的工具，看到她垂着眼，长长的睫毛轻轻搭在眼睑下方的乖巧样子，没忍住摸了摸她的发顶。

"失眠了？"

"嗯。"她不想吃药，便一直挨时间。

"经常性失眠？"他继续问。

姜皑愣了一下，终于回过神来，摇摇头，连忙转移话题："今天下午你要出去吗？"

江吟收回手，没什么停顿："联系了一家疗养院，准备产品投出前在那做调研。"

　　精神疗养院，里面有无数管控不住自己情绪的病人。

　　姜皑目光一暗："那你去吧，我在家里等你。"

　　"不一起去看看？"江吟抬了抬眼帘，"正好出去吃饭。"

　　姜皑抿下嘴角，情绪陡然一颤，静静地看着他。她的手指卷起衣角，不自觉开始纠结，其实她一向快刀斩乱麻，不想去做的事情坚决不会想第二遍。

　　半晌，她眼睫垂下，苦恼地鼓起腮帮，缓缓吐出一口气后说："我能只跟你去吃饭吗？"

　　江吟看出她的抗拒，没强求："这次去的人挺多的，不想去就算了。"

　　姜皑前倾身子，微微踮起脚尖，仰起头仔细观察他的神情，眼睛一眨不眨："江总，这是你的真心话吗？"

　　江吟无奈地看她，嘴角扬起，连带着整个人都变温柔了。

　　"不是。"

　　姜皑眨眨眼："哦。"

　　江吟驱车到八百关，没预定包厢，偏头问姜皑坐在大厅可以吗，她没意见，视线一直在菜单上游荡，没几样她熟悉的菜名，除了谢权前不久点那几样丰胸壮阳的补菜。

　　江吟点好菜，忽然想起什么："再点一份清粥，少加糖。"

　　姜皑竖着耳朵听到："都中午了，你还要喝粥？"

　　"给你点的。"他的语气淡淡的，"直接吃主食会刺激胃。"

　　哟，话说得一套一套的，怎么不见他多养生，还不是一样落下胃病。

　　粥先上来，江吟手指一动，把瓷碗推到她面前："趁热吃。"

　　姜皑垂眸看了一眼，米粒晶莹剔透，颗颗饱满，可看起来清淡无味，连一层葱花都吝啬得不给放。

　　她忽然想起舅舅做的皮蛋瘦肉粥，忍不住叹了一口气。前天去见舅舅，好歹能吃上碗有味道的粥，没想到过了三天，她居然沦落到喝白粥的地步。

她拿起汤匙小口喝着，放入的糖没融开，第一口没有味道。磨磨蹭蹭喝完小半碗，主菜上桌，姜皑放下汤匙的动作有种下战场的释然。

"伴着菜都喝完。"

姜皑立刻又蔫巴了。

快吃完的时候林深打来电话准备来接江吟，他报了地名，没过五分钟李倩先走进来。

大型商务车停在八百关门前，一整个弄堂差点被占满。姜皑一噎，这是把所有人都叫来，等他们吃完饭？

李倩今天打扮得很日常，毛呢打底小裙，配上及膝的米色大衣，乍一看有种日系的简约。不巧，和姜皑撞了一身，米色风衣，打底裙，还有脚上的一双黑色小皮鞋。

姜皑咽下嘴里含着的白粥，嘴角压得很直，声音清冷毫无起伏："李秘书，真巧。"

李倩装作没看见她似的："江总，约好的时间到了。"

江吟没说话，静静地等姜皑吃完。李倩被晾在那，走不是，不走也不是。直到姜皑放下手中的餐具，撕开纸巾擦拭了下嘴角："我和你们一起去。"

江吟的手指动了动："不是说不去吗？"

"突然又想去了。"

S市疗养院位于城西半山腰，前些年新选址的建筑区，远离市中心的喧嚣，环境清新怡人。

从八百关到那，车程一个小时。林深开车，第二排坐着科技部的人，后排留给他们。三个人并排坐，姜皑坦然地坐在正中间，拿出手机玩植物大战僵尸。

科技部经理是个老顽固，刚开始并不认同伊藤提供的治疗仪核心科技，放到往常这种小调研根本不用他亲自到场，一般都是产品投入市场前的最后一次测试需要他认证签字。

一上车，他便开始和江吟探讨核心科技遭泄露的问题，说话间有意无意地瞥向对面的姜皑。商务车空间大，姜皑交叠起双腿，手机放置膝上，目不转睛地盯着屏幕。江吟的声音很凉，言简意赅地应付了老顽固几句，低头看姜皑手中的游戏。

"完了，要死了。"姜皑没眼继续看突围而入的僵尸啃掉她辛苦栽上的花，直接关闭屏幕，退出游戏。

车厢里温度高，她挽起衣袖，半靠在江吟身边，忽然想起什么，问李倩："李秘书，最近穿衣风格变了不少啊。"

"姜助想表达什么？"

姜皑摇摇头，端着打量的视线慢悠悠地从她头顶往下，目光定格在那件打底裙上："Z家的这款羊毛裙，风格鲜明，模特搭配黑色机车皮衣最显身材，李秘书有空可以去看一看。"

李倩脸上的表情挂不住，不满得很明显："我不走这种路线。"

姜皑低低地"哦"了一声，手指放在膝盖上轻点几下："那要不我给你我这条裙子的链接？国内官网上应该还有售。"

李倩气急，但碍于江吟在场，没敢发怒得太明显："姜助，你到底是什么意思？"

姜皑平时穿衣风格固定不变，她自知她的长相过于凛冽，给人太强的视觉冲击。为了降低别人因长相对她产生的不友好，她选择日系温柔风中和身上的攻击性。

李倩张扬，风格多变，唯独不曾穿过浅色系的衣服。姜皑轻轻咬了下舌尖，平息住胸腔中涌动起的躁意："没什么意思。"只是单纯的不爽罢了。吃饭的时候，她看到李倩今天的打扮，就已经很不爽了。

车中途停了一会儿，林深细心周到，给大家透气的时间。困意浮上来，姜皑小幅度地打了一个呵欠，没一会儿就靠在椅背上睡着了。

后半程车子开得很稳，没有颠簸，江吟却依旧觉得她睡得不舒服。趁大家的注意力没在他们身上，他的手指微动，偏过她的头，让她靠在自己肩膀上。姜皑睡眠浅，稍稍一动她便醒了。抬起头，下巴垫在他肩膀上，两人之间的距离瞬间又缩短不少。

除了顶层几个眼神好的人，公司里没几个人知道他们之间的关系。姜皑颇为不赞同地缩回身子。江吟眉头微微蹙起，她躲什么？

姜皑闭上眼，重新靠回椅背，在别人看不见的角度悄悄牵住他的手指，寻了一个舒适的姿势握在手心里，轻轻喟叹一声，没缘由的愉悦和安心。

到达目的地，姜皑下车后粗略地看了眼周围的环境，倒真如他们所说，清新自然。瓦白色建筑的表面毫无岁月斑驳的痕迹，绿化带延伸至疗养院最里侧，新移植来的四季青依旧郁郁葱葱。

负责接待的护士长带一行人入内。花园里有不少小孩在家长的陪同下散步。姜皑看了一眼离她最近的男孩，嘴角下意识绷紧，如果她没猜错，他应该是自闭症患者，无论家长怎样逗笑，永远冷着一张脸，沉溺于自己的世界。

她不动声色地敛起外露的神色，跟在人群后走进大楼。前期受调研的心理疾病患者已经签署好协议，两男两女，年龄各不相同。

护士带他们到 302 病房，经过走廊最尽头时，一阵压抑的嘶吼声响彻整个楼层。所有人的脚步不约而同地定住，科技部今年入职的小姑娘被吓得瑟缩起来。

狭长的走廊，站在入口这端，根本望不清尽头在哪。唯有从窗外泄入的阳光，将所有的阴森可怖驱散。

姜皑攥紧垂置身侧的手，条件反射般的后退，这种声音让她像是突然穿越回多年前，暗淡无光的房间中伴着嘶吼传来的器皿破碎声。

"姜助，我们进去吧。"

回到现实，李倩站在她身旁，面无表情地擦肩而过。对于姜皑莫名的恐惧，她无法理解。

江吟站在队伍最前面，察觉到什么，侧过身子，目光越过所有人直直落到姜皑身上，她硬着头皮走进去。

　　房间里窗帘紧闭，所有的摆件与用品一概使用塑料制成。看起来年纪不过十八岁的女孩缩在角落，呼吸急促，手指紧紧地抓着裹在身上的毛毯，力气很大，指缝中依稀有血渗出来。

　　护士长交给他们的资料上写，这个女孩早年因为家庭暴力患上双相障碍，后期衍生出躁郁倾向。大致了解完情况，护士长带他们到下一个病房。

　　姜皑定在原地许久，江吟离开前，放低声音交代："如果累了，就去大厅等我。"

　　她轻轻地点了点头："好。"

　　一群人离开后，缩在角落的姑娘终于抬起头："姐姐，你也快走吧。"

　　姜皑一怔，抬起头来。小姑娘抱紧自己的肩膀，一双眼睛在微光的映衬下漆黑清亮："我怕我控制不住自己。"

　　紧藏在心底一隅的某些情绪被不轻不重地拉扯出来，她的每一口呼吸都变得艰涩无比，姜皑按住狂跳的心脏，狼狈不堪地离开房间。

　　姜皑以为自己可以面对的，但最后只有扶着墙不停地喘息，她无法控制脑海中纷乱的思绪，甚至抓不住记忆最起始的结点。好不容易将心绪平稳住，她坐在大厅的沙发里等江吟回来。

　　一刻钟，江吟出现在楼梯口。姜皑抬起眼，睫毛不停地颤，深吸一口气才恢复平常的表情："怎么只有你自己下来了？"

　　江吟垂眸，发现她的眼眶有些红："怎么哭了？"

　　片刻后，姜皑微微歪了下脑袋，嘴角翘起，吐字缓慢而清晰："听了一段故事，发现太感人了。"

　　"之前没发现你这么感性啊。"江吟无奈地弯下嘴角，"是什么故事？"

　　"那个小姑娘，"姜皑攥住他的衣袖，垂下头静静地问，"你觉得她像怪物吗？"

　　江吟顿了顿，平静缓慢地说："她不是。"

她只是情绪比平常人激烈一点……

姜皑几乎能猜到他的后话，她攥紧他衣袖的力道逐渐缩小，最后松开："今天陪你来真的是好累啊。"

叹了口气，她掰着自己的手指小声嘟念："不知道江总给不给加班费？"

"你想要多少？"江吟伸手捏了捏她鼓起来的脸颊，"一个吻，够不够？"

姜皑转了转眼珠："能折现吗？"

江吟无奈地笑了。

隔天上午，江吟带着林深和市场部经理到京州出差，三天后回来。

姜皑帮他收拾行李的时候，顺带也收拾好自己的，毕竟他不在，住哪都一样。

临别前，姜皑踮起脚揽住他的脖颈："天气预报说京州比这里冷好多，你注意保暖。"

"我很快就回来。"他顺势拥住她的腰，垂下头，轻浅的呼吸落满她的耳侧，"我不在的时候，你好好待着。如果我回来见不到你……"

话语顿住，戛然而止。

姜皑上半身往前倾了倾："那我不就自掘坟墓了？好不容易追到的又作没了。"

江吟弯起嘴角，逆着光线，侧脸隐在晨光里，只给她一个朦胧剪影。

"知道就好。"

说完，手机铃声响起，林深已经到楼下。姜皑乖巧地递给他外套，一双漂亮的眼睛里盛着光："等你回来哦。"

等他身影消失在电梯里，她才关上门。

尹夏知轮休，约姜皑去逛街，她看了一眼放在门口的行李箱，挑起眉："行啊，来这接我。"

姜皑是个独居不爱外出的离群索居型生物，尹夏知十次邀请，九次都会被她拒绝，今天倒是转了性。等她看到拖着箱子的姜皑站在马路边，立刻就懂了，甚至想就地拐弯自己去逍遥快活。

"怎么？从男朋友家搬出来了，发现只有距离才能产生美？"

姜皑摇摇头："他出差了，我到你家住两天。"

尹夏知双手砸在方向盘上："我真是作孽。"

姜皑面露疑色，她说错什么了吗？

"姜皑，你自己没有房子吗？御河山庄二期现在都卖到五万一平了。"尹夏知收起怒火，沉思片刻后，选择以劝导为主，"你可以卖掉，然后到江吟同小区买一套。"

姜皑捋平大衣上的一道明显的褶皱，叹了一口气："不行啊，既然那么值钱，就得放着让它升值啊。"

"你想留着当嫁妆，我觉得人江吟不在乎。"

姜皑附和地点头："只要我人嫁过去就行。"

尹夏知又没忍住，再次按响喇叭："记着，两次鸣笛，到时候跟我到交管局交罚款。"

经过国贸商厦，姜皑百无聊赖地打量周围，目光飘忽不定，从远处的高楼大厦落到近处拥挤的人潮。忽然，两道熟悉的身影映入眼帘，姜皑皱眉，那两个人她的确很熟悉，但他们什么时候掺和到一块去的，她无从知晓。

"夏知，倒回去。"

尹夏知哼着歌，猝不及防听到她的声音："倒哪去？"

姜皑抿下嘴角，眼风瞬间变得凛冽骇人："我看到周逸寻了。"

马路边，人潮拥挤，而他们坐在咖啡厅的露天区域，一男一女相视而笑，怎么看怎么像有所图谋。

姜皑半落下车窗，一股令人毛骨悚然的冷风从尾椎骨开始往上乱窜。她抿下嘴角，推开车门，刚想迈出去上前打个招呼，突然凝眉思索两秒，收回手，车门又被关上。

"我们走吧。"

尹夏知抬眉看她一眼："不去打个招呼？"

姜皑翘起嘴角，故作深沉地回答："现在去不是打招呼，是打草惊蛇。"

尹夏知思忖片刻，不明觉厉。

第二天，姜皑进入公司大门，没什么异常，可一到顶层，有几个和她关系不错的员工看到她之后低下头就跑了。

姜皑拧眉，经过茶水间时，一堆人站在饮水机前讨论。她脚步略顿，站在门口听被围在中央的人发表言论。

"这躁郁症就是精神病，控制不住自己的情绪，伤害到别人不说，到最后狂躁期一个不小心从楼上跳下去也不是没可能。"

"看不出来啊，我以为她只是性子比较冷呢。"

"唉，也挺可怜的。"

姜皑眉眼低垂着，听了一会儿，表情冷，笑意淡，眼底几乎没有什么情绪。

不知道是谁先注意到她的存在，一个停止讨论，其他人紧接着闭上嘴。被七嘴八舌搅得乱腾腾的茶水间突然安静下来。众人不明意味的视线聚焦在姜皑身上，这种略带怜悯与恐惧的眼神让她难受极了。

姜皑不着痕迹地磨合了几下牙关，将所有的暴戾因子压制下去。她不说话，蜻蜓点水般的目光掠过每个人的脸，将他们各异的表情收入眼底。

负责传播消息的那位和李倩关系不错，串连昨天见到的情景，姜皑终于晓得他们在打什么鬼主意，脚尖一旋，朝秘书室走去。

谢权最近不来公司，而江吟又出差，原本忙碌的顶层今天成了戏台。

姜皑走进秘书室后，半数的人围拥在房间外，扒着玻璃墙沿观察里面的情形。

"起来。"姜皑深吸口气，强压住心底蔓延出来的汹涌情绪，她恨不能现在上手扒下这女人伪善的皮，可如果真这样做了，不就正合她意了？

李倩合上办公用的笔记本电脑，指尖开始发麻，抬眼看到姜皑的表情如同凝固住的冰块，压制不住的快感终于升腾而起，一股快意叫嚣着从她体内翻涌而出。她慢慢站起身，唇畔噙着笑："姜助，你找我？"

姜皑眼睫低垂："你和周逸寻的目的达到了吗？"

李倩笑意不减，只问不答："姜皑，你现在痛吗？伤疤被人一层层地揭开，你应该很痛吧。"

姜皑绕过桌子，缓步走到李倩身边，睨着眼前近乎病态的女人。

"这层的人，可都见过疗养院的那些怪物。"李倩往后退了一步，声音幽幽的，"没想到，他们的同事里，也会有这样的怪物。"

"泄露公司文件，私下交给对手公司。"姜皑语调平和，伸出手轻轻抚平对方泛起褶皱的衣襟，"陷害我，但没成功，最后选择这种方式意图赶走我。"

她的目的很明显，那周逸寻呢？姜皑想不通。

李倩猩红着双眼："没错，都是我做的。你让我不痛快，我就要加倍让你不痛快。"

姜皑耷了耷眼睫，漫不经心地从口袋中掏出手机："抱歉，要让你失望了。"

若放到四年前，她说不准会冲进来，选择最直接也是最没有效果的暴力解决方式。但现在，她想变好了。

李倩浑身颤抖，抓住最后一根稻草自保："江总不知道你的病。"

"你可以告诉他试试。"姜皑转过头，眼底黑沉沉的，顿了顿，她的嘴角漾出若有似无的笑，"我弄不死你。"

林深出差，偌大的办公室只剩姜皑一个。

昨天晚上江吟和其他人加班，房间里的窗帘走时没拉开，推门而入，满室的黑暗迎面而来。她关上门，将手包随意地扔在地上，慢慢扶着墙坐下。

一会儿后，身后倚靠的门板传来规律性振动，有人敲门，说有人上门约见姜助理。

姜皑闭了闭眼，又睁开，呼吸声放得很低，仰头活动了下僵硬的脖颈，嘴角拉直。

"我知道了。"

说完，她站起身，走上前拉开窗帘，淡薄的光线从四面八方涌入。她手中握紧窗帘的力道收紧，然后又放开。

有点难以面对屋外的人，会不自觉地去想，他们会不会把她当怪物，会不会因为她的病态心理而疏远她，再或者怕被伤害，更加远离她。

其实她最怕的，是怕江吟知道。

姜皑希望等自己完全康复后再告诉他，四年前的不告而别是迫不得已。就算不能完全康复，至少应该由她亲口告诉他。

顶层会客室不是每个人都能来的，姜皑推门而入前不由得猜想是谁主动约见她。当她旋开门把走进去后，那一刻她的眼睛是刺痛的。

坐在沙发上的中年男人遥遥抬头望过来，四年不见，岁月不见得在他脸上苛责半分，毫无苍老的痕迹。以至于姜皑瞬间认出他后，怔在那里。

周亭东双手交握搭在膝盖上，笑容慈爱，乍一看真有几分外界所说的和蔼可亲。

姜皑眸色渐深，话语冥落："周董，约见我有事？"

"不是公事，你不必这样。"他拿起秘书给倒的茶水轻呷一口，"找你来是想谈谈四年前的旧事。"

姜皑神色一顿，垂至身侧的手紧紧攥住，心脏仿佛被一双手掐住，让她透不过气来。午夜梦回时每一次的场景重现，都会不停地提醒她，她怎么会变成这副样子。

那些很不好的回忆，她不想和当事人再重温一遍。

"抱歉，我没兴趣。"

说完，她转身去开门，身后传来周亭东略带讥讽的声音："如果你想让所有人知道，姜皑曾诬陷继父试图侵犯她，你大可现在就离开。"

周亭东不紧不慢地补上最后一句话："江吟还不知道当年的事情吧？"

姜皑感觉到浑身的血液开始凝结，身后那道灼热的视线就像是吐着信子的蛇，顺着她的脊椎骨一路上移，她大脑空白许久，浑身开始颤抖。

她只是想和他好好在一起，为什么总有人要逼她亲手扯掉那层遮羞布，让她亲眼面对所有难堪？她好不容易才鼓起勇气，再站回到他身边。

江吟从京州回来，上午到公司，开完紧急会议后拿出手机，翻开信息页面，最上面的一条时间截至在前天下午。

给姜皑打电话，起初是无人接听，到最后是直接关机。他得不到关于她的任何消息，不得已将三天的行程缩短为两天，趁夜航回S市。先到御河山庄，提供身份信息向物业询问了她的楼层，按响门铃却无人应答。

谢权好不容易被家里放出来，听闻江吟出差回来，立马跑到隔壁办公室。

推门进去，看到他阴沉着脸，犹豫再三才问："哥，你怎么了？"

江吟开口，声音沙哑，像被烟雾缠绕失去原声："你什么时候来的公司？"

谢权不明所以："昨天啊。"

"那你，有没有见姜皑？"

谢权眨眨眼，更困惑了："小姜老师没和你一起去出差？"

　　江吟抬头看他，眸色深沉，浓密的睫毛低落，眼睑下方垂下一层若有似无的影。他的唇色极淡，一点血色都没有，这副病态的模样把谢权吓坏了。

　　"家里也找了？说不准她去了朋友家，或者是亲戚家？"他提高音量，语气有些着急，"大活人怎么可能会说消失就消失。"

　　话音刚落，江吟起身，不知道是哪个字眼刺激到他了。谢权悄悄打量了下江吟的表情，阴沉沉的，更吓人了。

　　谢权正想收回视线，江吟却几步走出他的视野，办公室的门被重重地关上。

　　凭着记忆，江吟驱车来到尹夏知的诊疗室，上午接诊，门口悬挂了闲人免进的牌子。他坐在沙发上等待片刻，面前的门终于打开。

　　尹夏知的眉眼间深藏着倦意，看到对面的男人用一双黑眼紧紧盯着自己。江吟抬起头，指尖动了动，和她对视了几秒，眼中燃起的光瞬间又灭了。尹夏知转头，让护士去接杯水，随后走过去坐到他身边："江先生是来看病？"

　　江吟闭上眼，用一种极尽恳求的口吻问："她呢？"

　　尹夏知从护士手中接过杯子，放到他面前，不说话，静静地凝视杯中泛起涟漪的水面。

　　"请你告诉我。"

　　尹夏知淡淡地抬起眼帘，声调平和："江吟，我可以相信你吗？"

　　她的眼神郑重，毫无波澜，隐隐含着试探与质询。

　　江吟嘴唇翕合数下，重复刚才的那句话："请你，告诉我。"

Chapter 11

爱意若十分则满，我偏要给他十二分甜

▼

你不要
对我笑

郊区一处僻静的二层小楼，隐在丛丛树荫后，树冠掩盖住门前刺眼的阳光，二楼露台有一角白色窗纱被吹拂出来，静谧而安详。

江吟在门口站了许久，屈指叩响屋门，骨节泛白，整只手都是僵硬的。

半晌，门口传来响动，"咔嗒"一声，木门缓缓打开一条缝，露出女人苍白的手指。她扣住门沿，拉开门的动作谨慎小心，在看清屋外的人后，她黑白分明的眸子开始慌乱，瘦削的肩瑟缩起来，下意识抵住门板，不让他进入。

江吟闭上眼，心脏难受地皱在一块。他看清楚了姜皑脸上的表情，恐惧、紧张，他甚至可以想象到四年前，她把自己锁在异国他乡狭小的房间里，背对光线，栖身黑暗。她需要他的时候，他在哪？

江吟伸手去触碰她的手指，姜皑猛地缩回手，屋门在这股力的作用下合上，夹住了仍放在门栏上男人修长的手，她低低地"啊"了一声，睫毛轻颤，直接拉开半扇门。

姜皑固执地挡在门口，眼眶发红，却抿紧唇一言不发。

江吟嗓子沙哑，声线又紧又低："我可以进去吗？"

她依旧紧抿着唇，目光很冷，浑身的倒刺全部竖起来，防备着所有人，包括江吟。

两人僵持在门口，良久，姜皑握住门把的力道有些松动，她的嘴唇动了下，声音轻微细小："脱衣服。"

江吟喉咙滚动一下，往前靠近她一寸。姜皑敏锐地察觉他的靠近，神情瑟缩，无意识间皱起鼻尖："有味道。"

尹夏知诊疗室里的味道。

江吟垂下眼帘，温热的手掌贴上她的发顶，轻轻揉了两下："皑皑，别疏远我。"

姜皑弯下眉眼，感受到他修长的手指穿梭过自己的头发，蹭得她耳尖发痒。

江吟收回手，开始扯脖颈上的领带，黑色暗格的布料，衬得他颈

198

间的皮肤愈发白皙。随着他拉扯的力度加大，带起衬衫衣襟，露出一段平直的锁骨。

姜皑看着手中他递过来的大衣，目光暗了暗，不着痕迹地往后退了一步，下一秒，"砰"的一声关上了屋门。

江吟解领带的动作顿住，望着眼前紧闭的大门，眸色渐深。他摸向口袋，里面有尹夏知给他的备用钥匙，为了防止姜皑把自己锁在屋子里不让别人进入，她做足了预防准备。

慢慢将钥匙旋入锁槽，江吟不自觉回想起刚才她站在自己面前时的模样，单薄瘦削的肩无助地瑟缩起，眼眶泛红，像是哭过很久。

尹夏知的话隐隐回荡在耳畔："江吟，这四年她很努力地想要康复，想回国，但她害怕，怕控制不住自己，怕伤害你。

"她是那么骄傲的一个人，就算缩在情绪的蜗壳里负隅顽抗，沉溺于情绪的阴暗面，也想要向阳而生。只为了能回来，和你好好地在一起。"

江吟深吸一口气，推开门，毫无光亮的房间仿佛与整个世界格格不入，每处角落都散发出逼仄阴沉的气息。厚重的枣红色曳地窗帘遮掩住窗外刺眼的阳光，一点都不给温和的光线趁机而入的机会，客厅里没有活人的气息。

他走到窗前拉开半扇窗帘，借着光线将整间房子看清晰。布艺沙发上依旧套着防尘袋，羊毛地毯一路延伸至走廊尽头，壁炉中的火苗微小，将要熄灭。

周围的温度冷下来，只穿一件衬衫的他，抵不住屋里的寒气。江吟握住窗帘的手加重了几分力道，就要全部拉开始时，角落中传来轻微一声响，是玻璃器皿掉落在地的声音，珠子滚落几圈，终于停住，他顺着轨迹往过去，微眯起眼。

"不要拉开。"姜皑蜷坐在角落，赤脚踩在地毯上，脚骨线条绷起，与青色脉管交错，衬得周围的皮肤有种病态的白皙。她身上穿着一件白色睡裙，脚踝露在外面，怕冷地往裙摆里缩。

江吟站在原地，将尹夏知告知的一些注意事项又在脑海中循环一遍。

"现在她处于双相障碍，拒绝接触外界事物，还没有发展成躁郁倾向。你需要做的就是，稳住她的情绪，不要让她产生厌弃自我，甚至是厌世的悲观态度。"

他蹲下，捡起那颗原本应该在他大衣袖口处的衣扣，放轻脚步走向她。姜皑漆黑的眸底一片茫然，没有焦距，听到他的脚步声后不自觉环抱住自己，这是一种自我保护与防备的姿势。

她抿下嘴角，抬头看了他一眼，视线定格在他掌心里的那颗珠子上。江吟伸出手，把黑色琉璃纽扣捧到她面前："喜欢这个？"

姜皑仰起头，长睫轻颤，她仔细地看着他的眼睛，最后喃喃自语般的回应他："这个，像你的眼睛。"

"很漂亮。"江吟停顿住，弯起嘴角，静静地回视她，黑眸中蕴着点点亮光，像是揉碎了漫天星辰撒入其中的明亮，"皑皑，我们回家吧。"

姜皑咬了咬下唇，垂头，侧脸隐匿在阴影中，只露出无辜的眉眼："这里就是家。"

这里是爸爸没有离世前，他们一家三口住了十年的地方。

江吟眼瞳微骤，没有继续触及她的伤心事："哪里是卧室？"

姜皑没说话，寂静片刻，站在面前的男人抬步朝走廊内侧走，她连忙抓住他的衣摆，固执地凝视他："你要走了吗？"

未等他开口，姜皑松开手："算了，你走吧。"

别出现在她面前，别试图靠近她，现在他们最好的情况是两不相扰。

她清楚地知道自己又病了，说不准哪天出现躁郁倾向，她会控制不住自己，开始歇斯底里。那种暴躁的样子太丑了，她不想让他看到。

江吟停住脚步，低下头，语调平和："我不走。"

姜皑蜷起的脚趾动了动。

他继续说："光着脚会凉，我去给你拿鞋袜。"

姜皑抓了把头发，试图用这种方式让自己冷静下来。须臾，她撑住地面起身，坐太久猛地站起来，眼前开始发黑。

江吟伸手扶住她："怎么了？"

他温热的手指擦过她胳膊处的皮肤，姜皑眨眨眼，下意识抽回手臂。

江吟手心里霎时空落起来。

"我自己去拿。"

说完，姜皑几步跑进对面的房间，手指扣住门沿，回头看他。黑漆漆的眼瞳里有很深的情绪，既想接近，又想抗拒。

她收回视线，侧身进入房间。"咔嗒"一声，于寂静的房间内清晰可闻。

门被锁住了。江吟揉了揉发胀的眉心，忍不住承认一个事实，他又被阻隔在门外，被她拒绝靠近了。

姜皑从衣橱里掏出棉袜套上，踩在绵软的地毯上趴在门口听外面的响动。半晌，她皱起眉，没有听到任何动静。她忍不住将手搭上门把，稍稍拧开几寸，门还未打开，她回过神来，猛地把手缩回来，然后后退几步，将整个人埋入被子里。

这个房间没有地暖，连基本的暖气都没有供应，一床薄被裹在身上也保存不了多少温度。

姜皑抬起头，蹭掉眼角的水渍。

过去了十五分钟，他应该走了吧，又只剩她自己了。

"双相障碍是一种心境障碍。患者的状态常常坐在情绪的'秋千'上大起大落，欣喜与悲伤来回交替。欣喜时过度愉悦，情绪高涨，这时他们有异于常人的智商；悲伤时迟滞懒散，睡眠增多。世界上有许多著名人士曾患有这种疾病，如艺术界的贝多芬、梵高和舒曼等。"

江吟关闭网页，抬眼看向那扇紧合的门，黑眸中有浓重的情绪翻涌。时间一分一秒地流逝，他握着手机的手垂下，手机落入沙发里。

他在客厅里待了三个小时，其间抖落掉防尘袋上的灰尘，将客厅收拾好。布艺沙发是前几年的款式，坐垫有些硬，他打电话让谢权帮忙买了新的。模样相似，却找不到同款。既然她觉得这里是家，那他就帮她将这个家规整好，尽最大可能让她开心。

五点半，卖家具的人送货上门，江吟打开门，目光稍冷："动作轻一点儿。"

安装工收回刚才叫门的大嗓门，被他的气场压得不由自主点头答应。客厅大，一群人动作麻利地把沙发和白木餐桌抬进来。窗帘也是新的，和御河山庄同款色调。

江吟坐在阳台上，翻出医学上的治疗方案仔细研读。比起其他患者，姜皑的症状不算严重，只是单纯地抗拒与外界交流，或许，这是上面说的第一阶段。

七点钟，万字的分析方案见底。江吟起身走到卧室门前，轻轻拧开门把，发现锁已经被姜皑打开了。

他推门而入，房间内亮着一盏暖黄色的壁灯，将整个房间照得暖洋洋的。大床上拱起一小团，被子外露出她的一截长发。

他走过去，俯身拉开被角。姜皑好像感知到什么，手指微动，又把被子扯回来。

从两点到七点，五个小时，不能再睡了。

江吟沉声叫她的名字："皑皑。"

床上的人翻了个身，背朝外，不理会他。

江吟俯身捏住她的耳垂，声线压低："再睡，我就要走了。"

五分钟后，姜皑的睫毛颤了颤，她不情不愿地睁开眼，看到江吟仍站在这，小声嘟囔："你怎么还不走？"

江吟知道她现在不会乖乖听他的话，索性俯下身，拦腰抱起她，手臂揽起她的腿弯。

"该吃饭了。"

姜皑挣扎了几下，发现自己很有可能从他怀里摔下去。她眨巴着眼，可怜兮兮地瞧他："你放我下来吧。"

"我怕你跑。"

心思被看穿，姜皑垂下眼帘，刚被抱到客厅，立刻有一股饭香扑面而来。

厨房里的油烟机是老款，只要打开声音就响彻满屋子。餐桌上铺着浅绿色的餐布，椅子上的垫子也是同色系。

一下午没出来，整个客厅都变了样子。姜皑有点难受，他为她做了那么多，他那么好。

她凝眉趴在桌上，伸手扒了扒头发，猝不及防地开始落泪。

江吟端着菜出来，看到她委屈巴巴地缩在那，问："没有想吃的？"

姜皑的眼神空洞木然，目光转过一圈，落到江吟的身上。

"沙发我不喜欢。"

江吟凝神看着她。

"窗帘，桌布，餐桌，我不喜欢。"

江吟面不改色，给她倒了杯水放到手边："没关系，等明天……"

"我说了我不喜欢。"她拔高音量，将桌上的杯子扫落在地，噼里啪啦一通响，客厅重归于安静。

江吟站在原地，微垂着头，侧脸看不出情绪。他的喉结滚动几下，声音沙哑："皑皑，乖一点。"

随即温热的手掌落到她头上，温度透过发顶传递到神经末梢，霎时安抚住她躁动的情绪。

姜皑眼眶发涩，意识到自己做了什么之后，她的神情开始慢慢变化。

"对不起，对不起……"她不是故意的。

江吟紧抿的薄唇松开一道缝，感觉到她身体的颤动，他早有预见地抓住她的手腕，将她想要逃离的意图全部抹灭。

他把她拥入怀里，轻声安抚："没关系，我不怪你。"

　　暴戾因子终于全部平息下去，姜皑的下巴抵住江吟的肩膀，微微蹭了蹭："江吟，这样的我，你还要吗？"

　　江吟环住她的手臂收紧，安抚住她颤抖不安的情绪："皑皑，你很好很好。"

　　姜皑略怔，手指紧紧地扣住他的腰，男人身上炙热的温度透过一层薄薄的棉质衬衫传递到她的指腹，她稍一触碰似乎都能探知到皮肤下层蓬勃跳跃的脉管，其中汹涌流淌的血液，是那样的鲜活。

　　"江吟，我怕我好不了。"她第一次这样恐惧事情的结果。

　　姜皑抬起头，眼角蕴着一层水光："而你可以有很好的未来，会遇到比我更爱你的人，会有美满的家庭……"

　　江吟俯下身，薄唇落到她的嘴角，吻住她接下来的所有话语。趁姜皑没有反应过来时，他撤回到平常的距离，眼帘垂下，声音低而缓："不会了。"

　　她睁大眼睛，努力去明白他话中的含义。

　　"再也不会有人，比你更爱我。"江吟伸手蹭去她眼角的泪，"和我共老的人，也只能是你。"

　　姜皑抿了下嘴角，突然难过地捂住心口蹲下身子，突然的心悸让她有种被按在水里不能自由呼吸的感觉，所有的呼吸通道被堵住，每一口喘息都艰难无比。

　　若放到四年前，这种感觉简直太熟悉了，是每次情绪升到极点，过度欣悦所带来的窒息难耐。而现在，只要江吟一触碰自己，情绪就像翻涌的浪潮一般袭来。

　　姜皑难以置信地仰起头，去碰他的手指。柔软的指腹贴到他的手背上，她不服输地往上移动，直到握住他整个手。

　　"怦怦怦——"

　　心跳声仿佛烟花升空后猛然绽开，强烈而有力，余烬落下的焰尾烫伤她的手指，不安的抵触情绪浸透在血液里，流淌至四肢百骸。

"好烫啊！"姜皑猛地收回手，她把手放到嘴边呵出一口气，脸上细细密密的都是汗。

　　江吟侧脸线条绷得很紧，他不能做到感同身受，他甚至不了解双相障碍发作时病人的心理状况。这种无措感实在太糟糕了。

　　玄关传来敲门声，他垂下眼帘，走到门口开门，看到尹夏知站在门外，他长舒了一口气。

　　尹夏知捕捉到他眉眼间紧藏的倦色，挑眉问："不打算回去休息吗？"

　　江吟凝视她几秒，言简意赅道："我不放心。"

　　尹夏知没再多言，绕开他往客厅走，看到窝在沙发旁边的姜皑，眸色渐深。

　　按照姜皑的过往病史，波动期已经过了，她却在最安全的时间重新患病，这是一种挺不好的征兆。打乱周期，根本没办法推测下一步该预防什么。

　　姜皑从臂弯中抬起头，黑漆漆的眸子浸润在暖黄色的灯光中，猫一样的神情，警惕又小心。她舔了舔干涩的唇，声音沙哑："夏知，让他走。"

　　房间里一共三个人，刨去她话中的人和她自己，很轻易能得知她说的是谁。

　　江吟垂至身侧的手臂动了下，僵持片刻，在尹夏知不赞同的眼神里慢慢点头："好，我明天再来。"

　　姜皑望着他的背影，突然想起什么："等等。"

　　她伸手拿起挂在沙发扶手上的大衣，慢吞吞地走过去，抓住衣服的力道紧了几分："外面冷。"

　　江吟心底一软，缓缓弯起嘴角，伸手去接时，无意间碰到她的手指。姜皑收回手，人往后退了两步，两只手藏在身后，眉眼温柔地垂下，表情很乖顺。

　　"不和我说再见吗？"江吟穿上衣服问。

姜皑看他穿好，摇摇头："不说。"

江吟微弯下腰，和她对视，漆黑的眼睛紧紧地凝视她："你不久前在课上讲，日语里，さよなら（再见）是不能常说的。"

姜皑的嘴角抿了下，不自觉地撇开视线。

"它多用于长久不见的告别。"他笑了笑，没在意她的小动作，"那你能告诉我暂时分别该怎么说吗？"

寂静的房间内只有钟表指针的走动声。

姜皑低头，轻轻咬了下舌尖，在江吟就要转身离开前，淡淡地吐出一句话："じゃ、また（那么、再见）。"

江吟的步子顿住，表情故作疑惑。

姜皑长吸一口气，不自觉拔高声调："就是明天见的意思。"

此时夜幕已经完全降下来，淡薄皎洁的月光织成一张细密轻薄的网，将江吟沉静淡然的侧脸染上一层光晕。

江吟的眉梢上扬，稍微顿了顿，然后叫她的名字："皑皑，明天见。"

姜皑愣了下，终于反应过来，被他坑了。

尹夏知正在品尝江吟的手艺，三道菜有两道很合她的口味，突然听到"砰"的一声响，震得她筷子没拿稳，夹起来的一块肉掉到了茶杯里。随后她看到一道身影快速地跑进卧室里，比她大学时候体测八百米的速度都要快。

尹夏知急忙丢下手里的餐具，跟进卧室。房间里没开灯，黑漆漆的，她摸索着灯擎，没等姜皑出声警告就抬手按开，乍来的光线让两人都不由自主眯起眼。

姜皑可怜兮兮地望向她："好刺眼啊。"

尹夏知默念三遍"她是病人"，和颜悦色地靠近她几步："皑皑，不想吃饭吗？"

姜皑打量着她不怀好意的表情："你嘴上有菜汁。"

尹夏知的笑容一僵，伸手去抹，却发现嘴边干干净净的："姜皑，你耍我？"

姜皑爬起来，脚踩在柔软的地毯上，脚尖轻轻地蹭了蹭，声音低软："小傻子，说你傻还真傻。"

尹夏知屏息，眯起眼："信不信我削你？"

姜皑毫不畏惧，转身看她一眼，声音惨兮兮的："尹医生，我是病人啊。"

尹夏知冷笑几声："我看也就在江吟面前。"

江吟。

听到这个名字，女人明艳的脸立刻布满阴云，她呜咽一声，缓慢地将碰到门把的手缩回来。

尹夏知磨了磨后槽牙，总是管不住嘴说错话怎么办？！

第二天，江吟到时正碰上尹夏知要出门上班，昨晚上她不放心姜皑自己一个人睡，索性和她睡在一起。

当然，她睡地上，姜皑把自己裹得严严实实，和一具木乃伊似的睡在床上。

江吟停好车，走上前询问她关于姜皑的病情，问及治疗方法时，尹夏知上下打量了他几眼，苦恼地皱起眉。

"你啊，"她稍许停顿，看了看今天的天气，"和她多出来晒晒太阳。"

怕他觉得敷衍，尹夏知又添上一句："有利于抑制抑郁症的发作。"

江吟不疑有他。这时姜皑还在睡觉，整个人缩在白色的棉绒被里，只露出一只脚。

江吟推门进去，轻微的声响惊扰到浅眠的人，姜皑小心翼翼地掀开被角。看到进来的人是江吟后，她开始一点一点地往床最里侧挪，连带着那一团被子，缩到最角落，一米八宽度的大床顿时空了半边。

江吟站在窗边，动作轻柔地拉动被子，谁知被一股极大的反向力阻止。他稍一用力，对方力道不及他，败下阵来。

姜皑双手捂住脸，声音很不高兴："你出去。"

江吟捏着被子的一角，触感柔软，房间内为了透气开着小半扇窗，浅绿色的窗纱随着微风轻轻拂动。十二月初，难得有零上的温度和晴朗的天。

姜皑趁他不说话的这段时间，尝试从他手中抢回被子，但没有结果。

姜皑不情不愿地坐起身，轻飘飘的身子差点从床沿上跌下去。江吟眼疾手快地扶住她，肌肤相触之际，他清晰地感知到眼前的人顿时僵住。

姜皑收回手臂，定在那，垂着头，情绪不明。

"皑皑，你舅舅今天要来。"这是刚才尹夏知临走时告诉他的。

姜皑每周一通电话，这周已经延迟了三天，长辈不放心，打到了她那里。

尹夏知认为接触亲人有利于姜皑的病情好转，告知苏岳宁她在之前住过的家里，但依旧隐瞒了她的病情。她觉得姜皑应该不想让他们担心。

江吟顺了顺她额前的头发，将头发捋到耳后："我们都很关心你。"所以要快点好起来。

姜皑当然猜到他话中隐含的深意，她垂下眼帘，浓密的睫毛覆盖在下眼睑上，落下一片若有似无的影。

半晌，她从床上下来，几步走到行李箱前，掏出化妆袋，拿了三四样基础物件，一溜烟跑进内置卫生间。她打开水龙头掬起一捧水洒在脸上，揉了揉发胀酸涩的眼眶，对着镜子做了个奇丑无比的鬼脸。

江吟站在门外等她。十分钟后，姜皑从房间里走出来，经过化妆品的遮盖，她的气色好了很多，她乖顺地站在他面前，手里握着几根口红。

"我不知道选哪个好。"

江吟垂下视线，表情犯难："这两支不是一个颜色吗？"

姜皑皱起眉头，作势要拧开唇釉盖子给他涂，江吟微微一愣，伸出手背："涂在这里吧。"

她抬眸看他一眼，又拧上了盖子。

自我挣扎了许久，江吟叹了一口气："都依你。"

姜皑终于弯起眉眼笑了，仔细给他涂上一层唇釉后，满意地拉过他的手朝卫生间走去。

里面有镜子，她没想那么多。江吟却思绪一滞，望向她主动牵过来的手，抿了下嘴角，一股薄荷味袭来。和她吻他的时候，是同一种味道。

姜皑皮肤白，这款 421 色号通常用作日常通勤，浅浅一层奶茶色涂在唇上，她整个人的气色看起来好了许多。

江吟看了下镜子里的人，侧脸线条绷得很直，薄唇上涂着唇釉，配上他这板起来的脸，有种违和感。

姜皑侧过身子，两根手指抵住他的嘴角两侧，用很轻的力道弯出一道弧度："笑一笑才好看。"

江吟配合她的动作，保持住微翘起的嘴角，连眉梢都向上扬起，这些举动无意间中和掉他身上的凛冽气息。

姜皑眨眨眼，收回手悄悄捏住碰过他的指腹，意犹未尽地再看他几眼，心底默默感慨，江吟如果是个女生，一定会有许多人喜欢。

江吟从琉璃台上抽出纸巾擦掉嘴上的东西："选好哪支了？"

她低低地"嗯"了声，一直垂在身侧的手抬起，牵住他的毛衣衣角："江吟，等会儿帮帮我好吗？"

江吟站直身子，眼眸垂下："好。"

苏岳宁来之前的一个小时，姜皑坐在沙发里，一言不发。电视调成静音，她呆呆地望着屏幕上不停闪动的人影，握住衣角的手指攥紧，骨节泛白。

"别担心。"江吟削好苹果递到她面前。

姜皑抬起头，她额角处的碎发被冷汗打湿，好不容易克服生理性颤抖，她现在真的好想一头钻进没人的卧室，再也不出来。

她就着他的手咬了一口苹果，这个季节的水果大多是南方运过来的，不熟，吃到嘴里满口都是酸涩，酸到她皱起眉头。

"很酸吗？"江吟抬眉，在她不停地点头后，把苹果送到自己嘴边。

姜皑眼睁睁看他将她吃过的苹果咬了一口，硬是没吐出一个字来。

"是不太好吃，换个橘子尝尝？"

姜皑的目光落到果盘里的青皮橘上，味蕾间那股由苹果引起来的酸涩又重新袭来："我不吃了。"

这时，门铃响起，姜皑好不容易松懈下来的神经又猛然绷紧。她的病，最怕江吟知道，也不想让亲人知道。如今第一个愿望没法达成，只好尽最大可能瞒住舅舅。

江吟神情微变，询问她："我去开门？"

姜皑比他早一步起身："我去。"

走到门口，她手扶住门把，转过身对上江吟漆黑幽深的眼，她微微屏住呼吸，在他安抚的眼神下慢慢拧开门。

这时候她掌心里满是汗，面前的木门缓缓打开一道缝，露出苏岳宁关切的脸。

"舅舅。"因为紧张，姜皑的声线压得很低，苏岳宁乍一听以为她感冒了。

"怎么突然想搬回来了，这不是离你公司很远吗？"

"没事。"姜皑吸了吸鼻子，连忙让开身子请他进来。

这时苏岳宁才看见客厅里还有另外一个人。

江吟礼貌地迎出来："你好，我是皑皑的……"

姜皑打断他的话："他是我的老板。"

江吟睨她一眼，压下眉峰，语气淡淡的："是的，我代表公司来探望她。"

姜皑不敢抬头去看他的表情，声音低弱："舅舅，你看我不是好好的吗？你和舅母不用担心我。"

苏岳宁皱眉，坐到姜皑对面，从兜里掏出一张卡推到她面前。

"这是你母亲昨天来转交给我的，她说你不肯见她。"

姜皑睫毛轻颤,手指藏在他看不见的地方攥紧沙发坐垫,试图以此来让自己紊乱的呼吸平稳下来。

她长吸一口气,神情淡漠地回应他:"我不要,周家的钱,我不稀罕。"

苏岳宁早已料到这个结果,当年苏好做事太决断,没等姜皑走出亲人离世之痛,就立刻再婚,逼迫她去适应新的生活,给她心理上添了不少阴影。

他叹了一口气,收回卡片:"那再见她的时候,我还给她。"

苏岳宁今天上午和公司请了两个小时的假,在路上耽搁许久,又嘱托了姜皑几句,就起身准备离开。

姜皑送他出门,道别后重新回到客厅。

江吟静静地坐在靠近阳台的单人沙发上,从落地窗外打下来的暖黄色光束将他的身形轮廓烘托得格外柔和。他的下巴隐藏在白色毛衣的领子里,垂着头,不知道在想什么。

姜皑原本就是一个很敏锐的人,自从生病,本就敏感的神经又纤细不少,此刻她清楚地察觉到了他的不悦。

江吟抬起头叫她:"皑皑,过来。"

即使他很不开心,也依旧用温和的口吻唤她。

姜皑的眼帘耷下,心中的负罪感腾升,她数着步子走到他跟前,懊恼地开口:"我刚才是一时情急才那么说的。"

江吟抿下嘴角,主动去牵姜皑的手。就算她下意识挣扎,他依旧强硬地握住:"是我让你没有安全感了吗?"

她嘴唇动了动,没说话。

"试着相信我,不好吗?"他顿了顿,又说,"所有的坏情绪我与你一起分担,你的所有不安和小心翼翼,在我面前,都可以卸下。"

姜皑反应了十几秒,抿了下嘴角,忍住心中翻涌的情绪回握住他的手。

"江吟，你感受到了吗？"

她的手在不停地颤抖，只要她有意识地接近他，心底那捧火苗就要把她烧灼。

姜皑的语气淡淡的，陈述一个再简单不过的事实："一个连牵手都困难的女人，你要她怎么和喜欢的人拥抱，接吻？"

江吟感受到她的不安，牵住她的力道加大："我们可以慢慢来。"

"现在你可以忍受，如果我的病一辈子不能好，你就要忍受我一辈子。"姜皑固执地盯着他，"我不想那样，想想我就觉得好难受啊。"

江吟黑眸渐沉，攥住她的手顺势将她拉向自己，姜皑没稳住，直接跌到他怀里，隔着薄薄一层睡裙，坐在他腿上。

江吟修长温热的手指搭在她的腰间，挣扎之际传来布料摩擦的暧昧声响，姜皑感觉她那颗心简直就像被放在油锅上煎，他轻浅的呼吸铺落下来，就像烧烤佐料，势必要把她最后一点理智烧光。

江吟环住她，微挑起嘴角："不试试看怎么知道？"

姜皑放弃挣扎，呼气声很重："如果失败了呢？"

江吟稍顿，下巴抵在她肩窝处，声音闷沉，却带着不可置喙的坚定："那就找别的办法，直到你痊愈为止。"

他绝不会像四年前那样放开她了，这辈子都不可能放她走。

姜皑睡着以后，江吟将林深发来有关周氏的资料看完，夜色深沉，凌晨的月光皎洁明亮。

与 TK 合作不成，野心勃勃的周氏父子准备另辟蹊径，他们自认为掌握了治疗仪的核心科技，可以赶在 TK 产品上市前抢先研制出产品，好占领中国市场。

简直异想天开。

江吟合上电脑，语音通话仍在继续。

周氏放出消息，与 TK 合作不成转为竞争对手，此事在业内是少有的撕破脸皮拉锯战。

"我这里有段音频，你明天交给警方。"江吟从文档中调出今天下午姜皑交给她的录音文件，"不必留情，一切按正规手续办妥。"

林深愣了愣："一点情面都不留吗？"

江吟声音清冷，杀伐果断："对丁出卖公司来满足自己嫉妒心的人，你要给她留什么情面？"

林深不再多问："好，我明天去办。"

江吟揉着发胀的眉心，看了眼挂钟："很晚了，今天先到这。"

林深不放心，踌躇片刻终于将心底的疑问说出口："江总，这次和周氏对抗，您现在真的沉得住气？"

寂静的空间内只余下男人轻敲桌面的响声。半晌，江吟被他气笑："林深，之前多艰难的日子都挺过来了，现在你问我这个？"

"也是。"

林深自打江吟接手 TK 以来，便为他做事。谢董刚去世那会，TK 股票下跌停盘，资金链断裂，每一步都举步维艰，多少人虎视眈眈要把这块大饼吞食入腹。比起以前，这些算得了什么。

电话收线，江吟朝卧室走去。房间里只开一盏柔和的壁灯，照亮床头一隅。白色的棉被缩起一团，依旧是自我保护的姿势。

他掀开被子一角，放轻动作躺进去。旁边的人感受到热源，呜咽一声，试探地靠过来。

姜皑穿着睡裙，随着她的动作，领口敞开，露出一小截白皙的肩膀。试探过后，她整个人抱住江吟。

房间里的空调不如壁炉保暖，她睡了四个多小时，被窝里仍是一片冰凉。好不容易找到热源，侧脸贴在他胸口，挑了一个舒适的姿势窝在他怀里。

江吟发现自己好像做错了什么。被姜皑紧紧抱住，手指不小心触碰到她裸露出来的肌肤，碰过的指腹燃起火苗，滚烫炙热。他眼底涌出异样的情绪，他紧紧闭上眼，试图压住身体最原始的反应。

他额角的青筋突突乱跳，好不容易稳住呼吸，残留的睡意被驱散，只好空望着天花板发怔。

江吟敛神，忍不住想，四年前，那样孤独的夜晚，东京街道繁闹，她坐在狭小的房间里，背影单薄无助。单是听尹夏知的描述，他的心就疼得无法控制。

姜皑睡得很不安稳，应该是做了噩梦，她抱住江吟的腰，死死地扣住不肯放手。偶尔呜咽出声，纤瘦的脊背开始颤抖。江吟不敢轻易叫醒她，只能不停地安抚她。

冬夜漫长，清晨五点钟，夜幕仍不见消退。有微光透过窗帘罅隙泄入，S市的第一场雪悄无声息地降临了。

姜皑从梦中惊醒，眼角挂着泪珠，思绪浑浑噩噩的，等她缓过神来时，才发现自己正以一种亲昵的姿势窝在男人的怀里。

她抬头，江吟清浅的呼吸铺落下来，人还没醒。她伸出手摸了摸他下巴处冒出来的青色胡碴，稍一触碰，江吟就皱起眉，凭意识拉回她作怪的手。

二十岁的江吟，和二十六岁的江吟，有什么区别？

姜皑想，大概是藏于心底的温柔，后来的他会选择一种最妥帖的方式表达出来。四年的时间，她可以尝试收起浑身的棱角与尖锐，而他亦然。

七点钟，江吟的生物钟将他叫醒，怀里已经空了。他睁开眼环视房间许久，没找到姜皑的身影。他翻身下床，走到门口时脚步有些迟疑。

他怕打开门之后，所有的地方都找不到她。他怕她消失，怕她不告而别。

踟蹰三秒，江吟旋开门把，厨房内清晰可闻的水流声传来，他快步走过去，看到站在冰箱前挑选蔬菜的人，高悬的心顿时落下。

姜皑眨眨眼："你醒了啊。"

江吟垂下眼帘，对视良久后，他说："火开得有点大，面会煮烂。"

"哦。"姜皑看着男人交代完，又绕回原房间，估计是去洗漱了。那他刚刚来是做什么的？

林深效率高，昨晚交代的事今天就办好了，下午警方会上门带走涉嫌泄露合作案的员工进行调查。

江吟坐在落地窗前打电话，背影颀长，搭在膝盖骨上的手指曲起，骨节利落分明。

他低着头，表情有些冷，察觉到姜皑的视线，猝不及防抬眼，两人的目光相撞。姜皑匆匆低头，吃了口软糯的面条，心中默默感慨，火真的开大了，下次要调小一点。

江吟收线，坐回餐桌前："你的工作签证是明年到期？"

姜皑算了算日子："明年三月份。"

江吟了然颔首："下午跟我回趟公司吧。"

她握住筷子的力道下意识加大，抿下嘴角神色犹豫："我可以不去吗？"

江吟掀了掀眼皮，静静地凝视她，眼神安静又专注，那股无辜感又袭来。

姜皑觉得自己的良心瞬间被扎了一刀。他为她做了那么多，现在这个小小的愿望，她都没法满足他。可是外面人好多啊，顶层那群知道她病情的人，有意无意间投射而来的怜悯目光，真的让她好难受。

姜皑咬住嘴唇，手指微动，越过半个餐桌拉住他的手。

"我可能没办法面对顶层的那群人。"她又往他那挪动几寸，声音低缓，"但我想试试，去接触外面的世界。"

虽然她没有多说，江吟却清楚地知道，她做出的一切努力与让步，都是为了他。

"不过，你可不可以帮我把门外的雪弄干净？"半晌，姜皑揪了下头发，表情苦恼，"早上我出去，太滑了。"

江吟喉结滑动几下，没忍住笑了："摔疼了？"

姜皑点点头，又立刻摇头，生怕他下一句问"摔哪了？"

那个场景实在太丑了，她不想让他知道。

江吟看到她别扭的神色，没再多问。

这场雪持续了四个小时，台阶上的积雪已经有四五厘米厚，天气预报说中午会停雪，请出行市民做好应急准备。

门前的院子面积大，黑色雕花大门半敞开，他停在院子里的车此刻看不出原有的颜色，遥遥望过去几乎和雪色融为一体。

江吟拿起铲子先把台阶上的积雪清理干净，又从雪地里辟出一条小路。

姜皑套上棉衣来到他身边，目光落到他泛红的手指上，又转身跑回屋里，找到一副手套。许是放置时间太久，手套的皮质表面干黄，已经失去原有的色泽但保暖效果不减，她递到他面前："戴上。"

江吟含笑地看她一眼："马上就弄好了。"姜皑却固执地将手套套到他的手上。

从门口经过不少踏雪追求浪漫的情侣，小女生欣喜地挽住男朋友的手，哪怕脸颊冻得通红，也要继续往前走。

姜皑坐在玄关处等江吟扫雪，她对下雪不怎么感兴趣。东京冬天雪天多，只要下雪，留学生宿舍里的暖气必定开到春天的温度。屋里那么暖和，她可没有闲情逸致出去遛弯。

江吟清理完道路，顺道抖落掉车上的积雪，打开车门试图发动车子。但发动机好像出了问题，一直嗡嗡作响。

姜皑走到他面前，眼睛里闪着光："今天不能出去了吗？"

江吟哪能不知道她打的什么主意，掏出手机给林深发了一条消息，让他派司机来接。

姜皑看完消息内容，静默了几秒，转身走了。

司机到时，雪已经停了，江吟挂断电话，回身看到包裹严实的姜皑站在房间门口。

姜皑今天穿着一件及膝的粉色羽绒服，头发散着垂至腰间，宽大的针织围巾遮住半张脸，只余一双清澈的眼睛露在外面。

江吟走到姜皑身边，弯腰拉下她遮住下巴的围巾："收拾好了？那我们走吧。"

姜皑脊背僵直，脸上没有表情。她不自觉抿唇，眼中浮现一层戒备的神色。临出房门前她给自己做过心理暗示，按照尹夏知给的方法一遍又一遍地提醒自己——没关系的，外面的人不会触动你的情绪，你也不要在意他们的目光。

可现在，她还是忍不住想逃避，想竖起满身的倒刺去提防他人。

江吟察觉出她的反常，握住她手的力道微微加大："皑皑，别怕。"

姜皑垂下头挣扎了几秒，随后慢慢点头，跟在他身后一步一顿地朝外面走去。

司机等的时间有点长，耐不住烟瘾，下车抽根烟。烟燃到半截，终于等到人出来，他掐灭烟，立刻迎过去："江总，姜助。"

姜皑下意识想抽出手，无奈江吟握得太紧。她虚虚地点头，躬身进入车厢。

江吟绕到另一侧上车，商务车型空间大，两人却挨得很近，一路上姜皑一直侧头看窗外掠过的景象，试图借此平复自己的心绪。

高耸入云的建筑被风雪洗得煞白，原本明朗的天际此刻透着一股湿漉漉的灰败。到达 TK 大楼，门前停着两辆警车，引来不少过路人的侧目。

姜皑目光一滞："这是怎么回事？"

江吟漫不经心地扫了一眼："警方来了解情况。"说完，他推门下车，绕到另一侧给她开门。

车门一打开，凛冽的寒风从外面灌进来，姜皑攥紧衣摆，踟蹰了片刻，才问："是李倩吗？" 江吟眉峰坦荡，不想隐瞒："是。"

谢权一直等在大厅，临时被拉来撑场子，小少爷也很无奈，好不容易等到正主来了，连忙跑出大厅。

"哥，你可真沉得住气。"不少好友闻讯打来电话问他 TK 是不是要破产倒闭，顺便嘲笑谢小少爷终于要自立更新、艰苦创业了。

谢权凑近一瞧，看见许久不见的小姜老师，愣了几秒。姜皑牙关紧合，在他关切的目光里下车，全程没有和谢权搭话。

江吟凉凉地瞥他一眼："事情怎么样了？"

谢权被他的眼神吓得哆嗦了两下："李倩起初不承认，到最后林深提供了录像和音频，她才松口。"

"泄露文件的原因呢？"

"她没说。"谢权挠了挠头，语气万分不解，"哥，不过是一个员工，核心文件也没真的被泄露，有必要搞这么大？"

江吟轻轻皱了下眉头，眼风凛冽如隆冬的寒风。他就是要借此警告周氏，不要再试图招惹姜皑，他们玩不起。

警方在顶层休息室，李倩被围在中央，负责商业案件的律师向警方提出了 TK 的诉求。泄露商业机密罪，判处三年以下拘役或赔偿商业罚金，哪一项都足够李倩掂量许久。

江吟进屋与警方交涉，姜皑站在门外，轻靠着墙，和谢权相视而立。

公司的茶水间是最藏不住秘密的地方，谢权在顶层，一些风言风语自然会传到他耳朵里，如果他问，姜皑不会隐瞒。谢权却佯装无事，松开领带："小姜老师，你这么久不来上班，来了还不和我打招呼，我真伤心啊。"

姜皑不禁觉得自己想多了。

李倩被警方带走，一群人走出休息室，被控制的女人看到姜皑，神色狰狞，她身后的警方连忙阻止住她要扑上前的动作。

姜皑静静地站在李倩面前，不躲，也没有别的动作，任她嘶吼辱骂，最后语气淡漠地回应道："各人自扫门前雪，莫管他人瓦上霜。既然你管了，就该承担后果。"

李倩头发凌乱，突然狂笑起来："胜者为王败者为寇，你现在说什么都是对的。"

姜皑胸腔中翻涌着暴戾因子，明知道她是有意激怒自己，却无法平息住心中的怒火。直到江吟从休息室内走出来，她狂跳的心绪才逐渐平和下来。

姜皑看李倩的眼神多了讥讽："如你所言。"

李倩被带走，顶层纷扰的气氛安静下来，静到只剩下彼此的呼吸声。好像对大家而言，李倩不过是机械生活中用来调剂心情的一个调剂品，她离开了，生活依旧继续。

姜皑活动了几下僵直的手臂，睫毛颤了颤："江吟，我想回去了。"

谢权抬眉，不明所以："你们不是要去日本吗？"

江吟扫了谢权一眼。

姜皑眨眨眼，更是一脸困惑："什么时候？"

谢权反应过来，尴尬一笑："他还没和你说？"

江吟又睨他一眼，然后对姜皑解释："伊藤那边要我过去商量最后入场制造前的事情，把你一个人留在国内，我不放心。"

看看，说得多么冠冕堂皇，人家伊藤定的日期是半个月后，现在去，摆明了就是陪女朋友散心。但这些谢权只敢憋在心里，他被江吟睨得没来由地心虚。

姜皑理清楚了前因后果，怪不得早上他会问自己签证是否到期的问题。

"可是行李还没收拾。"

"我已经收拾好了。"

姜皑没忍住，嘟嚷一声："所以你是打算直接到机场再告诉我？"

谢权感慨："心思好深是不是？小姜老师，你千万别被这个男人给拐卖了。"

江吟面无表情，浑身上下写满了"我很不爽"几个大字。

谢权接收到他的眼神，自动翻译为"你再多说一句话试试"，预测到被踹下楼的惨痛结果后，他小心翼翼地绕过江吟，脚底抹油前还不忘和姜皑说再见。

姜皑耷拉着脑袋，拽住他的衣袖："是要去东京吗？"

江吟低低地"嗯"了声，没忍住伸手摸了摸她的发顶："想去看看你生活了四年的城市。"

姜皑没说话。其实她想说，过去的四年，她生活得并不是那么美好。

江吟似乎猜到她所想的，扶住她的后脑，认真地、吐字清晰地补上后话。

"我想把你曾经一个人走过的路，陪你再走一遍。那样，就是我们两个人的回忆了。"

姜皑手指松开，又攥紧，嘴角弯出好看的弧度。

那样，就是两个人的回忆了。

无论什么时候再想起，她都不再是孤身一人。

多好啊！

昨天订的机票，完全没有料到会突逢降雪。机场能见度降低，航班被迫延迟。VIP 休息区，暖气开得很足。姜皑靠着江吟的肩膀睡了一会儿，醒来后广播内又传来航班再次延迟的消息。

江吟递过来一杯水："喝点儿。"

纸杯温热，透过指腹传来舒服的温度，她唔叹一声，重新窝进沙发里。

晚上七点三十二分，空姐和空少拉着行李出现在视野内，入夜雪停，能见度达到可飞限度，普通休息区的乘客排好队准备登机。江吟碰了碰姜皑的脸颊，扶正她的身子："要登机了。"

姜皑睁开眼，睡眼蒙眬，看到排队处的人群，她蹙眉了。人太多，难免会发生肢体接触，现在的她没有能力处理好人际关系。

"我们走 VIP 通道。"江吟穿好大衣，自然地牵起她的手。

被他一提醒，姜皑担忧的心这才落地。

S市到东京航程近三个小时，姜皑往返国内次数不多，多是乘夜航，凌晨的飞机，次日到达目的地。在她的印象里，作为国际大都市，东京的人潮拥挤不可避免。

灯火辉煌的照耀下，流浪栖息着一群孤独无依的人们，他们顽强地与快节奏抗争，却依旧逃不过循规蹈矩的机械生活节奏，被推着不停前进。唯独东京的清晨，是安静祥和的。

姜皑坐在靠走廊的位置，另一侧的人正用日语与人交流。她不免多看一眼，回过头，与那人视线相撞。男人迟疑两秒，不自觉拔高音量：“姜皑，你不记得我了吗？”

姜皑微眯起眼，仔细打量了他几遍，依然没有什么印象。男人穿正规的三件套西装，可能是在日本待得太久，行为做派开始偏向日式，处处透露出一股谦和恭谨。

“我是和你一期的留学生。”

姜皑还是记不得。

男人继续说：“住在你隔壁。”

江吟这会儿才漫不经心地侧过头，手指抵住下巴，嘴角的笑意很轻。姜皑的眼睫微微垂下，不知道怎么去迎合陌生男人的热情，僵持着也不是办法，她索性转过头，留给他一个冷漠的后脑勺。

江吟曲起手指，放在膝盖上敲了几下，语气依旧不紧不慢：“留学生宿舍，可以男女混住的？”

“独立房间，混住也没什么。”姜皑的嘴唇动了动，压低声线，“我都不记得他是谁。”

江吟侧目凝视她片刻：“你可以去问，比如不好意思，我记不太清了，你可以提醒我一下吗？”

姜皑揪着裤子上的破洞，手指牵扯住一根细长的线，皱起眉头，非要把它拽断。

“不想去做，也没必要残害裤子吧？”他无奈地拉过她的手，“我当男朋友的都不介意你去问，算起来该纠结的人是我。"

姜皑手中的动作顿住，抬起头认真地看江吟。视线滑过他耸起的眉峰，再到弧度正常的嘴角，发现他的神情认真一如往常。

她当然清楚他的用意，主动去和外界交涉，和陌生人交流，是每个正常人都要掌握的社会生存技能。思及此，姜皑手下的力道没控制住，裤子上冒出来的线头绷断。她轻轻地咬了下舌尖，动作缓慢地转过身子，男人脸上的尴尬还未退去。

姜皑抿唇，斟酌着说辞："抱歉，我可能记不太清了，您是？"

男人咧嘴笑了笑："我叫宋浩文，也是日本语言学的留学生。毕业之后你从留学生宿舍搬走，我这个邻居都没来得及和你道别。"

邻居，语言学，宋浩文。她念了几遍，终于从记忆深处某个节点抓出来残留的影像："我记得了，留学生代表。"

宋浩文挠了下头："当时要不是你放弃上台演讲的机会，我哪担得起这个称呼。"

姜皑出于礼貌回以微笑，抓住江吟的手指下意识曲起，她不知道怎么结束话题。

江吟不急，也没有要帮忙的意思，挑起眉静静地等她回话。姜皑撇撇嘴，愠怒地瞪他一眼。

宋浩文注意到两人交握的手，试探性问道："你已经结婚了？"

又是一个新的话题。姜皑嘴角的笑意有些僵，所有的话都哽在喉咙里，不知道该说什么。

江吟掀了掀眼帘，略颔首表示打过招呼。在她纠结之际，不疾不徐吐出两个字眼："快了。"

宋浩文讶异过后，送上祝福："恭喜。"

姜皑一噎。

Chapter 12

我想当你夜晚一点半的太阳

飞机降落至羽田航空港，许是深夜，来来往往的人不多。江吟去取托运的行李，姜皑站在休息区等他。

宋浩文站在她身侧，回忆起大学时期的种种，突发感慨："我记得学部里追你的男生挺多的，但你一个都看不上。"

姜皑垂下眼帘，双手抄在棉服口袋里，听他这么说，有种听别人故事的感觉。在日本上学三年，她提前修完研究生部的学业，再加上工作一年，四年时间里，向她告白的异性寥寥无几。

"大概是因为你不爱交际吧，每次都是出现在别人的话语里。"宋浩文停止回忆，望向远处身姿颀长的男人，"你和你先生，是回国时候认识的吗？总感觉你们认识很久了。"

姜皑眉毛轻皱一下，很快消失无踪："是很久了。"

江吟站在远处冲她招手，示意她过去。

姜皑拢了拢外套，语气淡淡的："那我就先过去了。"

宋浩文点点头："有空再联系。"

江吟取好行李，两个二十四寸的箱子，姜皑接过她的箱子，随人流往出口走。伊藤安排的司机将车停在临时停靠点，江吟上次来东京，也是他接待的，这次不费力就找到了人，立刻请江吟和姜皑上车。他没有问临时居住地，直接启动车子。

姜皑推了下江吟的手："我们住在哪？"

江吟侧目看她一眼，捉住她作怪的手："到了就知道了。"

离开东京半年，姜皑并不是很怀念这个地方。司机走的这条路是从机场到她学校的必经之路，绕开繁华地段，车流渐稀。商务车减震功能不错，再加上司机驾车技术娴熟，车不摇不晃，姜皑靠在座椅靠背上小憩。

司机经由后视镜看她一眼，放轻音量问道："江总，这是您的女友？"

江吟"嗯"了一声，目光放远，眸底的光影随着窗外的景象不停地流转变换。司机没再多问，专心看路开车。过了约莫一个小时，姜皑转醒，彼时车已经停下，周围黑漆漆的，看不清楚状况。

"我们到了？"

江吟颔首，推门下车，司机连忙反应过来，跑到另一侧给姜皑开门。

东京的气温比 S 市低两三度，同样是寒冷，风却是干燥的。吹在脸上，一股熟悉感扑面而来。

姜皑躬身下车，看清周围的景象，如果她没有认错，现在他们正在留学生宿舍楼下。

江吟推着箱子走到她身边："我们上去吧。"

姜皑犹豫了几秒，拽住他的衣摆："我们真的要住在这里吗？"

江吟没说话，静静地凝视着她。

"学校这边，应该不允许外人随意入住吧？"况且，也不能确定她的房间，现在有没有别人住进来。

江吟伸手整理好她被风吹乱的头发，微俯身，声音很轻："你住过的地方，我怎么可能会让别人再住进去。"

姜皑睁大眼，试图去理解他话中的意思。半晌，她眨眨眼："你是买下来了？"

江吟直起身子，没回答她，迈开步子先往楼内走去。姜皑紧跟上，嘀咕着："有钱能使鬼推磨，果然到哪都行得通。"

她的房间在五楼，江吟从口袋里掏出一把崭新的钥匙，递到姜皑面前。

"开门。"

姜皑抬眼，钥匙在走廊顶灯的照耀下泛出银色的金属光泽。她默默接过钥匙，借着光线将钥匙旋入锁槽，"咔嗒"一声响，木门与门栏间出现一道缝隙。随着她动作缓慢地推开门，不足三十平方米的房间几乎一眼可以看到全部。

家具只有最简单的三件套，床、书桌和立在墙壁处的衣柜。好在有独立卫浴，算是比较人性化的设计。

江吟脱下大衣挂在衣柜里，取出里面准备好的被褥放到床上。姜皑收拾好行李箱，蹲在地上仰起头瞧他。

"你觉得这张床可以睡下我们两个人吗？"床只有一米三的宽度，一个睡惯大床的人都会不太适应，更何况是两个人。

江吟转身，又从柜橱里抱出一套卧具，连带着折叠床垫，一并铺在地板上。

"这样就可以睡两个人了。"

姜皑讷讷地点头，拿起换洗衣服到洗浴室洗澡。她动作快，十五分钟就洗漱完毕，她穿着看起来很柔软的居家服走出来，头发上升腾起白色雾气，黑色眼睛湿漉漉的。

"水温我调好了，你可以直接用。"姜皑走到江吟身边，没在意他正在看的 K 线图，"你快去洗啊，十一点钟要停止供应了。"

江吟合上电脑，捻起她正滴落水珠的发尾："吹风机有吗？"

姜皑不甚在意："不用吹的，一会儿就干了。"

江吟无奈，只好嘱托她用毛巾擦干净，然后起身到浴室。等他的身影消失，姜皑拿出清洁湿巾，把桌子和柜子都仔仔细细地擦了一遍。好像不是想象中的那么脏，应该有人来收拾过。

半晌，江吟从浴室里出来。房间内仅开了一盏落地灯，却足以照亮整个屋子。姜皑坐在落地窗前，影子被光线拉得很长，尾端折断在墙壁上。

江吟放轻步子走过去，姜皑没有发觉，依旧望着窗外的车水马龙。直到他从身后抱住她，她才回过神来。

"现在，是我们两个人。"他说。

姜皑先是怔在那，脊背绷得很直，仍是有点抗拒这样亲昵的接触。江吟给她适应的时间，片刻后，觉察到怀里的人放松下来，他又不着痕迹地靠近了几寸。

"这四年，除了东京，还去过哪里？"

姜皑侧脸蹭过他的肩膀，抬起头，仔细回忆了下："工作的时候陪客户去过北海道、小樽和札幌。"

江吟把下巴抵在她的发顶，声音轻柔："那过几天，处理完这里的事情，我们去北海道？"

姜皑笑着问："去泡温泉吗？"

江吟好久没回应她，目光落至窗外，姜皑疑惑地顺着他的视线望出去："呀，是东京的雪啊。"

他想起她不久前念叨过最讨厌一个人看雪，弯起嘴角缓缓说："现在，也是我们两个人。"

姜皑眨眨眼，她突然觉得，即使是这样坐在窗前看雪，也不是那么难以忍受。

第二天，伊藤派来的人敲门时，姜皑刚醒，听到声音从洗浴间探出头来，嘴里还叼着牙刷。江吟站在门前，宽阔的脊背挡住来人的身影，她往前走了一步，听见交谈声。

原来是工作上的事。她不感兴趣，又晃着脚步走进洗浴间。

江吟要出去一趟，穿好大衣后问她："有没有什么想吃的？"

姜皑擦好脸，随口说："蟹黄寿司，再要一壶清酒。"

"蟹黄寿司，再要一杯奶茶？"他故意改掉后面的物品。

姜皑撇嘴："奶茶就奶茶。"

一定是尹夏知嘱咐他，不能给她酒喝的！

江吟离开后，她无事可做，准备到东大校园里逛逛，刚下楼，就撞上住在后面教职工宿舍的老师。

姜皑脚步顿住，下意识捂住脸。她回国前，这位铃木老师苦口婆心地劝导了她三个小时，最后口干舌燥以为将她耳根磨软了，谁料第二天她仍是拉着行李箱飞回国了。

铃木是个眼尖的人。之前姜皑失眠一整夜睡不着，第二天上她的课，在第一排坐得笔直，趁机打瞌睡。若放到A大，绝不会有老师看出来。然而铃木一眼就发现了，还揪她起来探讨《菊与刀》的核心内容。

这次也不例外。姜皑捂住脸，扭头就走，不料身后传来格外有威严的女声，铃木老师用中文叫她的名字。

姜皑心下一颤，现在装傻好像已经来不及了。

江吟从料理店打包了寿司和奶茶，回到宿舍时姜皑正窝在床上看书，挂在墙上的电视静音了，一部电影放到结尾，男女主抱在一起互诉爱意。

姜皑的手指捻起页脚，长长地叹了一口气。

江吟解领带的动作一顿，循声望过去："憋坏了？"

姜皑翻个身，用一本看起来就很厚重的书遮住脸，声音闷闷的："遇到了老师。"

"然后呢？"

然后又听了三个小时的唠叨，她坐立不安，像是有一盆火不停地煎烤着她的心脏。最后她实在忍受不住，趁情绪失控前与铃木道别，尽管这样做很失礼。

江吟走近，才看清她手里拿的书。《挪威的森林》讲述了男主角纠缠在患有精神疾病的两位女主人公之间苦闷彷徨的情路历程。

他略垂眸，伸手拿过盖在她脸上的书，口吻听不出任何情绪："换本书看。"

姜皑半天不动，保持仰面朝天的姿势，跟他对视几秒后，问："为什么？"

江吟抿下嘴角，淡淡道："黄色内容太多。"

姜皑噎住。

他抬眉，又说："你既然不会抗拒看这些内容，为什么抵触和我有肢体接触？"

姜皑沉默了一会儿："这些内容，色而不淫。"

江吟两根手指夹住书页，不急不慢地翻开一页，声音低缓而清晰："那你的意思，是我既色又淫？"

姜皑眨眨眼，指尖捏住指腹，表情苦恼："不是啊，我没有要对比的意思。"

江吟本就是想逗逗她，玩笑自然适可而止："我给你买了寿司，你尝尝合不合口味？"

　　姜皑坐到地板上，掀开保鲜盒盖子，两排切好的寿司整齐地放在黑色印花餐盘里。她用牙齿咬住木筷，表情纠结。一旦食物卖相太好看，就容易让人产生不想破坏这份美感的冲动。

　　江吟没注意到姜皑的小动作，打开奶茶放到她身侧。他回来之前应酬伊藤，吃了几口日本菜，现在没有食欲，他静静地坐在一边，翻开手机通讯录给林深打网络电话。

　　周氏为了在医疗器械业抢占席地，赶在 TK 前投产抑郁症治疗仪，名为"眷梦"。

　　江吟翻看着林深发来的文件，漫不经心地回复一句："名字取得不错。"

　　林深一时无言。

　　"找人估价周氏投入的资产，有结果了？"

　　留学生宿舍网络不是很稳定，林深那边听到的声音断断续续。他勉强弄懂老板的意思，立刻回复道："保守估计，是半个周氏。"

　　姜皑听到他们的谈话，夹寿司的动作一顿，她犹豫着要不要问清事情情况。半晌，她抬起手拽住江吟的衣袖。

　　江吟正准备嘲笑如今市场估值都这么保守，感受到身侧人轻微的拉拽，他微微垂眸，看到姜皑一直藏在衣袖里的皓腕伸出来一截，白得近乎透明。他对电话那端应付一句"稍等"。

　　姜皑收回手，目光渐沉："周逸寻他们，对你发难了？"

　　说来说去，她还是担心周家的人会伤害江吟。她不想因为自己的原因，阻碍到他的人生道路发展。

　　江吟摸了摸她的发顶，手掌温度清晰温热："别担心。"

　　姜皑忍住心底的冲动，平复好心绪，不解地抬头看他。

　　江吟掀起眼帘，语气淡淡的："是我要为难他们。"

　　人一旦想要的太多，破绽就会越明显。周氏的野心有多大，若搁到以前，他没兴趣过问，但现在他们实现野心的方式让他不爽了，他也没必要再谦和礼让。

东京雪霁的那天，江吟处理好所有的事宜，收拾行李准备带姜皑到北海道。

所有的东西装进行李箱后，房间内瞬间又恢复成以往无人居住的空荡模样。姜皑在门前站住，握住拉杆的手不自觉加大力道。

良久，她反手关上房门。

在过去的四年，她有多向往这样的一个冬天。东京下起绵绵的雪，卧室中灯光昏暗模糊，暖壶里的清酒冒着腾腾的热气，大毛毯裹在身上，爱的人在身旁。

姜皑不着痕迹地弯下眉眼，多好啊，两个人的生活。

江吟想从她手中接过行李箱，手指刚扶上拉杆，就被她避过了。他扬眉，表示疑惑，视线下移到姜皑的侧脸上。

姜皑没说话，手慢慢伸出过长的衣袖，拉住江吟的大衣衣摆，一点点往上移动，最后握住他垂至身侧的手。她舔了舔嘴角："好像，没有那么困难了。"

江吟一向平稳的心跳突然漏了一拍，但脸上仍是不动声色："我们走吧。"

从东京到北海道，乘新干线，到夜幕降临，江吟提前约好的车等在出站口，司机是旅社老板的儿子，趁会社休假来帮旅店的忙。

男人的个子不高，一米七左右，知道客人是中国人，特意和家里的服务员学了几句中文，不过说话仍是磕磕绊绊，他挠头，不好意思地笑出声。

江吟也笑："没关系，可以用日语。"

姜皑低头，明显不想搭话。

男人终于放松，一路上和他们讲当地有名的景点，说起温泉更是滔滔不绝。江吟一到听不懂的地方，就用指尖轻敲姜皑的手背，姜皑想闭眼装睡不成，只好乖乖地坐直身子，小声地给他说。

"他们家是温泉旅社，等会儿到了店里，我们可以先泡个澡舒缓疲劳。"姜皑回想着男人刚才的话，"因为我们订的是双人套房，设有专门的淋浴室，不需要到公共浴室。"

谈话之际，车子缓慢停下。比起东京，新雪谷附近显得寂静许多。现在是旅游淡季，旅社里的人略显稀少，和他们联系的老板坐在廊道温酒，看见他们进来，连忙起身相迎。

寒暄过后，服务员引他们到房间，拉开帘门，地暖将整个屋子烤得很暖，地板干净得一尘不染，姜皑赤脚踩进去。

服务员帮忙铺好榻榻米，浴衣放在壁橱里，安置好一切后道别离屋。

房间内燃着香薰，姜皑凑过去，仔细地闻了闻："樱花香。"

江吟走到窗边，透过玻璃窗能看清后院的温泉，水汽氤氲，白雾缭绕。姜皑这才反应过来，套间，内置温泉，就代表没有隔栅。

她要去拿浴衣的动作顿住，喉咙发涩。窗前的男人转身，看到她局促的神情，没弄清楚她的意思。

姜皑指了指窗外，声音涩然："只有一个池子。"

"没关系，你先去。"他抬腕看了眼时间，"八点钟我有个电话会议。"

他在迁就她。

姜皑抿下嘴角，攥紧手中的衣服，沉下心思往淋浴室走。

姜皑脱掉厚重的衣服，打开喷头，热水从头顶浇下来都没能拉回她的思绪。

他们明明是男女朋友，认识六年，彼此熟知。在今天之前，她却抵触他的牵手和拥抱，两人之间的关系虽然一直在缓慢升温，但依旧达不到她患病前的程度。

他可以有更好的选择，没有必要在她身上耗费时间。

思及此，姜皑眼眶酸涩，汹涌的情绪从心底涌上来，她忘记现在

你不要
对我笑

赤着脚，直接踢上身侧的墙壁。

痛感袭来，反作用力震得她五官皱在一起。

姜皑喘了一口粗气，裹上浴衣走进后院，来到温泉旁，伸出脚试探了温度。耳畔有溪流缓缓流过的声音，清脆悦耳，安抚了她暴躁的情绪。

彼时，江吟拿着电话站在窗边，目光落至姜皑露出来的白润肩头，不自觉撇开视线。

"你刚才问我什么？"转过身，揉着酸涩的额角，他又问。 林深重复："以朋友的身份，问你的目的是什么？"

他咬字清晰，以朋友的身份。一直放任不管，绝对不是江吟一贯的作风。

江吟轻靠在桌沿上，耷下眼帘，声音高深莫测："我的目的很简单。"

"收购周氏，并入 TK？"林深试探地问。

"不是。"他重新掀起眼帘，黑眸沉沉的，"怎样才能让周家一无所有，用最惨痛的方式。"

林深闻言，呼吸一滞。他从未听过江吟的声音沾染如此重的戾气。

江吟挂断电话，到吸烟区抽了支烟。再回去时，姜皑已经不在后院，他蹙眉，还没走进屋，又退出去。

顺着廊道走到大厅，看见熟悉的身影裹着浴袍正在和老板喝酒。姜皑背对着他，晃了晃手中的酒盏，其间一口喝掉三杯清酒。

老板先发现江吟："你男朋友出来找你了。"

姜皑在想事情，一时没缓过神来："什么？"

下一秒，江吟略带凉意的手指搭在她肩膀上，冷意顺着肩线往她怀里冲。

完了，被逮住偷喝酒了。

气氛冷场几秒钟。

姜皑泡完温泉，又喝了酒，此刻脸颊泛红，黑眸湿漉漉地瞅他，是

232

个男人都把持不住。

江吟看着她，微不可察地叹了一口气："该回去了。"

姜皑向老板道谢，跟在江吟身后亦步亦趋地回到房间。

他席地而坐，开始解领带，手指抚上衬衫成排的镶花纽扣，解开第一粒，第二粒……露出平直的锁骨。

姜皑舔了舔干涩的嘴角，背过身摆弄那盏精致的香薰灯。身后传来细细簌簌的布料摩擦声，她的神经顿时绷紧，连呼吸都乱了。

江吟穿衣服的手停住，问她："男士浴衣是左片在上吗？"

姜皑回头看他一眼，神情微动，起身走到他面前，伸手拉住浴衣的两片衣襟，固定好后，双手顺着衣线滑至腰侧。

江吟被薄薄的一层布料包裹住的身躯正散发着温热。姜皑手指蜷起，有点后悔给他帮忙，她现在有种骑虎难下的感觉。

江吟低下头，从四肢百骸袭来的燥热简直要把他灼伤。他没敢再看正半蹲下给他系腰带的姜皑，脑海中仅存的理智不停地提醒他，她没有痊愈，她抗拒你的接触。

江吟闭上双眼，再看一遍，怕是要被折磨到疯。

姜皑在日本读书的时候，修过日本传统礼节及服饰穿戴这门课程，大型和服的步骤她记不得了，但日常的浴衣她勉强可以应付。

她系好腰带，站起身，手指抚上衣襟，动作轻柔地捋平褶皱。最后检查完才说："可以了。"

四目相视，江吟没移开目光，静静地凝视她。姜皑猝不及防被他漆黑的眸子攥住视线，一时怔在那，直到江吟温热的身躯渐渐靠近，她才猛然回神。

他压低声线，嗓音低哑，像是在极力忍耐着什么。

"如果不行，要告诉我。"

既然能迈出第一步，既然可以接受牵手和拥抱，那亲吻，也没关系吧？姜皑这样想着。

　　姜皑紧紧抓住江吟的浴衣两侧，拼命忍住生理性不适，目光掠过他漆深的眼，高挺的鼻梁，最后落到近在咫尺的薄唇上。

　　江吟轻轻捏住她的下巴，试探性地靠近几寸，唇瓣相碰。姜皑紧绷的神经"啪"的一声绷断，她猛地推开他，朝洗漱间跑去，身影狼狈。

　　江吟扶住发胀的眉心，退后一步，轻靠在桌沿上。

　　洗漱间的隔帘被猛地掀起，又轻飘飘地回归原位。姜皑双手撑在木制洗手台两侧，眼眶泛红，突来的胃痉挛，似乎挺破坏气氛的。

　　她整理好自己，掀开帘布一小角，无措地站在原地，她该怎么面对他？

　　与此同时，一道清冽干净的声音落下，不带任何情绪："出来。"

　　姜皑重新掀开帘子，低着头走到江吟身边。

　　房间里灯光昏暗，照得人影也不太清晰。她沉住气，声音带着些许鼻音："我刚刚，不是故意的。"

　　江吟没想到她开口第一句是道歉，神情稍怔，片刻后恢复原状。

　　"皑皑，我没生气。"他又回到最初的牵手和拥抱，动作很轻地摸了下她的发顶，"我们以后有很多次机会来尝试，你不必介意。"

　　他的这种包容与谅解，瞬间让姜皑红了眼眶："江吟，我非常喜欢你。"

　　安抚她不停颤抖的动作停顿了一下，江吟的声音很轻："我知道。"

　　她在日本的每个夜晚都会想，江吟，我还是非常非常喜欢你，所以你可不可以转过身，回头看看我，用力抱住我，用熟悉的声音告诉我，皑皑，我们好好在一起？

　　新雪谷的夜雪降临得悄无声息，当晚姜皑窝在江吟怀里沉沉地睡去，直到第二天雪天初霁，阳光透过窗幔打在眼皮上，姜皑才悠悠转醒。

　　江吟还睡着，一条胳膊搭在她身上，薄唇稍稍抿起，呼吸均匀清浅。

　　姜皑凑过去，指尖碰了碰他乖顺耷落的睫毛。从第一次见面开始，她就觉得，男生的眼睛一旦长得太好看，不管是有意无意地凝视，都会让人有种心头小鹿乱撞的心动。

忽然想起昨晚那个不成功的吻，姜皑长长地叹了一口气，手指滑落到江吟的发际边缘，捻起他的一撮头发。发丝柔软，微微打卷，可能是睡了一夜的原因，造型谈不上好看。

姜皑翻身坐起，从枕头边掏出手机，给尹夏知发了一条短信，简单地讲述了昨晚事情的经过。

不一会儿那边回复："失败了？那再亲一次试试。"

姜皑面无表情："尹医生，我是认真的。"

隔了很久，尹夏知没再回复。

姜皑扒了扒头发，重新躺下，她睡惯了床，现在躺在榻榻米上有点硌得慌。她翻来覆去几次，最后把身侧的江吟吵醒了。

江吟伸出手搂住她的腰，姜皑瞬间不敢动弹了。

"再躺一会儿。"江吟的声音中带着刚睡醒的鼻音，尾音上扬，有点儿蛊惑人心的意味。

"哦……"

姜皑蜷起腿，悄悄拉上因为睡觉不老实大敞开的浴衣衣襟，动作不小心碰到他，整个人怔在那里。

她小心翼翼地抬起头，发现江吟仍闭着眼，又开始小幅度地系腰带。

把自己包裹严实后，她乖顺地窝进他怀里，重新找回睡意。

上午十点钟，大厅里聚集了跟团来的游客，老板和姜皑他们解释，新雪谷滑雪场每年都会吸引来自全国各地的滑雪爱好者。正逢北海道冬季，他每周都会接待这样大规模的旅行团。

老板给江吟斟酒："如果你们有兴趣，也可以去看看。"

"谢谢。"江吟淡淡一笑，问，"会滑雪吗？"后面的话是对姜皑说的。

姜皑正盯着他手里的那杯酒，这家老板酿的清酒格外醇香，只是闻一闻，就让人发馋。

"不会。"意料之中的答案。

江吟将酒盏从手指间转了一圈，最后推到她面前："尝尝？"

姜皑抬眼打量他，试图从他浅淡的笑意中窥探到他内心深处的想法。按照以往，江吟绝不会这么轻易松口。

她手指微动，慢吞吞地接过杯子："你该不会有别的想法吧？"

"有。"

杯子边沿碰到嘴唇，姜皑忍住翻白眼的冲动，一口闷下，怨气十足地瞅他："不会是要拉着我去滑雪吧？"

江吟扬眉，递给她一个赞许的眼神："陪我去看看？"

姜皑轻轻地咬了下舌尖，清酒后劲辛辣，炸开她每一个味蕾。她思忖片刻，最后点点头，想着也许主动与社会接轨，多运动，有助于病情好转。

新雪谷滑雪场年降雪量平均二十一米，新雪覆盖住山头雪道，疏密不齐的树木枝丫挂满了即将坠落的积雪，他们排队进场还能不时地听到枝丫"咔嚓"断裂的响声。

姜皑站在入口等江吟租来雪具，她天生不爱运动，初高中上体育课总是躲在队伍后面伺机溜出操场。

半晌，江吟和一名陌生男人一起回来。

姜皑看到男人的铭牌，是滑雪场的教练。打过招呼后，教练帮姜皑戴好安全设施。蓝色的头盔戴在头上，让她的视野不太开阔。

教练检查好两人的雪具，领他们到无人的宽阔雪道上。

姜皑脚步虚晃，紧紧拽住江吟的衣摆不放手。

教练先给她示范一遍："不要心急，慢慢滑落。"他停在中途，给斜坡上的两人打个手势，示意他们可以自己试一试。

姜皑抿了下唇，在江吟鼓励的眼神下慢慢放开他的衣角，用滑雪杖支住地，从平地上滑动到雪道起始地，她抬起头，表情为难："江吟，你到下面接住我。"

江吟系统学过滑雪，但不会教人。听到她可怜巴巴的哀求，他缓缓弯起嘴角："好啊，我接住你。"

说完，他抬起滑雪杖，姜皑还没看清他的动作，人就已经滑出去了。

滑雪板印在雪地上，留下一串流畅的印记。最后动作利落地停住，他借势转过身。

姜皑缓缓支住地，身体前倾，滑雪板顺势往前动，随着斜坡陡度变化，速度越来越快。滑雪板开始不受控制，她不知所措地回想教练说过的那套理论。最后她发现实战面前，理论根本派不上用场。

眼看快要到雪道终点了，滑雪板却磕上被雪覆盖住的一块石头。棱角将轨迹撞歪，姜皑下意识停住所有动作，整个人往前倒去。

完了，脸朝地。

江吟眼疾手快，扶住她倾倒的身子往怀里一拽。

没有预料中的疼痛。

姜皑抬起头，看到他嘴角隐忍的弧度，伸手捂住脸埋进他胸前，声音闷闷的："你不准笑！"

江吟板起脸："我不笑。"

姜皑站直身子，看到他眉眼间未来得及敛起的笑意："你还笑。"

这会江吟恢复以往淡然的神情，揉了揉她的发顶，安抚住她要炸毛的势头。

"我们再试试。"

姜皑抓紧滑雪杖，像是和这项运动犟上了，心底不甘心和不服输的劲儿被调动起来。她看了一眼周围，金发碧眼的小孩都可以在雪地上行动自如，她为什么不可以？

来来回回练习了五六遍，除了最开始的几次，直接撞进江吟怀里，到后面她几乎可以稳稳地到达终点。

于是教练去带别的人，留下江吟和她独占这个雪道。姜皑第八次从陡坡上滑下，动作流畅，最后稳稳地停在江吟身边。

患有双相障碍的人，短暂时间内会处于极其兴奋的状态，在这种兴奋的引导下，他们的学习能力非常人能及，因此，他们也被称为"暴躁中的天才"。

江吟回想起医学报告中的段落，整个人停顿了一瞬，他抿下唇，一言不发。

姜皑歪着头，缓慢地眨了眨眼："是我学得太慢了吗？"

借着雪色的映衬，此刻她白皙的皮肤略显病态，鼻尖有些红，睫毛轻颤。

江吟回过神来，伸手拂去落到她肩膀上的雪："你已经很好了。"

姜皑若有所思："你当时学了多久？"

"三个小时。"

她点点头："三个小时学会全部吗？"

江吟眉眼一抬，静静地看着她，仔细回忆了一会儿。

"没有那么厉害。"顿了顿，他又问，"你要喝水吗？"

姜皑舔了舔干涩的嘴角："我还想再滑一会儿。"

江吟望向休息区，垂眸看她一眼，蹲下，解开滑雪板："我去拿。"

姜皑低头研究他那双短板的构造，一时分神，半晌才恍神回复："噢，好。"

到休息区最快的方式是乘缆车，队伍排成两队，江吟绕过这些人，准备徒步走上去。他刷卡打开存储柜，再回到雪场，是一刻钟以后的事。

其间林深打来电话汇报公司情况，雪山里信号不稳定，他站在开阔的地方大致了解周氏的动向后，淡淡地回复："继续跟进吧。"

林深停顿片刻，话锋一转："你可以把姜助带回来了。"

江吟"嗯"了一声："都交代好了？"

"知道姜助病情的人都选择保密，没人敢去触霉头。"

"我知道了。"

收线后，又有个电话打进来，是尹夏知。她开门见山道："后天把她带回来吧，她需要复查各项指标。"

江吟沉思片刻："好。"

"你该不会对二人世界流连忘返了吧？"尹夏知笑出声，忍不住打趣，"皑皑现在是病人，我觉得你连靠近她都难。"

江吟一时没懂她的意思："嗯？"

"算了。"尹夏知撇嘴，和一个闷葫芦讲话真是心累，"后天下午一定要让我见到她。"

江吟收起手机，迈开步子朝雪道走，刚在斜坡上站定，目光触及雪道间围绕的一群人，左右环视一圈，没在人群中找到姜皑的身影。

他快步走过去，终于在人群中央看到她，还有一个金发女人抱着一个孩子。他蹙眉，走上前："怎么了？"

姜皑的肩膀轻颤着，坐在雪地里仰头看他，干涩的嘴唇被咬出血迹，与冷白的皮肤一对比，格外显眼。

江吟蹲下，视线和她齐平，又重复一遍："怎么了？"

姜皑眼风凛冽，神情很冷："你走后不久，那孩子冲出雪道，没戴头盔，额头撞到石头棱角上了。"

抱着孩子的女人很聒噪，江吟警告性地扫她一眼。

"我跑过去想帮忙，但他母亲冲过来一口咬定是我撞上她孩子才导致他受伤。"姜皑扶着他的手臂站起身，刚才被金发女人突然推了一把，她没稳住直接倒在雪地里，还崴了脚。

江吟俯身，拂去她身上的雪，声音轻柔，抚平她竖起的棱角。

"我去交涉。"

姜皑点点头，等他走出几步，突然不放心地跟上去。她不想让他一个人面对恶意的责难，也不甘心缩在他身后承受庇护。

江吟垂头，看到她主动牵过来的手，目光渐沉。姜皑踮脚站住，清冷的目光蜻蜓点水般掠过周围众说纷纭的人，忍耐住心底的怒意，绷直嘴角。

"这里有监控，你完全没必要在这和我理论。"她先开口，用英语，话语生硬，仿佛藏了一团火。

女人睁大眼睛："我的孩子每年都会来滑雪，不会出这样的差错！"

她作势要扑上来，孩子额头的血迹沾染到她白色的滑雪服上，触目惊心。

江吟不着痕迹地护住姜皑："等医护人员到场后，我们再争论也不迟。"

五分钟后，雪场的医护人员开车赶到，人群自动散开一道，医生是日本人，英语水平也不怎么样，和女人交涉起来很困难。

姜皑站在不远处，手指攥紧。看到女人因为语言不通更为焦急的神情，姜皑忽然想起，她小时候有次受伤，苏好也曾这样催促医生。不过后来，她都没能再见过这样关切的眼神了。

"我能不能去帮帮他？"她碰了下江吟的手背，怕他不理解，又急忙补充，"帮医生。"

江吟表情没变，没说话。

姜皑的视线又落回那女人瘦削的背影上："好吧，也有帮她的意思。"

江吟眼神微动，抬手揉了揉她的头发："去吧。"

姜皑眨了下眼睛，缓慢地转过身，深吸一口气迈出一步。她垂至身侧的手握成拳，恐惧地站在人们视野的聚焦点。虽然周围汇聚在一起的视线简直能将她灼伤，但她想要去尝试，想要快点好起来。

"她说，她孩子有严重的过敏症。"姜皑站在女人身后，声音微颤，"她希望你可以救好他。"

医生审视地看她一眼。

姜皑补充："我曾在日本做过翻译，请你相信我。"

女人眼角挂着泪，环住孩子的手收紧。

姜皑睨她一眼："孩子具体的过敏原您清楚吗？"

女人垂眸，摇摇头。

姜皑叹了一口气，压住心底的不耐，身体里有一股交错的力在不停地冲撞："除此，你还有什么需要交代的吗？"

女人谨慎地皱起眉头："我可以相信你吗？"

这样她要怎么回答？

医生做完初步诊断后，需要带孩子到医院做复查。姜皑将医生的消息一一传达，直到女人和孩子坐上救护车，她站在车边，手指紧紧攥住，试图平稳住自己的情绪。

车门关闭前，女人抬起头："谢谢你。"

姜皑怔住。

"你会有好报的。"

姜皑扯了一下嘴角，起初她可不是这般语气。

车开走，驶出人群的视野外，她紧绷的肩线顿时松懈下来。一直支撑住的脚踝终于受不住，从骨节深处泛出酸痛感。

江吟上前，揽住她的腿弯将她抱起。姜皑挣扎了一下，不小心扯动伤处，疼得她龇牙咧嘴。

江吟垂眸看她："手指疼吗？"

姜皑翻开手心，指腹内侧有明显的血印，是她不自觉掐的。如果不是他提醒，她估计要很晚才会发现。

"我刚才很紧张。"

"我知道。"

姜皑苦恼地皱眉："我表现得有那么明显？"

江吟抱她走到临时救治点，声音缓慢，有点哑："皑皑，你做得很好。"

入夜，半山腰处的温泉宾馆亮起霓虹灯，连绵一整个山际的彩灯将雪场照亮。

姜皑脚伤，没法徒步下山，只好排队等缆车。正赶上下山高峰期，等了半个小时，终于轮到他们。

江吟弯腰，递过来一只手："慢点。"

姜皑照顾到受伤的脚踝，动作幅度很夸张，好不容易坐下，她长吁出一口气。

缆车启动，透过透明玻璃可以俯瞰大半个城市，她凑到窗前，用手指抹去窗上的雾气，试图将景色看得更清晰。

姜皑如今的模样就像是一个对什么都充满好奇的孩子。

江吟嘴角弯起，带出很淡的笑意。

过了一会儿，她放在膝盖上的手握成拳，黑眸湿漉漉的，看着他。

江吟手背抵住下巴，没明白她眼神中的含义："什么？"

姜皑往前凑了凑，两人之间的距离不过几寸，近到呼吸相贴。她看了他一会儿，静静地说："昨晚，没有成功的事。"

江吟呼吸一顿，挑起眉，伸手碰了下她火烧般的耳垂。姜皑没有后退，反而是抬手圈住他的脖颈，整个人凑上去，动作迅速地吻住他的唇，温热的唇瓣贴上来，有股淡淡的薄荷香味。

她的所有动作顿时被按下暂停键，整个人顿在那，不知道下一步该怎么做。

姜皑抬眼，对上江吟漆黑的眸子，被他眼底浓郁的情愫吓到，她下意识要退回来。江吟却适时扣住她的下巴，阻止她后退的动作，指尖带着凉意，力道却是轻柔的。

姜皑脊背僵直，闭上眼，有种慨然赴死的既视感。江吟含住她的唇，低低笑出声："你慌什么？"

姜皑唇齿间似乎还存留着他清冽的气息，她抿下嘴角，看着他，脸颊有些红。

最后，一通电话打破这旖旎的氛围。江吟对她做了个口型，是他妈妈。姜皑眨眨眼，想说的话悉数咽回去。

"嗯，在日本。"江吟牵住她的手放到膝盖上，他侧过脸，轮廓隐在暗色中，似乎听到什么有趣的事情，笑出声，然后他看了一眼对面的姜皑："嗯，是女生……她很好，不过现在还不行……会吓到她的。"

挂断后，江吟抬头看她："想问什么？"

姜皑摇摇头，他的妈妈，一定是个很好的人，他的家庭，一定比想象中还要和睦温馨。

"我母亲很期待见到你。"江吟伸手给她整理被风吹乱的头发，"你现在没法接受，没关系。她挂电话前跟我说，好的姑娘，都是需要等的。"

姜皑仰头凝视他，神情慢慢发生变化。然后听到他清晰的声音再次响起："你那么好，我多等等，也没有关系。"

姜皑行动不便，下车后被江吟一路抱进旅社。老板看见他俩，连忙迎出来，语气焦急："这是怎么了？"

"脚伤到了。"江吟想起什么，对上老板关切的眼，"请问您有药酒吗？"

"有的，我去给你们拿。"

空荡的大厅只剩下他们，姜皑挣扎着要下来，她不习惯被人一直抱着："我能自己走的。"

江吟面无表情，一板一眼地说："自己走，然后明天脚踝肿成馒头？"

姜皑被噎住，好像有这个可能。

江吟推开房间门，把怀里的人放下，又转身走回大厅，接过老板递来的药酒。

"这酒最好是泡会儿温泉，等舒筋活络后涂上，药效才好。"

老板一连串说了很多江吟听不懂的词语，通过肢体语言表达，江吟最终弄清楚他的意思。

「你不要
对我笑

"谢谢，我知道了。"

回到内间，姜皑脱下鞋袜，轻轻活动了一下受伤的关节，酸痛感传来，没动两下就放弃了。

江吟蹲下身，手指抚上她的脚踝。姜皑体寒，一到冬天手脚冰凉，把她小巧的脚跟握在手心里，像攥住一块冰似的。

他动作轻柔地揉了几下："疼吗？"

姜皑忍得眼泪汪汪，觉得矫情没表露得太明显，也不敢抽回脚，半晌哼出声："挺疼的。"

江吟声音沉静："老板说，泡会儿温泉活血，再涂药，效果会好一点。"

姜皑点点头："好，那我去泡。"

他抬头看她一眼，紧抿的唇线松开："不需要我帮忙吗？"

帮忙……帮什么忙？姜皑的神情有些茫然，他的意思是要帮忙洗澡吗？

她下意识缩了缩脚趾，表情复杂："这不太好吧？"

"我的意思是，里屋到后院有一段距离，你确定你能单脚跳过去？"江吟叹了一口气，随即起身，"你换衣服吧。"

对比他这过分冷静的模样，姜皑觉得自己刚才那种心理简直亵渎了他，她低头，开始忏悔。

突然，她猝不及防听到走到门口的江吟说："你以为是什么？"

姜皑慢吞吞地抬起头，对上一双过分清亮的眸子。她的脸颊不经意间泛红："没以为是什么。"

江吟静静地站在那，手搭在腰间，斜斜垂下视线，嘴角弯出淡淡的笑，表情中是明显的玩味。

"是吗？"

他这种不相信的语气是闹哪般？

姜皑面无表情，眼底的愧疚淡去，转过身开始解衬衣扣子。江吟

244

饶有兴趣地挑起眉，关上推拉门，朝室外吸烟区走去，给她留一支烟的时间换衣服。

姜皑换好浴衣，蹲在落地窗前，透过一扇玻璃能看到不远处的吸烟区。那边有不少年轻男人聚集，三三两两叼着香烟，谈笑间吞吐烟雾，唯独江吟安静地站在一旁。

其间有人去和他搭讪，但都被他一脸冷漠地避之千里。江吟最后让那些人吵得心情烦躁，索性走进竹门，将隔栅关上。

姜皑没来得及收回视线，与他淡然的目光在空中撞上。她怀里抱着挡风的衣服和毛巾，仰头看他，隔着一扇玻璃，仍能感受到他炙热的眼神。

片刻，江吟掐灭手中的烟，快步向她走来。

姜皑站起身，摇摇晃晃地说："我感觉这伤好多了。"

言下之意，她可以自己去洗浴间，哪怕是蹦跶着去。

江吟垂眸，仔细端详着她的脚踝，骨节处比上午刚扭伤时肿了不少，隐隐泛起青紫色，与周围白皙的肌肤一对比，显得格外骇人。

"你确定它好多了？"他明显感觉到自己太阳穴突突地疼，没等她回答，他自顾自地弯腰抱起她，"和大学时一样不让人省心。"

姜皑垂着眼，没作声，牢牢地揽住他的脖颈。

一直安静到淋浴室门口，江吟把她放下："我在外面等你，你有事叫我。"

他的声线依旧压得很低，整句话没有什么波澜起伏，落到她耳朵里，奇异地添了几丝暖意。

姜皑推开淋浴室的门，进去后慢慢关上门。

水声哗哗地响起，像是带着生命力，不停地砸到江吟心尖上。他站在门外，拼命压住心底蔓延出来的躁意。

江吟熟练地从口袋里掏出烟盒，抽出一支含到嘴里。他习惯用打火机，但来得匆忙，打火机给忘在家里的茶几上了，现在只能将就用旅社提供的火柴。

"嚓"的一声，火光瞬时亮起，烟头被点燃。他深吸一口，再缓缓吐出。

尼古丁的气息瞬间平复住他狂乱的心绪。之前抽烟的频率没有那么勤，自从重遇姜皑，总是有不同的理由逼他借此"消火"。

最初，他是想知道她四年前不辞而别的原因，知道原因后，隐忍的心情逼他不停忏悔，为什么不能早一点知晓她的苦衷？

就在江吟吞吐烟雾之际，淋浴室内传来一声尖叫。他立刻掐灭手中的烟，几步走上前敲门。

"皑皑？"

隔了不久，里面传来姜皑细微的声音："没事，摔了一下。"

江吟紧拧眉头，按捺住马上推门而入的心情，耐着性子问："我能进去吗？"

姜皑颤着声音说："可以。"

她是穿衣服的时候不小心踩到泡沫滑倒的，浴衣下摆湿漉漉地贴在身上。江吟听她这么说，才推门进去。

狭小的淋浴室里雾气朦胧，有凉气顺着打开的门灌进来。姜皑瑟缩着肩膀，扶住地板，试图站起身，纤细的手臂从宽大的袖子里露出来。

江吟站得高，视线下落，甚至能看清她胸前若隐若现的白嫩肌肤。他深吸一口气，没说话，蹲下先看了看她的脚。

"还是摔的左脚？"

姜皑摇摇头，声音细微："不是。"

顿了顿，她抬眼，眸底氤氲着水光："摔屁股了。"

江吟默默收回想要拦腰抱起她的动作，一时不知该如何下手。最后试探性地扶住她的肩膀，另一只手扶住她的腿弯，将她整个人扛到肩膀上。

姜皑顿时蒙了。视野颠倒，她眼前只有他笔直的长腿，西装裤板正得毫无褶皱。

回过神来，意识到现在是以怎样的方式被他扛起来，姜皑睁大眼："江吟，你放我下来啊！"

江吟深吸一口气，面无表情："别乱动。"

闻言，她不停乱动的腿终于停下，委屈又可怜地叫了他一声："江吟，我浴衣翻上去了。"

真是折磨人。

江吟伸出手给她整理好衣服下摆，不自觉加快脚步。

到温泉旁边的台沿上，江吟把她放下，身上闷出了一层薄汗。他双手搭在腰间，牙关不着痕迹地摩擦几下，表情有些无奈。

姜皑反手揉了几下摔疼的地方，秀气的眉皱在一起。

江吟挑眉："还知道疼？"

姜皑咬了下嘴唇，慢吞吞地停下手中的动作，转身将脚探进温热的池里。

脚踝处的酸疼感瞬间得到缓解，她用手撩起一捧水，洒到腿上，再任由其顺着膝盖流下去。

随着她的动作，本就宽松的浴衣衣襟滑下，露出她白皙的肩头。他不自然地转过身，语气生硬："我去拿药酒。"

姜皑低低地"嗯"了一声，安静地坐在那，垂眸看鼓起来一块的脚踝，明天该不会真的肿成馒头吧？

江吟取完药酒回来，就看到她正拿毛巾擦干腿上的水。

他坐到比她矮一阶的台沿上，抬起她的脚搭在自己的腿上，用手指轻轻地按了一下骨节，姜皑条件反射地抬起小腿。

江吟伸手按住她："想踢我？"

"不是。"她拽住他的衣袖，语气略带讨好："你轻一点可以吗？"

江吟的表情瞧着冷，心里面还是不自觉柔软下去。他从瓶里倒出红色的液体，双手合住摩擦生热后敷到她脚踝处。

姜皑观察着他的动作，抬起眼认真地对他说："好像不那么疼了。"

江吟动作轻柔地转动手腕，没忍住拆穿她："心理作用。"

"哦。"她撇嘴，往后一靠，整个人瘫下去，看向天空，"今天没有月亮。"

"要下雪。"江吟松开手，侧脸线条绷得有点紧，"起来，地上凉。"

姜皑没动作，拉住他的手，指尖动了动，蹭到他手心里残留的液体。

"我们回去之后，也会继续在一起吗？"她话里有担忧，也有期待。她怕这几天只是美梦一场，回到中国，她又要回到空荡的房间，没有温度，没有人情味。

江吟将她从地上拉起来，黑眸中的情绪深沉且不可探知。姜皑被迫凝视他的眼睛，她眼底的担忧一时无所遁形。

江吟伸手，温热的掌心贴上她的侧脸："会的。"

简单的两个字，却瞬间撩动姜皑的心弦。她轻轻地咬了下舌尖，慢吞吞地凑上去："亲一口，可以吗？"

江吟登时被她逗笑了："应该是问你自己，可以吗？"

"我觉得，应该可以。"

姜皑神情严肃，手臂揽住他的脖颈，不紧不慢地蹭过去，嘴唇落到他的嘴角。她伸出舌尖舔了下上颚，不经意碰到他的嘴唇。

江吟瞬间僵住，所有的举动都发乎情，他反手扣住她的后脑，唇舌压下去，吞吐间全是两个人交缠的气息。最后，姜皑喘不过气来，江吟才放开她。

江吟伸手把她揽入怀中，下巴抵住她的发顶，声音中略带笑意："我觉得回国后尹医生会很惊讶。"

姜皑一愣，过了几秒明白他的意思。来日本前，她还像个刺猬似的，对外界竖起防备的倒刺。这才不过几天，就抱也抱了，亲也亲了。

江吟嘴角的笑意更浓："好皑皑，别让我等太久。"

Chapter 13

余留一颗爱你的心最干净

▼

回国的机票定的是经济舱，尹夏知通知得太紧急，头等舱已经售罄。

一排三个人，姜皑靠窗，她将遮光板落下，靠着窗迷迷糊糊地打瞌睡。昨晚上旅社老板请他们喝酒，她趁江吟留在房间办公的空隙多喝了几杯，最后酒劲上来，热得她睡不着，现在困意缠上来，难受极了。

江吟向乘务员要了毯子，展开后铺到姜皑身上。她揪住毛毯的一角，把自己裹得严严实实。

下午三点钟落地，江吟牵着她的手随人流往外走，停到通道口时，他抬起手腕看了看时间。林深正好开车过来，半降下车窗："江总。"

江吟打开车门，让姜皑先上车。林深帮忙把行李箱放进去，其间不忘说："周氏的发布会提前到今天下午五点，我们要直接过去吗？"

江吟抬眉，思忖片刻："既然他们等不及，我们就去看看。"

"不问问姜助的意思？"

江吟睨他一眼，眼风凛冽逼人："问。"

林深啧声，果然，恋爱中的男人就是不一样。

行至半途，江吟放置在膝上不停轻敲的指尖突然停下，他斟酌了半路，不知道如何开口。

林深接收到老板的眼神示意，轻咳一声："姜助，周氏抢在我们前面入市了一部抑郁症治疗仪，今天下午开发布会，我们去凑凑热闹？"

姜皑蹙眉，周逸寻什么时候有的这么大的野心？看样子他势必要在医疗器械业争一分席地。

"好啊。"她轻飘飘地回答，侧目看了一眼身旁的江吟，怪不得他从上车开始就欲言又止。江吟不自然地撇过头，假装看窗外的风景。

会场选在国贸大厦一层，平时下班时人流较多。周氏是 S 市知名企业，进军医疗器械业自然受到不少媒体关注。

这一消息放出来，不少精明的媒体工作者立刻把 TK 拉出来对比，与日企合作，技术领先又有很好的口碑，两家的竞争势必会格外激烈。

江吟不以为然，坐在车里有一搭没一搭地听着新闻，最后淡淡地开口："关上吧。"

姜皑自然知道，周氏研发的这款"眷梦"是融合了伊藤提供的技术核心方案。当然，如果她翻译准确，一字不差，TK 现在才是真的有危机感。

"周逸寻应该不会直接用那套偷来的方案。"

林深转过头："这个案子后来由周亭东操刀，好像不允许周逸寻参与进来。"

姜皑轻嗤一声，把儿子当贼防，除了周家没别人。

下午五点钟，江吟他们一行人进入国贸，一楼大厅被围得水泄不通。升降台上摆放着周氏的产品，外形仿照睡眠治疗仪，采用低频电子脉冲，舒缓病人紧绷的情绪。主机是半个手掌大小的椭圆形，和 TK 制作的相似。

江吟掀了掀眼皮，毫不留情地讽刺："模仿得不像。"

林深哼声："我们这是治疗仪，他们那个顶多是暖手宝。"

姜皑的眉眼忍不住染上笑意。

周亭东亲自到场，即使年近五十，但儒雅的身段依旧引来不少女生侧目。他站到台上，主持人立刻出声介绍："欢迎我们的周氏董事长，周亭东先生。"

姜皑象征性地拍了两下手，眉眼间的讽刺简直要溢出来。

江吟无奈，拉下她鼓掌的爪子："别勉强自己给这种人捧场。"

周亭东简单介绍了几句"眷梦"的用处后，就轮到记者的提问时间。

"请问周董，您研制这项器械的初衷是什么？"

周亭东温和一笑："我的女儿，也就是我的继女，是心理疾病患者，我很了解这类人群的痛苦与无奈，所以想为他们做些事。"

话音刚落，姜皑攥紧手指，指甲盖几乎要嵌进肉里。

"虚伪"这两个字眼是哼出来的，她不屑用过多的词语去形容他。

江吟拉开她紧攥的手，下巴抵在她发顶上，轻声道："我们继续看。"

姜皑若有所思地盯着他："我怎么觉得你留有后招？"

江吟扬眉，但笑不语，她从未见过他这样阴沉的表情。

为配合宣传，周氏录制了临时调研时的短片，指不定是否存在造假行为。姜皑兴致寥寥，林深却眼睛一亮，语气中是压制不住的欣喜："来了。"

姜皑眯了眯眼，看着开始播放的短片，起初是四个患者配合地戴上治疗仪，一切进展都很正常。到最后，黑幕降下，其中三个人开始发狂，嘶吼声响彻整个大厅。

许多小孩都被这声音吓哭。记者们抓紧时间捕捉第一线新闻，周亭东脸色骤变，眼神狠厉。

姜皑往后退了一步，终于明白江吟的后招是什么。要让周氏在最受瞩目的时候毁掉自己，无异于将这款偷来的"眷梦"当成最利的匕首，狠狠地扎入周氏的心脏。

"这还不算完。"江吟的语气淡淡的，"后期会有政府部门介入，调查这项技术来源。"

姜皑沉下心思："他们还是用了错误的科技方案？"

江吟点点头："因为太急功近利，他们得到方案就以为万无一失。仿照原产品制出仿品后，也没有认真调研，就急忙赶在 TK 前投入市场。"

场内秩序混乱，有些慕名而来的患者家属纷纷表示拒绝购买这款产品。短片最后停在写着四位调研者产品用后的治疗测试上，他们的抑郁情况不但没有好转，反而进一步恶化。

公众混乱引来警方关注，周亭东被迫离开舞台，背影暗淡到无人关注。

林深不停地叹气："商业大佬如今沦落到这样的境地，还有坐牢的可能。"

姜皑紧抿的嘴角松开，心中热得发胀，像是积怨已久的那股恶气，突然冲破紧压住的桎梏。

江吟摸了摸她的发顶："爽快吗？"

姜皑睁大眼睛，神情无辜又纯真："当然。"

诚然，她不是个完美的人，没法做到看见心中所恨之人遭到报复后，还有同情怜悯的心情。

周亭东被警方带走调查，发布会直播到此结束。往后几天，甚至一周，新闻报道都会提及他一生以来的第一次败笔。

姜皑的眼眶突然酸涩起来。

四年前，这世界上没有一个人信她，好在，不久后的将来，有人愿意一直护着她。

这是多幸运的事情。

车停到诊疗室楼下。

江吟要推门下车，却被姜皑拉住衣袖，他侧过头看她："怎么了？"

姜皑对上他漆黑的眸子，抿下嘴角，斟酌了一会儿开口："让我自己上去吧。"

江吟，掀了掀眼帘："你自己可以吗？"

姜皑拽住他衣袖的力道极大，骨节处微微泛白："应该可以。"

江吟神情莫辨，眼底的情绪黑沉沉的，抓住车门把的手臂有些僵硬。

片刻，他听到她清朗的声音响起："如果是好消息，我希望能亲口告诉你。"

这会儿他才放心，收回手重新搭到膝盖上，话中带笑："去吧。"

姜皑忍住心底的不安，推门下车，总有一些事情，是需要她自己去面对的。凛冽的寒风从四面八方涌来，吹得她鼻尖酸涩，她伸手捂住口鼻呵出一口热气，趁温度未冷却前搓了几下手心，高悬的心终于镇定下来。

尹夏知送走最后一批病人，终于等来姜皑。她停住手中的笔，凉凉地开口："哟，知道回来了？"

姜皑站在门口，顿了一下，视线习惯性环视两圈，发现她把窗台边上的懒人沙发给撤了。上班时尹夏知穿着白大褂，本来就清冷的长相，现在看起来显得让人更难以接近。她拿笔尖敲了下桌面，静等姜皑的回答。

"不是你让我们回来的吗？"

尹夏知拼命保持冷静，听到她这句话，脑袋中紧绷的那根理智的弦"啪"的一声断掉。

姜皑反身关上门："其实也应该回来了。"

"算你有自知之明。"尹夏知哼声。说完，她起身去书柜取出SDS抑郁自评表放到姜皑面前，"简单写写。"

姜皑垂眸，手指按住页脚，声音平静："如果按照病期阶段，我现在是不是该抑郁了？"

尹夏知抬眼，没摸清她话里的情绪，叹了一口气，照实回答："是。"

面前的人久久没有别的举动，也不言语，只是静静地看着那张纸。从尹夏知的角度，仅能看到姜皑微抿起的嘴角，以及被长发半拢半遮住的侧脸。

尹夏知有种不太好的预感。

姜皑这个模样，和四年前在日本时简直太像了。

"皑皑，可以治好的。"尹夏知不自觉地放软语气，越过半张桌子牵住她的手，"没关系，我们都会陪着你。"

她不知道如何安慰姜皑，这几秒钟简直要把肚子里为数不多的安慰语倒腾出来仔细择选，生怕一不留神就说错话。

尹夏知温热的手心触碰到姜皑冰凉的手背，她咬住嘴唇，她最怕看到姜皑这样了。

姜皑缩了缩手指，长睫毛颤动几下，突然，她笑出声来。

尹夏知不明所以。

姜皑抬起头，紧攥起的手松开，嘴角噙着淡淡的笑意："其实，我感觉我好多了。"

尹夏知面无表情地收回手："胆儿肥了啊。"

姜皑往后靠着椅背，拾起桌上的圆珠笔，大体浏览了一遍题目，开始填答案。就算现在好不了，以后她也会努力，尽一切可能去生存，因为她真的好想好想继续和江吟在一起啊。

十分钟，姜皑没犹豫，答完最后一道题就把纸推过去。扣上笔盖，将笔放回原处。尹夏知若有所思地看她一眼，低头看纸上的答案。

SDS 分界线是 53 分，53 分以上，以 62 分和 72 分为分界，其间分别为轻度，重度抑郁。这份答卷不但没有高于 53 分到达轻度抑郁，反而只有 45 分，远远低于抑郁的标准。

虽然其中精神性和情感症状达到正常人偏低的水平，抑郁心理障碍中的自我贬值，无价值感的问题比较突出。但每个正常人都会有失望带来的无望感，这根本不足以判定一个人是否有抑郁症。

尹夏知收好测试表，又问了姜皑几个常见性的问题，最后得出一个结论："你的躁郁倾向控制住了。"

姜皑表情微变，口吻难以置信："真的？"

尹夏知抬起下颌，笑眯起眼："该好好感谢江吟啊。"走的时候还是郁郁寡欢、看破尘世的人，回来竟然真的有好转的迹象。

姜皑收拾了下情绪，不自觉地屏住呼吸。指甲盖嵌入皮肤里，勉强让她找回真实感。

"今天下午的直播我看了。"尹夏知斟酌着说辞，顿了顿，她将下巴抵在手背上，声音温柔，劝导姜皑，"所有的事情都在往好的方向发展，现在有人疼惜你，爱护你，过去的事情就不要再记在心上，让自己为难了。"

姜皑轻轻地点头，以后，应该不会再犯了吧？

不要再这样了，她好不容易，才挺过来。

姜皑走出诊疗室时，夜幕已经落下，天边呈现浓稠的黑蓝色，一轮皎月挂在上面，尖端从云缝中凌厉地刺出，刺破厚重的天幕。

她走到车前，屈指敲了敲玻璃。江吟半落下车窗，一脸担忧的样子："上车说，外面冷。"

姜皑倾身，将手搭在窗沿，在车厢顶灯的映衬下，眼底似乎有光。

"我们走回家吧。"末了，她又添上一句话，"像普通情侣那样。"

江吟的视线落到她弯起的眉眼上，抿紧唇，没有立刻回答。推门下车时，她心底隐隐有个期待的想法冒出来，嘴角翘起来一些，挥手让林深驱车离开。

两人相视而立。

姜皑嘴角的笑意很浓："尹医生说，我的躁郁倾向控制住了。"

一切尽如他意。

江吟牵起她的手往前走，融入街边的人流中，步履放缓。

"是不是过不了多久，你就可以痊愈了？"他的尾音压得很低，却控制不住话语中的欣喜。

姜皑低了低头，声音很小，没有底气。

"可能吧。"

江吟轻描淡写地带过这个话题："现在的你，已经很好了。"

姜皑怔愣，随即意识到这是江吟的情话。她想说点什么，脑海中却空白一片，话到嘴边觉得太矫情，又咽回嗓子眼里。她眨了下眼，回握住他的手，胸腔里所有的郁气仿佛一瞬间都被满心的爱意取代。

两人心情都不错，步伐也轻快，市中心距离江吟的公寓近，步行二十分钟就到了楼下。

夜色深浓，带着人情味。

林深守着行李箱站在房间门口，一脸哀怨地看他们优哉游哉地乘电梯上来。他回到家，突然想起老板的行李，作为单身狗，没人惦记没人记挂，他只好从沙发上爬起来给老板送行李。

江吟有点意外："行李明天取就好，没必要专程跑一趟。"

"但是姜助的行李……"

被点到名，姜皑抬起头："没关系，这里有几件衣服。"

林深顿时郁闷了："可能是我疏忽了。"

姜皑不明白，疏忽什么？疏忽掉她已经住过男朋友家了？

江吟抬头望了望天，从他手中接过行李箱，随口一提："前天阿姨给你介绍的姑娘，不合心意？"

林深无意间被戳到痛处，长长地叹了口气。江吟平淡地补充："年终奖的名额已经拟好了，总不能让你两样都得不到。"

林深捶胸顿足："老板，我想放假。"

江吟输入密码打开门，侧身让姜皑先进去，淡淡地睨他一眼："可以啊，我记得 TK 的婚假有一个月。"

林深不准备继续和他说下去，皮笑肉不笑地说了句"再见"后朝电梯走去。

几秒钟，电梯到达。

江吟轻靠在门栏上，突然道："林深，谢谢。"

走到门口的人脚步一顿，漫不经心地笑了笑："应该的。"

姜皑把行李箱拉到卧室，找出换洗的衣服准备去洗澡。江吟已经洗漱完了，身上沾着从浴室带出来的柔和水汽。深蓝色的毛巾搭在他的头顶上，水珠顺着发梢缓慢滴落，浴衣的衣襟敞开，露出一片蜜色的肌肤。

姜皑微愣，下意识舔了舔嘴角。

"去洗吧，水温记得调高一点。"

她点点头，绕过江吟走进浴室。

琉璃台上放着干净的毛巾，她上次来用过的，粉色边，摸起来手感很好。浴室干湿分离，玻璃壁上挂着水珠，正不停地往下滑。

姜皑速度快，一刻钟就洗漱完毕，用毛巾裹紧头发走出去。卧室里只开了一盏顶灯，柔和的光线倾落而下，铺满整个房间。江吟坐在窗前的沙发里看文件，手边放着吹风机。

时过半年，姜皑原本及腰的头发又长了不少。夏天还好，气温高，洗完头发一会儿便可以自然干。但一到冬季，这头长发像是累赘，她想剪却舍不得。

江吟放下手中的文件，将吹风机插上电，用手心试了下温度，出声叫她过去。姜皑松开毛巾，长发散下来。

"这头发，要吹好久。"

江吟垂眸，目光沉静："没关系。"

她仰起头看他一眼："要不我抽空去剪短？"

江吟沉默了一会儿，抬手捻起她的发尾："还是留长吧。"

姜皑不解地抬眼回望，江吟指尖的温度很低，偶尔碰到她的脖颈，传来一阵凉意，让她不自觉地避开。

江吟有条不紊地给她吹头发，直到最后，吹风机声音消失，耳畔仅余他清冽干净的嗓音。

"穿婚纱，还是长发好看。"

姜皑所有的动作霎时被按下静止键，整个人的感官瞬间放大到最敏感的程度，有残留的水珠顺着她的发梢滴落到背上，透过一层薄质家居服渗透入里，所有的声音顷刻消湮，静到呼吸可闻。

她眨眨眼，仰起头看他："江吟，你知不知道这句话的含义？"

江吟的视线垂了垂，声音毫无波澜，像是在陈述一个再平常不过的事实："我记得，我在去日本的飞机上就说得很明白了。"

去日本的飞机上……

姜皑习惯性地轻咬舌尖，他是指遇到宋浩文，敷衍的那句马上就结婚？可那不是替她解围才说的吗？

江吟慢条斯理地缠好吹风机的电线，声音压得很低："我是认真的。"

江吟将手搭到她肩膀上，表情没有一丝开玩笑的意思："我和你说过的每一句话，都是认真的。"他的语速缓慢，尾音稍扬，撩拨得人心一颤一颤的。

　　姜皑耷下眼帘，伸手拉住他的浴袍衣摆，往他怀里凑了凑："明天我可以回去上班吗？"

　　江吟沉默了会儿："不多休息两天？"

　　"不了。"她将头埋在他怀里，僵直的肩线松懈下来，抱住他的手指不自觉地一点点收紧力道，压住起伏的情绪，轻声说，"我想快点好起来。"

　　——然后，嫁给你。

　　翌日，江吟到公司顺带捎上了姜皑，他不来 TK 有一阵子了，刚踏入公司大门，保安先是愣住，片刻才喊了句"江总好"。

　　这一声引来公司大厅里所有人的视线，随即响起此起彼伏的问候声。江吟下颚微绷，轻轻颔首表示打过招呼，又恢复一副冷淡的模样。姜皑跟在他身后，光明正大地打量着他颀长的背影。

　　中国有十几亿人口，偏偏是她与他相配，从大学时候跟在身后的小学妹，到四年后能继续站到他身边的女人，何其有幸！

　　走到电梯口，姜皑不紧不慢地收回视线，微弯起嘴角。江吟侧身让她先进去，随后按下关门的按键，电梯快速上升。

　　每到一层，姜皑的心就沉下一寸，侧脸线条绷得太紧，很难想象她此刻脸上的表情有多难看。

　　她伸出手活动了几下腮帮，透过身侧的玻璃窗依稀看到自己的倒影，五官差点皱成一团，原本清秀的小脸布上一层郁色。

　　江吟注意到她对着玻璃龇牙咧嘴，没忍住笑出声。姜皑停住所有的动作，黑漆漆的眼睛直勾勾地瞅他："你是不是也觉得，太难看了？"她微抬起下巴，眉头紧蹙，很像即将踏入考场紧张不已的学生。

"不难看。"江吟微微歪了下头，一本正经地打量她，清凉的视线从头顶下滑，到小巧的鼻尖，最后落到她紧抿的红唇上，平淡地补充，"只不过你的表情告诉我，你很紧张。"

姜皑微挑了下眉。

"甚至比面试时还要紧张。"江吟若有所思，想起她几个月前面试时的模样，"之前像是职场老油条。"

姜皑不理他，扭过头继续调整表情，说话的语气干巴巴的："我那么长时间没来，你说他们会不会以为我是犯病了？"

江吟抿下嘴角，没说话。他当然知道她紧张什么，越是骄傲的人，越怕别人怜悯同情的目光。

电梯到达，姜皑瞬间收敛起所有外露的神情，眉梢眼角都挂着一股冷冰冰的劲，和之前来上班时的模样没有差别。有种山雨欲来的平静。反正他们都知道了，她也没办法消除他们的记忆。

江吟从姜皑身边走过，不着痕迹地捉住她的手，握在手心里，指腹揉了下她的手腕。

"不会有人议论什么。"他笑了笑，递过去一个安心的眼神，"随意讨论老板女朋友的私事，是不想混了啊。"

姜皑睁大眼"啊"了一声，没等调整好表情，就被他牵着往前走。

经过大厅，格子间依旧忙碌如往昔，新聘请的秘书长怀里抱了五六份文件，见到他们，平淡地问好。

"江总，姜助。"

偌大的空间仅存留敲打键盘的声音，没有人抬起头投来疑惑的目光。很反常，很不符合顶层这群秘书的做事风格。

姜皑思来想去，没有找到合适的理由解释，最后，她用脚尖擦了下地板，小声地问身边的人："你是不是嘱咐过了？"

江吟扬眉，置若罔闻："我去工作了，如果你实在待不下去，就让谢权送你回去。"说完，他抬脚进入办公室。

姜皑没多留，回到办公室简单收拾好堆积成山的文件，放到最上面的是周氏曾经投递来的合作意向书。

她的目光在书上稍稍停留，片刻后移开。整理完废弃文件后，她将合作意向书一并投进碎纸机里。

周氏抢在 TK 前投市的"眷梦"无疑是周亭东最大的败笔，商人最忌疏漏，他却为了野心忽视掉最重要的问题，精明一世，糊涂一时。

姜皑重新坐回椅子里，放在桌上的手机亮了亮，屏幕显示是苏妤的来电，她任凭铃声响起，不接也不挂。

苏妤现在打电话来，无非是求她放过周亭东。最后屏幕熄灭，五分钟后收入一条短信。

姜皑兴致缺缺地翻开看，字里行间都能感受到苏妤发消息时的紧张与窘迫。

"皑皑，放过你周叔叔吧，如果你们再施压，他会坐牢的！"

紧接着又收入一条。

"可不可以和我谈谈？我们好好谈谈，都是一家人。"

多难堪啊，到最后沦落到求自己放弃的女儿。她是不是觉得，姜皑是没有心的，不会痛也不会受伤，所以不管是四年前还是如今，谁都可以朝她心上猛扎一刀？

姜皑将手机扔到桌上，机身与桌面摩擦发出清脆的响声。余音回荡在她的心尖，每一声都不停地提醒她，不能心软，不能动容。这群人，他们曾经怎样对你的……

姜皑用手背蹭掉眼眶的酸涩，打开电脑输入"周氏新品发布会"几个大字，相关的搜索全是有关周亭东的负面消息，现在只要有证据证明周氏涉嫌窃取 TK 的商业资料，他就彻底败了。

姜皑闭上眼，脑海中又浮现出周亭东狰狞的脸，覆上她肩膀的粗糙指腹，和那令人作呕的气息。

她勉强控制住生理性的反胃，拿起水杯仰头吞了一口凉水。澎湃的情绪被压住，她缓慢地靠回椅背，拾起手机回复："好。"

苏妤比约定的时间来早了十分钟。

姜皑坐在办公室，而苏妤被请进了一墙之隔的会客厅。

高三毕业的时候，姜皑成绩优异，作为优秀学生代表上台发言，那天是高考动员大会，班级里所有人的家长均被要求到场。

苏妤前一天晚上答应会来，姜皑听出她话中勉为其难的语气，其实不来也可以。没关系的，她可以自己上台，发言完毕后回到教室做题，一个人也没关系的。

然而学校突发奇想，准备了一个感恩环节，感谢父母的陪读与支持，学生要与到场家长牵手，在舒缓的钢琴中向家长道谢。姜皑作为代表，是要站在台上，完成这一环节的。

姜皑发言完毕，苏妤还未到场。她站在备受瞩目的台上，垂着头，脸上的表情淡淡的，毫不在意台下各怀心思的打量。

最后苏妤姗姗来迟，环节被迫延迟十分钟开始。那是姜皑平生做过的最虚伪的事情，她牵着苏妤的手，在其他人泪眼蒙眬的道谢中，冷眼打量眼前的女人。

发尾打着卷，发色光泽柔亮，的确比在座的每一位女性家长都要光彩亮人。就是这样美丽的女人，在丈夫离世后不久，再嫁他人，在亲生女儿差点被继父侵犯时，口口声声说："皑皑，你病了，你周叔叔，他怎么会是这样的人？"

姜皑睁开紧闭的双眼，起身离开办公室，去茶水间亲手给苏妤泡了一杯绿茶。

来到会客厅前，手指碰到门把，她长睫微颤，深吸一口气后推门而入。苏妤恰好抬起头，两人的目光在空中撞上，熟悉又陌生的感觉在碰撞间燃起火花。

姜皑撇开视线，把杯子推到她面前："你习惯喝的。"

苏妤点点头，神情很不自然，她不知道怎么开口，甚至不知道要如何称呼姜皑，怕说错了话，惹得她不开心。

姜皑看出她的顾忌，嘴角向下抿着，露出一个很淡的表情。

"周夫人，您想和我谈什么？"她咬字清晰，用格外陌生冷淡的语气叫苏妤"周夫人"。

苏妤猛地抬起眼，声音涩然难听："皑皑……"

姜皑不动声色，侧眼瞥她："还是要劝我放过周亭东？"

"皑皑，他毕竟是我的丈夫。"

她话中蹦出来的字眼，刺痛了姜皑的耳朵，她说，那个人是丈夫，那她父亲，何尝不是？

姜皑被她气笑了，话语生硬："不久前，在这间屋子里，周亭东威胁我，如果 TK 继续和周氏作对，他就将我试图诬陷继父侵犯的消息散播出去。"

苏妤一怔，不知道如何开口。

姜皑顿了顿，继续说："这样的人，你让我怎么放过他？"

苏妤双手握成拳放到膝盖上，紧紧地蹙起眉头，她听得出姜皑话中的决绝，甚至不知如何出口反驳。

姜皑察觉到她的神情变化，弯起嘴角："再说，您算我什么人呢，凭什么觉得我会为了一个不相干的人，去原谅周亭东？"

苏妤面如死灰，精致的指甲扣住单薄的丝袜，直到指甲深深陷进其中也毫无反应。

姜皑抬起手腕看了一眼表盘："抱歉，我还有其他的事情，就不陪您聊了。"

说完，她起身朝会客厅门口走，偌大的房间寂静无比，没有以往与谈判方竞争时剑拔弩张的嚣张气焰，更没有和合作伙伴谈笑风生的怡然。

现在坐在沙发上的人，对她而言，早已失去了"母亲"的含义。

她甚至，不清楚该如何定位她。

姜皑压下门把手，压制在心底的情绪排山倒海袭来，她深吸一口气准备离开，却听到身后传来夹杂哭腔的声音。

"皑皑，算妈妈求你，放过他好不好？"

姜皑侧过头，目光瞬间顿住。

苏妤说这句话时，是跪着的，昂贵的纱质裙摆铺满地，透过镂空的玫瑰花样图案能看到她发红的膝盖。

姜皑站在那，腿脚开始不听使唤，再也迈不出一步。细细密密的麻木感从脚后跟开始蔓延，一直啃噬到尾椎骨，这种感觉实在太难受了。

她慢吞吞地动了动脚尖，心底抑制不住开始发胀发痛，像是有双柔软的手细密地包裹住不停跳动的心脏，让她喘息艰难。所有的话语全部哽在喉咙里，姜皑紧闭上双眼，她凭什么啊？

受这一跪，好像受尽委屈的是苏妤，一直责难周家的人反倒是她姜皑。凭什么到头来，生她的母亲，要让她心里不安？

姜皑扒了几下头发试图冷静下来，上前几步，居高临下地睨她："起来。"

苏妤不为所动，仰起头，试图抓住她的手："皑皑，放过他，一切都是我的错，是我当初做错了，我不该抛弃你，不该不相信你，皑皑，是我错了。"

姜皑眼眶猩红，所剩无几的理智在听到她这句话后顷刻消失："我让你起来，你凭什么跪我？摆出一副受尽委屈的样子来指责我，你凭什么啊？"

姜皑的声音近乎嘶吼，尾音嘶哑回荡于房间各处。她拼命隐忍的眼泪终于有了突破口，冲出酸涩的眼眶。

姜皑伸手拉扯住她的肩膀，直到苏妤站直身子才收回手。

苏妤被她这副样子吓坏了，怔怔地望着她，懦弱地不敢再说一句话。

姜皑往后退一步，靠住墙才勉强稳住颤抖的身子。沉思片刻后，她对苏好说："我不会放过他的，还有你，以后不要出现在我面前了。"

苏好垂着头，斟酌许久后，没有再继续留。空荡的房间只剩下姜皑一个人，她扶着墙坐到地上，把头埋进臂弯里，深吸一口气，鼻腔中充斥着淡淡的柠檬香，是江吟家沐浴露的味道。

奇异的感觉平息住她胸腔中汹涌的情绪，她手撑着地板坐直身子，望向远处发了一会儿呆。

马上到岁末，又是每年合家团聚的时候。自从爸爸去世，她第一年住进周家，他们的热闹和她没有关系。之后到了舅舅家，记忆中终于有了热腾腾的年夜饭和鞭炮残留的刺鼻烟味。再后来，日本的夜，那样清冷。

"咔嗒"一声，惊扰到姜皑的思绪，她转过头，看到侧身进来的男人。冬夜渐长，吞蚀掉残余的白昼，天边薄光逐渐隐却，淡淡的光线将江吟的身影拉得很长，尖锐的尾端折断在墙壁上，她看到的只有他温暖柔和的身形轮廓。

姜皑弓起身，舔了舔干涩的下唇，没说话。江吟蹲下身，动作轻柔地整理好她凌乱的发丝，随后从口袋里掏出纸巾擦干她脸颊上的泪痕。

姜皑垂着头，鼻尖又开始发酸。她不想在苏好面前哭，也不想让江吟看到她哭，本想着缩在这房间里收拾好情绪，再和他一块回家，到最后，还是让他看到自己最狼狈的一面。

江吟看到她又开始发红的眼眶，停住给她擦脸的动作，收回手，往前靠了几寸。他揉了揉她的发顶，轻轻抱住她："我不看。"

她可以哭。

在他面前，她不必小心翼翼，不必骄傲怕被嘲笑。

姜皑的下巴抵住他的肩膀，眼前浮现出的雾气逐渐清晰，她紧紧扣住他的脊背，指腹触碰到温热的触感，是那样鲜活生动，鲜活到让她瞬间觉得，过去的种种已经不再重要。

她今后的人生，不会被放弃，不会再孤独无依。有个人会对她说："皑皑，你很好很好，我们两个人，也可以很好地在一起。"

姜皑发出几声呜咽，从江吟怀中离开，看到他紧闭的双眼，心底最后一道防线崩坏。窗外倾泻而入的微光照亮他的侧脸，线条立体深刻，浓长的睫毛耷着，于眼睑下方布上一层细密的影。

她伸手捂住他的耳朵，固执地抿紧唇瓣不发出声音。江吟的睫毛颤动几下，最后缓缓睁开眼。姜皑依旧保持原来的动作不肯撒手，一双黑眸像浸在泉里，明亮清澈。她紧咬着嘴唇，一副憋坏了的小样子，肩膀一颤一颤的，固执又可爱。

江吟拉下她的手，凑上前想吻她，实际上他也这样做了。细密缠绵的吻，落到姜皑的嘴角，他没有急于攻城略地，而是辗转反侧地不停试探，清冽的气息一寸寸逼近，他的手指抚上她的后颈，趁她放松戒备之际，含住她的舌尖。

姜皑整个人僵住，单手圈住他的脖颈，手指有点抖。最后的气息被掠夺完，江吟才心满意足地放开她。

"果然，这样你才不会去想别的。"

姜皑没说话，眼瞳漆黑，片刻后哑着声音问他："江吟，你要我吗？"

江吟愣了愣，闭上眼，深吸口气："皑皑，别冲动。"

"我没有冲动。"她的表情很认真，没有半分开玩笑的意味，"难道，你不想吗？"

姜皑直勾勾地看着他，缓慢地垂下头，声音细微："可是我觉得你想。"

江吟生理性涌起来的躁意几乎要冲破防线，连声音都被烧灼，嘶哑低沉："皑皑，现在不是对的时间。"他握住她的手腕，额角青筋绷得很紧。

姜皑的表情有些委屈："我没有别的办法去暂时忘记这些事情。"

江吟手上的力道微松，薄唇抿起，垂着眼看她。尹夏知曾和他说，在日本的时候，姜皑一旦情绪濒临崩溃，就会不停地工作，让自己处于一个无休止的运转中，过度劳累能使她暂时忘记难过的事情。

既然已经选择了她，既然这一天迟早都会到来……

江吟单膝跪倒她的身侧，拉起她的手搭到他的衣襟处，声音藏在夜色里，蛊惑动人："皑皑，解开它。"

姜皑愣了愣，抿下嘴唇开始解他的衣扣，手指却僵住，怎么解也解不开。

江吟将头埋在她的肩窝处，低声笑出来。他的嘴唇碰到她脖颈间的肌肤，轻轻地吻了吻。

姜皑的手更不听使唤了，捏住纽扣的力道加大，几秒钟后解开衣扣，露出他平直的锁骨。她哼了一声，凑上去使坏地咬住那处肌肤。

夜幕全部落下，有点点荧光照在玻璃上，皎洁的月光落满床榻，姜皑下意识闭上眼。

江吟单手撑在她身侧："皑皑，看看我，嗯？"

姜皑颤着睫毛，抬眼，与他四目相对。

被江吟漆黑的眸子紧紧攥住视线，姜皑猝不及防陷入其中。那样清亮动情的眼睛，她从未见过。

姜皑睡觉时有个习惯，喜欢遮住下巴，手指无意识间握住被子边沿。

这些都是江吟最近才发现的。

果然，累极了便不会去想伤心的事情，可以倒头就睡，还不会被噩梦困扰，累到连做梦的力气都没有。

江吟披了一件外衣到外间抽烟，站在落地窗前，俯瞰凌晨时分的S市，灯火辉煌依旧，却缺少人情味。

他忽然想起六年前，在S市刚见到姜皑时，她是大一的新生，机缘巧合被编入他的队伍，嘴上说着不要他"特殊照顾"，可每次都比别人更让他费心。

那时候的小姑娘啊，心怀坦荡，总有满身的倒刺，不怕被伤害，却害怕一个人，害怕被当成怪物，被人孤立，简直是个问题的矛盾体。

如今他记挂了许多年的人，依旧坦荡荡，为了满心满眼的爱，试图拔掉防备的倒刺，勇敢地走出困住她多年的黑暗桎梏。

被这样的姑娘深深爱着，多幸运啊！

Chapter 14

为你捧上满腔浓烈的爱意

姜皑一觉睡到次日中午，醒来时身边已经没人了。她探手摸了摸床单，还有余温。

休息室的隔音不太好，能听清外面的交谈声，低沉沙哑，有条不紊，和昨天晚上不太一样。

姜皑伸手拍了拍微热的脸颊，穿好衣服忍住不适到洗浴室洗漱。

等她收拾好，江吟和市场部经理的谈话已经告一段落。他签署好文件，忽然想起什么："产品名选定了吗？"

经理迟疑两秒："前几天取的名字，您都给毙了。"

江吟抬眼看他，嘴角的笑意很淡："继续想，今天下班前再交十个精品上来。"

"好。"经理抹了把汗，老板说什么就是什么。

办公室再没有声音响起后，姜皑才慢吞吞出来。

江吟屈指在桌面上轻敲了几下："睡醒了？"

都十二点了，能不醒吗？她走到他对面坐下，懒洋洋地弯下腰，将下巴垫在桌上，抬眼瞧他。

江吟看着对面的姑娘，长发披散垂至腰间，发尾打着卷，有点凌乱，脸颊红润，没有昨天的那股颓靡。

姜皑不说话，就任由他打量。她直勾勾地盯着他，目光无辜而娇软。江吟微扬眉，左手托着下巴学她懒洋洋的神态，四目相对："睡得好吗？"

姜皑噎了一下，不自觉地撇开视线："挺好的。"

江吟心思微动："做个游戏吧。"

话题转得太快，姜皑一时间没反应过来。看到他拿出一枚硬币放到手心里，她的目光微闪。大学里，只有和她谈判无用时，他才会选这种赌博的方式。

"这次，赌注是什么？"

江吟掀起眼皮，声音沉静："你。"

姜皑眨眨眼，没明白他的意思。江吟合住手掌，仔细观察她的表情，趁她分神时两手分开，攥成拳移到她面前。

"选吧。"

姜皑没动作，神情假装认真："我要是选错了，你还不要我了？"

他但笑不语，又把手往前伸了几寸。

姜皑盲猜，用下巴点了点右手："打开。"

江吟薄唇抿紧，半晌开口："确定？"

刚开始还自信满满，他一说话，她又不是那么坚定了。

姜皑对上他漆黑的眼，大眼瞪大眼互相凝视了良久后，说："确定啊。"

江吟缓缓打开，手心里是空的。姜皑撇嘴，伸手去抠他另一只手，江吟没故意加大力道，任由她耍赖，反正也不是第一次了。

最后，姜皑把他修长的手指一根根打开，露出手心，目光触及里面放着的环状物体，所有的动作瞬间顿住。她眨眨眼，心底的情绪热得发烫，他的速度快到让她根本来不及发现，硬币是什么时候被调换成戒指的？

姜皑回过神来，低声说："你再来一遍，这次我肯定选对。"

她的神情认真得像是在谈判桌上一样，江吟手腕一转，拉住她的手。

"不管你选得对不对，它都是你的。"他的声音清润正经，停顿片刻，神情突然变得柔软，"而你，是我的。"

姜皑抬眼，眸中氤氲了一层水光："江先生，你是在求婚吗？"

江吟起身，绕过宽大的办公桌走到她身边，双手撑在座椅两侧，微微俯身。

"姜皑，我的性格不热情，做事又古板，虽然怕求婚的方式太平淡，让你厌倦，但我仍想把我最纯粹的爱意用一辈子说给你听。"他顿了顿，前半生从未向人弯曲过的膝盖终于弯下，他在姜皑面前缓缓单膝跪下，捧上满腔浓烈的爱意，目光柔暖，"所以，你要听吗？"

姜皑吸了吸鼻子，哑着嗓音问："这算是先上车后补票？"

江吟没忍住笑出声，干脆利落地把戒指套到她指尖。论起破坏气氛，她姜皑绝对是高手中的高手。

周亭东涉嫌生产伪劣商品，被警方立案调查，周氏股市下跌停盘，周逸寻向董事会请辞，一众叔伯挽留，但无果。

姜皑在谢权敞开的电脑上看到这样的新闻报道，表情淡淡的，她放下手中的文件："小谢总，签个字。" 谢权前不久才被绑回来，现在心里一千个不情愿，他掀开文件看都不看，直接签名。最后期待地问："小姜老师，你看我这次的秀了吗？"

听林深说，谢小少爷最近迷上了艺术工作，仗着自己一身腱子肉，被选进国内某场专业秀场。他穿一件灰色底裤，露出巧克力板的腹肌，迷倒万千少女，当然这其中难免有夸张的成分。

姜皑收好文件，声音淡而缓："看了。"

谢权得意地翘起嘴角："怎么样，是不是比我哥帅多了？"后半句他下意识地减小音量，眯起狐狸眼饶有兴致地等姜皑回答。

姜皑的目光蜻蜓点水般地从他身上掠过一圈，语气平淡地说："还差一点。"

谢权不服气地瞪他一眼。

回到办公室，姜皑放下手里的东西，仰头靠在椅背上。

周氏要倒了。

她抿起唇，垂眸思忖片刻，拿起手包走出办公室。正好碰上开完会回来的江吟，他打发走身旁的经理，径直走上前："要出去？"

姜皑点点头："我想去看看周亭东。"

江吟垂眸，安静地看着她："需要我陪吗？"

姜皑攥紧拿包的手指，沉默了一会儿："我自己可以。"

他颔首："好，那快去快回。"

周亭东被暂时看管在公安局，与看管方说明来意后，姜皑被允许到审讯室外的房间和他见面，只有一刻钟的时间。

姜皑走进来时，周亭东已经坐在里面，他身上的衬衫有些发黄，看得出来有些时日没有换衣服。她拉开对面的椅子坐下，冷眼瞧他："周董。"

周亭东抬起头，表情高深莫测："来看我笑话？"

姜皑双手交握放在桌上，声音淡漠得仿佛没有情绪："算是。"

周亭东往后一靠："周氏百年基业绝对不会毁于一旦，这次是我败了，但并不代表你们 TK 赢了。"

姜皑垂下眼帘，长睫颤了几下："我今天来，是以个人的名义，看看曾经那么好的周先生，是怎么沦落到现在这种地步的。"

周亭东突然笑起来："皑皑，不要摆出那么凶狠的姿态，这不适合你。"

姜皑缓慢地抬眼，看着面前这个男人，他是她人生轨迹的弯折，亲手将她推落深渊，到头来，他输得一败涂地。

她看了看手心，不紧不慢地说："刚才我进来时，周逸寻在外面，他向警方提供了你涉嫌偷盗 TK 商业资料的证据。"

周亭东睁大眼："这不可能！"

姜皑看到他这副模样觉得好笑："被亲人背叛的滋味，是不是挺不好受的？"她尝过那种苦涩，不被理解，不被信任。

周亭东挣扎着要起身，但被冲进来的警方按住，虽然时间才过去不久，但姜皑已经没有和他继续聊下去的想法了。

周逸寻已经做完笔录，站在走廊尽头抽烟，看到姜皑出来，目光稍滞，他掐灭烟头，原本俊逸的脸上也添了不少愁容。

姜皑在他面前站定，微弯起嘴角："为什么这么做？"

周逸寻敛神凝视她，半晌后移开视线，语气轻快地说："为了自保。"

姜皑不疑有他，恰好口袋中的手机响起，是江吟的来电。

周逸寻靠在墙上，语气淡淡的："姜皑，你还记得你第一次到周家，苏阿姨怎么介绍我的吗？"她说，皑皑，这是哥哥。

姜皑皱眉，没明白他的意思。

片刻后，周逸寻摇头："算了。"

然后，他走过她身边，与她擦肩而过，没有过多停留。

TK 产品制作到了最关键的入市前调研测试阶段，江吟每天都有会议连着开，姜皑最初没能跟上这个案子，这时候听得云里雾里，索性就在办公室整理文档。

市场部递交上来十个备选产品名，与市场上的治疗仪名称相差无几，实在没有特别亮眼的选择。

谢权坐在林深的位置上看秀，自从被抓回来，小少爷就没断过进行艺术工作的念头，偏偏他办公室的电脑上网总被拦截，于是趁江吟开会，他偷摸到这，托着下颌欣赏屏幕中的自己。

姜皑抱着水杯凑过去看了一眼，啧声。

谢权埋怨："小姜老师，你不觉得我哥把我捆在这，真的是太浪费人才了吗？"

姜皑淡淡地挑眉，笑而不语。

谢权沉默一会儿，长叹了一口气："就知道你们一条心，我这为艺术献身的理想肯定要在暗无天日的办公室中被埋没。"

姜皑没搭话，她走回办公桌前继续翻阅这段时间漏下的文件，手指触到薄薄一层纸，标题用五号宋体写着"入市前最后一次调研跟进名单"。

姜皑上下看了四五遍，确定没有自己的名字在上面后，长舒一口气，心里闷闷的。江吟在担心什么？虽然说调研要接触和她病症相仿的人，但并不代表仅仅几次见面就能引起她的不适。他这样小心翼翼，会让她觉得，他是刻意地迁就她。

姜皑垂眸，指腹无意识地摩擦着页脚，踟蹰半晌，她拿起手底下的纸到隔壁办公室，林深正和江吟商量明天到诊疗所的事情。

见姜皑敲门进来，两人谈话终止，江吟把手中的文件递给对面的人："你去通知名单里的人吧。"

林深颔首，转身离开总裁办。

偌大的房间剩下他们两个人，江吟冲姜皑招手："过来。"

姜皑迈着不紧不慢的步子到他对面坐下，江吟又说："只有我们两个人，你也要离我十丈远？"

姜皑眨眨眼，绕过办公桌走到江吟身边，刚站定，猝不及防就被他抓住手腕。江吟不着痕迹地将她脸上细心遮掩住的神色收入眼底，再看到她手中的文件，立刻了然。

姜皑没能拼过他的力气，被拉到他怀里，身后的男人用手臂牢牢环住她，清浅的鼻息铺落在她的脖颈处，缠绕着耳后的发丝，让她觉得有些痒。

江吟将下巴抵在她肩膀上，声音低沉："生气了？"

他的话落到姜皑的耳中，她发觉自己的情绪太莫名其妙，随着他这句话，满肚子的气一下子烟消云散。

江吟抽出她紧握的纸，单手摊开，声音沉静缓慢："我问过尹医生，她说最好不要让你去。虽然你现在情绪很稳定，但为了避免不可知的事情发生，我擅自做主，这确实是没有顾及你的想法。"

姜皑侧目，目光落到他眼睑下方那层不深不浅的青色，以及眉眼中深藏的倦意。这些天他那么忙，忙到每天晚上她一觉睡醒，还能看到他坐在电脑前的身影。

"我没生气，我怕你还担心我、顾忌我。"她垂下头，手指牵住他的手指，"江吟，我可以站在你身旁了，现在的姜皑，已经不会再轻易被打倒了。"

江吟神色微动，环住她的手臂紧了紧："你想跟我去吗？"

姜皑的眼皮动了动，问："江老板，如果我想去，那你就会让我去吗？"

江吟轻笑出声，合上眼帘靠在她身上，不说话。

姜皑歪了下身子，却被他环得更紧，他的话语中隐隐带着倦意："别动，让我抱一会儿。"

闻言，她用脚尖擦地板的动作顿住了，乖得像只布偶娃娃，鼻尖在他的毛衣上蹭了几下。

江吟休息了十分钟，问："下面这些交过来的产品名，你觉得有适合的吗？"

姜皑想了想，如实相告："大众化，脸谱化，没有什么创意。"

江吟伸手轻轻地捏住她的下巴："如果市场部的经理听到你这句话，得被气死。"

姜皑的表情很无辜："我没有说错啊，周逸寻不知道从哪取了一个那么文艺小清新的名，倒是挺打动年轻人的。"

江吟垂眸，拿笔在纸张的空白处写下一个字："你看，这个大众吗？"

愈。

姜皑眨眨眼："是伤痛愈合的意思吗？"

江吟沉思片刻，捏着她腰侧的软肉："和周逸寻那上不了台面的名字相比，我取的是不是新奇很多？"

姜皑睁大眼，手指曲起，轻点了下膝盖，抿唇轻声说："江吟，我之前没发现，你还挺幼稚的。"她只不过是夸了周逸寻一句而已。

姜皑接到舅舅的电话，临近年关，她只打电话回去，却不见人影，舅母念叨了好几遍，让她回去吃饭。

苏岳宁反复叮嘱她，忽然想起什么似的，问："你舅母碰见之前住对门的那男孩子，你还记得吧？"

姜皑心里有种不好的预感，她支支吾吾地应声："时间太久，记不太清了。"

　　"记不清没关系，吃顿饭热络热络，人家现在也是 TK 的职员，你们应该有共同话题。"

　　起初还不敢确定，现在姜皑探准了两位长辈的心思，她这是遭遇中国式相亲了？没等她把自己的感情情况交代清楚，苏岳宁先挂断电话。

　　姜皑只觉得头大。

　　江吟从办公室出来，看到姜皑一脸苦闷地坐在沙发上。中午休息时间，顶层没多少人，他到茶水间泡了杯清茶，坐到她身边。

　　姜皑扒了下头发，意识稍有回笼，好半晌才出声唤他："江吟。"

　　顿了顿，接收到他疑惑的目光，姜皑把后话说出来："今天下午，你要不要陪我去舅舅家吃饭？"

　　江吟皱起眉，落到她眼中就是一副为难的表情。

　　姜皑心思微动，试探地问："今天晚上，没有时间？"

　　"不是。"

　　"嗯？"

　　两人大眼瞪大眼，良久，姜皑长叹一口气，把抓住他胳膊的手收回来，小声嘟囔："说什么陪我都有时间，果然，男人的嘴，骗人的鬼。"

　　江吟晚上的确有事，伊藤那边派专员来和他们一起调研测评，再加上投资方那边的催促，一场应酬在所难免。他只好交代林深把姜皑送到苏岳宁家，顺带送一后备厢的礼品。

　　姜皑临进门前，转过身对林深说："回去告诉江总，马上开春了，赶紧把墙垒得高一点。"

　　林深没懂她话里的意思："然后呢？"

　　姜皑皮笑肉不笑："没有然后了。"

　　说完，她推门进去，苏岳宁在厨房炒菜，客厅里坐着两个人，舅母听到姜皑回来，立刻迎出来。她身后还有个男人，很面生，姜皑一時之间居然没想起来。

忽然回忆起舅舅打电话说的，高中时候的对门邻居，姜皑脸上的笑意有些僵硬，开始庆幸江吟没来，不然场景有多尴尬，她难以想象。

舅母拉过她的手，介绍道："这是你宋阿姨的儿子，宋昀，听说你们高中时关系挺好。"

男人个子很高，长相俊秀，看起来儒雅谦逊。姜皑却想不起自己认识这个人，她略一颔首，表示已经打过招呼。

三个人坐下，姜皑觉得无聊，为了避免尴尬，她假装专心看电视。舅母坐了一会儿便到厨房帮忙。

气氛僵持片刻，宋昀开口："听阿姨说，你也在 TK 工作？"

被问到，不回答也不好，姜皑点点头，没再多说话。

宋昀见她接茬，就开始有一搭没一搭地继续问，试图从同公司这个角度作为切入口，和姜皑搭上话。

"我是技术部的，今年刚进去，你呢？"

姜皑忍住心中的不耐："我在顶层。"

"那就是，总裁秘书？"他不着痕迹地靠近她，兴致盎然，"听说我们公司的老板不是很好接触，脾气很冷，真的是这样？"

姜皑凉凉地瞥他一眼："你说的是哪个老板？"

"当然是江总啊。"

门铃在这时响起，苏岳宁边开门边嘀咕，这个点谁还会来？打开门，看到外面站着的人，他一时间愣住。

姜皑趁机躲过宋昀的追问，跑到玄关，侧过头看来人是谁。

男人浑身裹着风尘仆仆的气息，白色毛衣遮住半个下巴，嘴角噙着笑，礼貌而谦恭。

"你好，我是姜皑的未婚夫。"

苏岳宁没缓过神来，他被江吟这句话炸得很蒙。

姜皑像看到救星一样，急忙把他拉进来："不是在应酬吗？"

江吟笑而不语，递上带来的酒，口吻略带歉意："抱歉，今天晚上有应酬，所以来晚了。"

听到谈话声，舅母和客厅里的宋昀也走出来。

宋昀吞咽的动作有点大："江总？"

江吟闻言，抬起头看向他，眼风凛冽摄人。

姜皑的嘴角有些僵，对在场的人说："我们不如进去再说？"

舅舅和舅母依旧云里雾里，先一步走进客厅。

姜皑趁没人注意，戳着江吟的胳膊："不是说好不来吗？"

"不来，等你红杏出墙第二春？"江吟压低声音，刻意将尾调拉得很长，逼近她耳畔小声地说，"能耐了啊。"

姜皑眨眨眼，嘴角噙着的笑意不减："所以你是专程过来垒墙的？"

江吟伸手捏了下她小巧的鼻尖："这不是你让林深告诉我的？"

谁能想到一向忙碌的江总会放下公事来陪她。姜皑拉住他的衣角，指了指客厅："那位，是舅舅他们拉来介绍给我的，我也没料到他会在。"

江吟顺着她的方向再次望过去，虽然刚才进门时的一眼，他就大概摸清了情况。姜皑见他不说话，又没办法解决客厅里的尴尬，撒开他的手跑到厨房沏茶。

江吟抬眸，无声地笑起来，然后脱下大衣挂好，走进屋里。

宋昀正局促地坐着，等江吟站定，他腾地站起来，表情不安。

"江总。"

江吟睨他一眼，抬起手腕指了下腕表，声音冷淡："现在是下班时间。"言下之意，宋昀没必要这样称呼他。

宋昀战战兢兢的，第一次和老板说上话，他在心里感叹，老板果真和传闻一样，性格冷漠，避人千里。

苏岳宁轻咳出声："江先生，你和我们皑皑到底是什么关系？"

江吟垂眸，双手交握放到膝上，神情认真，再次重复来时的那句话："我是皑皑的未婚夫。"

苏岳宁和舅母面面相觑，最后狐疑地看了一眼在厨房沏茶的姜皑："皑皑她事先没有和我们说啊。"

江吟微微低下头："是这两天才决定的事情。"

苏岳宁点点头："既然皑皑同意，我们也没有什么问题，只不过……"

舅母看他一眼，顺着话往下说："皑皑的家庭，你的家人可以接受吗？这个时代虽然不讲究门当户对，但做家长的都会替孩子多考虑考虑，我们不求皑皑余生能多么富贵，只希望她能幸福。"

江吟沉思片刻后，才缓慢开口："皑皑她很好，再说，我要的是她的人，只是她而已。"

顿了顿，他又说："我相信我的家人会善待她，所以请你们放心。"

姜皑自小独立，苏岳宁从不会过问她的私事。这次，既然他们态度这么坚决，他做舅舅的不好也多说什么，最后长叹一口气："既然来了，就吃完饭再走。"

江吟紧绷的肩膀终于松懈下来，笑着说："好。"

五个人吃饭，最难熬的是宋昀。他高中时的确暗恋过姜皑，碍于对方性格冷，怕被拒绝，他到最后也没有表白。从外地上完大学，进入社会历练几年，好不容易回到 S 市，他托关系进入了非常好的公司。

回家后，他听说姜皑也回来了，于是瞅准机会向苏岳宁打听。以为这样就能离学生时代的女神近一点，甚至痴心妄想和她在一起。直到看见江吟的那一刻，他鼓足的勇气就像梦里的粉红泡泡，噼里啪啦全爆了。

一顿饭吃得食不知味，临走前宋昀迎着笑脸跟他们告别，随后回到对面的家里。

姜皑又陪舅舅他们说了一会儿话，然后穿好衣服准备跟江吟离开。

舅母趁苏岳宁和江吟在说话，悄声问姜皑："你和他，已经住在一起了？"

姜皑弯起眉眼笑道："我和江吟大学时就认识，他对我很好，舅母你们放心吧。"

楼道里的声控灯常年失修，光线忽明忽暗，姜皑走出几步，差点被台阶上堆积的杂物绊倒。江吟扶住她，然后打开手机自带的手电筒给她照明。

到了楼下，姜皑想拉开车门，却被身后的江吟伸手按住。他长臂支在她两侧，黑眸狭长清亮，眼神懒洋洋的。

姜皑眨眨眼，声线娇软，有种无辜的示弱感："你这是做什么？"

"还能干什么……"江吟没移开目光，清冷的眸子带着明晰的笑意，他修长的手指轻抚上她的下巴，动作缓慢，故意学她将尾音挑起，"当然是算账啊。"

姜皑主动圈住他的脖颈："我错了。"

江吟又逼近几分，直接把人抵在车门上，怕窗框硌得慌，又伸出一只手垫在她脊背处。

没等姜皑说出后话，江吟凛冽的唇压下去，寂静的夜色中彼此的呼吸相贴，唇齿相依的声音清晰可闻。

楼道中的声控灯乍然亮起。

姜皑回过神来，哼了几声："有，有人。"

江吟漫不经心地抬眼，往后瞧了一眼，看见隔壁楼拎着垃圾下来的宋昀。

宋昀咽了一口唾沫，他被江吟眼底的情绪给吓着了。

江吟拉开车门，让姜皑坐进去，转身看到宋昀仍站在那。他垂头整理了下衣袖，似笑非笑地问："你还想看多久？"

宋昀闻言，下意识九十度弯腰鞠躬："老板对不起，我这就走。"

车内，姜皑把头埋进手心，好不容易平息内心的躁动不安。

江吟启动车子，良久，缓缓说道："这个第二春，挺有意思的。"

姜皑猛地抬起头，他是认真的吗？

事实告诉她，这个男人的确认真了，一个深吻实在不能满足他。夜里一点钟的月光皎洁而明净，姜皑忍住生理性的颤抖，试图扯过被子遮住裸露在外的肩头。

她眯着眼，凑上去主动吻江吟："老公……"

骤雨将歇。

次日，产品入市前的调研测评开始，为期一周。

公司里派车送一行人去诊疗所，一辆中型巴士，姜皑找到最后一排的位子。

江吟和林深姗姗来迟，上车时没剩下几个空位，只有副驾驶座和姜皑身边的位子还空着。林深自觉地到副驾驶座坐下，然后打开电脑看几个月前的测评数据。

姜皑头靠着窗，揪起一缕头发绕在手指间把玩，她头发长，发梢有些脆，没绕几圈，发丝在手里绷断了。她没抬眼，继续揪，江吟在她旁边坐下，一股熟悉的香味朝她袭来。

姜皑往窗边靠了靠，还没动几寸，就被抓住手腕。她暗地里挣了几下，对方没反应，她开口叫他："江吟。"

"嗯？"江吟没别的动作，牵住她的手指握在手心里，置物架上有准备好的矿泉水，他熟练地拧开后递过去，"你嗓子哑了。"

姜皑睁大眼，他还好意思说？

江吟接收到她不满的眼神，垂眸看她："下次我会注意。"

他的语气一本正经，姜皑舔了舔嘴角，信了男人的话才有鬼。

车停在诊疗所门前，各部门的人依次下车，因为各自负责的方面不同，到病房前时只剩下寥寥几人。

江吟需要去和院方拿资料，本来想带着姜皑一起去，却被她拒绝了。

她站在楼梯口，忽然想起不久前那个小姑娘，垂至身侧的手握成拳，她深吸一口气缓缓吐出。

"你去吧，我想去看看病人。"

江吟迟疑片刻，仔细地凝视她的眼睛，最后妥协："你要答应我，不能让自己不舒服。"

姜皑点点头："你放心。"

那样的黑暗，她再也不会经历了。那样残忍凶猛的野兽，从内而外将人吞噬的痛，她再也不会有了。

308 房间。

她敲门，听到应答声后推门进去，小姑娘坐在窗边的椅子里，手中捧着一本书。她的头上缠着厚重的绷带，隐隐可见血色。

小姑娘看到姜皑，警惕地放下手中的东西，缩到角落里。

"姐姐……"她还记得她。

姜皑顿住脚步，不想刺激到她的情绪，目光迅速扫视过周围的一切摆件，全是塑料制品，不会有威胁生命的尖锐器皿。

姜皑的语气和平常一样："可以和你聊聊天吗？"

小姑娘没说话，小心翼翼地抬起头，嘴唇颤抖。

姜皑坐到离她很远的地方，指了下门口："你看，我离外面很近，你不用怕伤害到我。"

小姑娘没说话。

"我听护工说，你叫心怡？"

小姑娘依旧闭口不言。

姜皑没有在意她的沉默，垂头从包里拿出前不久买的装饰品："这是小夜灯，晚上等护工熄灯了，你可以悄悄打开它。"

小姑娘虽然还是不出声，紧绷的嘴角却松开不少。

"不喜欢吗？"她作势要收回包里，"那我带走了哦。"

缩在角落的人影颤动，慢慢伸出脚尖，往前走了一步。

"姐姐，你不怕我吗？"

姜皑停住手中的动作，极其缓慢地抬起头。

"为什么要怕你？"她一字一顿地说，"我们可以变好的。"

"我们？"

姜皑站起身，走到她面前，从窗外泄入的阳光铺满房间，唯独这个角落漆黑阴暗。

"你才十七岁，未来的路还有很长很长，这间屋子困不住你的。"

身后传来脚步声，一群人经过房门前，姜皑好不容易牵住她的手，这突来的声音吓到面前的人，她的手心里瞬间空了。

姜皑垂眸，心底不可抑制地传来酸痛感，这种落空的感觉，简直太难受了。她犯病时，江吟也是这样，想靠近，却在无形中被她推远。

突然，门外的脚步声全部散去，一双手扶住姜皑的肩膀，肩上隐隐有温热的温度传来。

心怡往后退了几步，看向江吟的目光带着警惕，一双湿润的眸子怯生生的。

姜皑转过头，表情有些无奈："你吓到她了。"

江吟眉心微蹙，语气十分不自然："抱歉，我不是有意的。"

姜皑的嘴角弯了弯，又转身抚慰受惊的小姑娘："他不会伤害你的。"

心怡看着她没说话，漆黑的眼瞳里盛满了敌意和戾气，浑身的倒刺瞬间竖起，时刻防备着外界的一切。

江吟目光一顿，他实在太熟悉这种神情了。不久前，姜皑也是这样，单薄瘦削的肩无助地瑟缩着，眼眶泛红，缩在狭小的蜗壳中抗拒与外界交流。

世界上有千千万万的心理疾病患者，他们的情绪变化和行为功能的差异会被身边的人清楚地感受到。坐在冰与火的跷跷板上不停跃动，狭小杂乱的房间中，只有他们默默发呆的身影。

每个人都有脆弱和迷茫的时候，社会需要给予他们足够的尊重和呵护，而不是将他们认定为与世界脱节的怪物。

江吟抬起头看了她们一眼，放轻声音对姜皑说："我出去等你。"

说完，他离开病房到走廊尽头的吸烟区，摸向口袋，才想起他已经有好久不随身带烟了。

林深从楼上下来，看到他："江总，没带烟？"

江吟点点头："你带了吗？"

"刚才院长给了一包，你可能抽不惯。"

江吟懒得掀起眼皮，从他手里接过烟盒，撕开外包装熟练地抽出一支："借个火。"

江吟轻靠在墙壁上，修长的手指捻着烟，和他道谢后垂下眼帘。

片刻后，毫无波澜的声音响起："TK 已经好多年没有参与公益事业了吧？"

林深的思绪略顿："除了几个照例的项目，最近两年没有举行大型公益。"

时间是够长的。

江吟垂眸想着，他也不知道为什么，在看到姜皑和那个女孩对话时，他会有将这个项目投入公益的念头，即便这样会使 TK 损失一笔巨额收入。

林深认真地凝视他片刻，猜透了他的意图："如果得到日方的允许，也不是没有可能。"

江吟终于抬起头，和他相视几秒后，掐灭烟头，把手抄入口袋里。

"太麻烦。"

林深一噎："那你是要以自己的名义建立基金会？"

江吟不发一言，抬起腕表看了下时间。林深注意到他的动作，忽然发觉和院方预约一上午的时间已经到了，于是开口："我去叫他们集合。"

江吟颔首，打算到对面的病房找姜皑一块离开。

刚到楼梯口，他就看到熟悉的身影。姜皑纤瘦的身子被黑色大衣包裹住，唇畔呵出一点热气，低着头正在玩手机。

还有几天就要过阳历新年了，姜皑打算找一件新年礼物送给江吟，她抽空看了几家的衣服，新上的衬衫有不少适合他的风格。

江吟走近，她关上手机，鼻子灵敏地闻到一股烟草味。江吟的思绪还没来得及舒展开，便听到姜皑皱眉问："你抽烟了？"

江吟的嘴唇动了动，不久前，他答应会减少抽烟的次数，因为姜皑说，抽烟会伤身体。

若是放到青春年少不懂事的时候，说不准她会宽容大度，那个时候，女孩都觉得抽烟的男人荷尔蒙爆棚。

姜皑掩下眼帘，手指搭上江吟的肩头，顺着平滑的肩线慢慢移动，替他拂去落到大衣表层的细小尘埃。

她的动作轻柔，却有种隐隐的威胁感在里面。江吟记得，她一共这样做过两次。第一次是大学，她装作若无其事地警告他，作为军训连的副教官，千万不能对她"特殊对待"。

第二次是重逢后，她又是一副云淡风轻的样子，依旧警告他，不要重蹈覆辙，栽她身上两次，可他仍旧栽了，还栽得死死的。

江吟伸手攥住她的手指，俯下身，鼻尖抵住她的脸："下次不会了。"

姜皑扬起眉梢，双手捧住他的脸颊两侧："如果有不顺心的事情，你可以和我说。"

"嗯。"

她捧住他的手力道紧了紧，微眯起眼："江吟，我怎么会那么喜欢你！"

告白突如其来，江吟无奈一笑，正打算说句什么，身后突然传来幽怨的声音："江总，我们该回去了。"

林深不知道在那边站了多久，身后还跟着三四个顶层的秘书。

江吟嘴角抽搐，脸上的表情很吓人："我知道了。"

姜皑被牵着走下楼，中途拉了下他的衣角："你刚才想和我说什么？"

江吟面无表情地说："想提醒你有人在。"

姜皑愣了愣："不可能，你骗我。"他的表情，明显也是被吓到了。

撬不开江吟的嘴，姜皑有点小小的挫败。

坐上车后，姜皑问："后天来的时候，我能多陪陪那孩子吗？"

江吟没有意见："可以。"

姜皑眨眨眼，讨好地牵住他的手，又回到最初的起始点："你到底想和我说什么？"

江吟舔着唇笑出声，手掌完全覆盖住她的手，凑到她耳畔，轻轻地吹了一口气。

清浅的呼吸落到姜皑的敏感部位，浑身的寒毛都被他这一个动作给撩起来。她下意识地哆嗦了几下，随后一脸正色："我不听了。"

她不想知道了还不行？

江吟看到她炸毛，眉眼间的笑意浓到化不开，他伸手摸了下她的发顶，目光清亮："我也是。"很喜欢你。

姜皑顿了顿，抬头看他，眼角微微扬起，浑身炸起来的毛瞬间被顺平了。

调研测评初步送到上面审核，受疗的四个患者在使用产品后病症开始得到改善。

TK 有意将入市时间透露给媒体方，记者立刻拿起笔开始将其产品与周氏被迫收回的"眷梦"做对比。

本以为两家会产生激烈的竞争，谁知周氏还未开始就已落败。周亭东入狱，要在暗无天日的地方待八年，周逸寻被迫召回，接手周氏，在企业内部进行大刀阔斧的革新。在未来的十年内，周氏将无力与 TK 抗衡。

姜皑关闭网页，目光落到桌上摆放的那款治疗仪上。莹白色的外壳，外连接一副耳机，形状小巧别致，是比"眷梦"好看不少。

江吟今天下午开会，不随他们一同去诊疗所。姜皑没有别的事情，下车后一路走到 308 室，房间里却没有人。

一向安静的走廊突然响起匆乱的脚步声，她离开房间，看到一群人神色慌张地朝顶楼跑去。

落到最后的护士看到姜皑，又瞥了眼门牌号："你是 308 房的家属？"

姜皑凝眉，手指攥紧，指甲陷入皮肤里勉强稳住不安的心绪："出什么事了？"

"这屋里的小姑娘要跳楼。"

姜皑松懈的神经突然绷起，松开护士的手连忙跟在他们身后跑上楼梯。护士想拦住她，但无果，姜皑动作快，到楼顶时，一群人围在楼梯口。

天台上疾风凛冽，吹得人鼻尖眼眶发涩。

栏杆常年失修，如今表面已经泛起一层肉眼可见的锈迹。没人敢轻易靠近，生怕刺激到小姑娘的情绪。

最边上的护士还在玩手机，和身边的人闲谈："这是这个月第几个了？"

"你没看见连电视台记者都懒得来了。"

姜皑抿紧嘴角，视线冷冷地瞥过他们，从人群散开的一条道走到最前面。

288

小姑娘站在边沿处，只穿着蓝白条的病号服，廉价的布料被风鼓起，羸弱的身躯浸在风里，有种一吹就倒的纤瘦感。她看到围拥起来的人，神情更是惊恐："你们都走啊。"

　　身边的院长交代助理找家属的联系方式，语气义愤填膺："家庭因素造成这种后果，逼疯了多少孩子。"

　　姜皑扯动嘴角苦涩地笑了笑，他说得没错，家庭因素逼疯了多少正常人，又有多少患者有幸重获关爱，剩下的呢，该怎么办？

　　负责劝导的心理治疗师不停地劝慰她，但每靠近一步，她的情绪就越临近崩溃边缘。院长阻止住治疗师，不赞同地摇头。

　　姜皑往前走了几步，沉声叫她，她极力控制住自己起伏的情绪："心怡，小夜灯不好看吗？"

　　院长拽住她的手臂，拧眉呵斥："无关人等不能靠近！"

　　姜皑扭头看他，抿了下嘴唇，表情格外坦然："请您相信我。"

　　院长不理会她，直到站在边沿处的人发出细微的声音："姐姐……"

　　姜皑察觉到院长的力道松懈下来，她摆脱掉他的桎梏后，慢慢靠近心怡。最后站到和心怡一条水平线的地方，五楼，足以让一个生命顷刻消失。

　　姜皑每走一步，脑海中就有场景闪过。她患躁郁症的初期，控制不住情绪，每次路过高层建筑，都会想如果从上面一跃而下，是不是就可以解脱了。

　　尹夏知很怕她有轻生的念头，怕到每时每刻都要和她在一起。但每次站到边沿，却总有个声音提醒她："姜皑，有人还在等你。"

　　也许就那么一丁点光亮，也许，只有那么几个人在等你，没关系的。

　　站到心怡对面，姜皑伸出手，同时保持住自身的平衡："我有没有告诉过你，几年前，我和你一样，觉得人间不值得。"

　　心怡眼睫上挂着泪珠，神情多是不敢相信。

姜皑继续说："但我想努力变好，不想去承受他们怜悯的目光。"

心怡喉咙微动，怯怯地问："那你，变好了吗？"

姜皑扬起嘴角："你觉得呢？"

心怡根本没有看出来，眼前的女人竟然也曾患过这种病，可为什么她看起来那么幸福？

姜皑与她之前只隔着最后一道栅栏："我们先下来，好不好？"

小姑娘对上她坚定澄澈的目光，抿下嘴角，慢吞吞地离开危险的边沿，一点点走到楼层中央。猝不及防的，原本寂静的气氛被尖锐的男声打破。

"心怡……"

中年男人一出现，姜皑敏锐地感知到身旁的人又有跑回原处的冲动，比她早一步抓住她的手，固执地让她停在这。

心怡浑身翻滚着戾气，尖锐的手指甲陷入姜皑的皮肤里："你让他滚啊，滚啊！"曾经家暴她的父亲，知道她要跳楼恰好出现，太讽刺了。

姜皑忍耐住疼痛，不停地安抚她的情绪。

"心怡，心怡，是爸爸错了。"中年男人往前几步，他膝盖一软，直接跪在两人面前，"是爸爸的错，爸爸不该打你。"

姜皑深吸一口气，按捺住心中的怒意，即便他有错，即便他想认错，现在都不是最好的时机。

心怡的情绪临近崩溃，如果没有被她及时拉住，说不定现在才十七岁的姑娘就会一跃而下，成为今日的头条，随后引来所有人的关注。

姜皑压低声音说："请你离开。"

中年男人没有理她，反倒上前试图拉住心怡的手："孩子，别寻死，是爸爸的错，以后爸爸再也不喝酒了。"

不知他话中的哪些字眼触碰到心怡敏感的神经，她猛地甩开他的手："你一直这么说，可是你什么时候兑现过？"

男人沉默，没能吐出一个字反驳。心怡抓着自己的头发，仿佛不知道疼痛似的紧紧揪着："你们为什么都要逼我？"

她说这话时，姜皑能够感知到她浑身散发出的戾气，那样清晰地浮现出来。

姜皑一时愣怔，没能抓紧牵制住心怡的手，心怡趁机摆脱她的桎梏，往前走了几步，突然嘶吼出声。她已经完全失去了理智，院长挥手让几个护工上前按住她。

姜皑站在心怡身侧，下意识出手拉住她的手臂。对方开始挣扎，纤瘦的身躯中蓄满力量，却仍旧摆脱不掉外界的桎梏。

情急之下，心怡开始对来人拳打脚踢，尖锐的指甲划过姜皑的脖颈，留下许多道不深不浅的印子。最后，四个人按住她的肩膀，有护士拿来镇静剂给她注射。

中年男人意图上前，却被姜皑挡住。他抬起头，对上一双清冷的眼，他被她凛冽的眼风骇到，不敢出声辩解。

心怡被迫跪在地上，眼睁睁地看着针头扎入血管中，她不停挣扎，直到意识完全抽离，浑身的戾气才平息下来。

护工送心怡回病房，非院内工作人员不允进入，姜皑也被拦在门外。

她歪了下头，脖颈处的肌肤传来一阵刺痛，她拿出手机用屏幕看了一眼，裸露在外的脖颈上有三道肉眼可见的血印。

她收回手机，脑海中浮现出心怡踩在楼层边沿的场景，几十米的高空处，寒风凛冽。她浑身的力气瞬间被抽离，扶着墙壁才能勉强支撑住发软的腿弯。

发生这种事，院方婉言请 TK 的员工离开。不少人目睹了事情的经过，除却顶层知晓姜皑病症的几位秘书，这次余下的技术部和市场部员工，亦是对姜皑亲口说自己也曾是躁郁症患者而感到震惊。

震惊吗？

姜皑懒洋洋地托着下巴，目光对上由四面八方投来的视线，其中蕴含的情愫，怜悯，同情，悲哀，难以置信……姜皑都曾见识过。

只不过现在，她不想再去理会这些目光。她不是怕，而是释然了。心理疾病治愈后，会有种奇异的免疫力。以往能击败她的，只要挺过来，就再也不是阻碍她的障碍。

江吟打来电话，应该是知道了现场发生的事情。姜皑撇撇嘴，思忖片刻后接通，没说话，等对面先出声。

几秒后，江吟问："你走到那么高的地方，不怕吗？"

话中没有责怪，没有质问，他的语气故作轻快，试图消减她心底的沉重。

姜皑眨眨眼，一直紧攥住衣摆的手指松动几分："怕，怕得要命。"

江吟愣了一下，声线压得极低："皑皑，你做得很好。"

姜皑舔了舔干涩的嘴角，喉间溢出轻微的声音。

"江吟……"

她以为自己不惧怕生死，但当踏上楼层边沿的那刻，她突然恐惧了。如果她失败了，最坏的结果那就是两个人同时从五楼跌落。

可她舍不得。

车停到 TK 大厦门前，对面久久没有回应，姜皑拿下手机，发现通话已经中断。

她坐在最后排，等前面的人都下车后才起身，慢吞吞地走到车门，抬眼却见到站在台阶下的江吟。她垂着眼，面无表情地说："你挂了我的电话。"

江吟缓缓露出一个笑容，张开双臂，眉梢微扬："所以我来接你。"

姜皑抿下嘴角，学他的样子伸开手臂，站在两层台阶上看他，暗示意味很浓。江吟得到指令，上前两步直接把面前的姑娘抱下车，这一举动惊呆了身后一众员工。

林深眉梢抽搐，轻咳出声："都散了啊，散了回去吃饭。"说完，自己也脚底抹油溜了。

下班高峰期已过，中心商务区的人逐渐变得稀少。姜皑微微歪了下头，牵扯动脖颈处的划痕。

江吟皱眉，牵她上车后，驱车到最近的药店，然后下车买好紧急处理的药，再回到车里。

他熟练地拧开装消毒酒精棉的盒子，拿附带的镊子夹出来。他单手抬起她的下颌，棉球刚一碰到伤痕，立刻有血色泛出来。

姜皑呜咽出声，不自觉拿手去碰伤口，还没碰到，就让江吟拍掉了爪子。他神色严肃，有种不怒自威的压迫感。给她处理伤口时，这男人惯常都是这副唬人的表情。

姜皑撇撇嘴，小声哼哼："你可下手轻点，万一明天让别人误会了……"

江吟垂眸睨她："误会什么？"

姜皑对上他漆黑的眼吐字清晰地说道："外表禁欲的江总下嘴没轻重，你说别人会误会什么？"

江吟若有所思地点头，语气淡淡的："你是在暗示我什么？"

姜皑眼睛一眯，不说话了。江吟点到为止，处理完伤口后，系上药包扔到置物架里。姜皑看他一副不好惹的模样，自觉噤声。

TK 新品发布在即，不少媒体捕风捉影跑到诊疗所下蹲点，不巧撞上心怡要跳楼，成了 S 市新闻频道的头条。

拿 TK 调研测试点作噱头，生怕没人关注。记者在楼下录像，有一段是姜皑站在心怡对面试图劝说的片段。

江吟剥橘子的动作稍顿，抬头看电视屏幕，气氛沉寂下去。

姜皑掰了块橘子送到嘴里，酸涩感自舌尖蔓延开，她当然知道，江吟有多么担心她。于是往后靠，下巴垫在他的肩膀处，软着声音说："你说我这算不算给 TK 做了免费广告？"

江吟淡淡地看她一眼，把橘子塞到她嘴里："下次，不能这样了。"

姜皑抿下嘴角，瓮声瓮气地回他："我没想那么多，看到她那个样子……"她一时没忍住。

江吟伸手扶住她的后脑，两人间的距离瞬间缩短不少。他认真地看着她的眼睛："皑皑，我没有怪你。"

反而，她那么善良，会在大家无动于衷的时候，主动站出来。那种孤绝的勇气，让他联想到，日本无数个漆黑无垠的夜晚，她是如何熬过汹涌的情绪，艰难地重新站回到他面前。

他捧在心尖上的小姑娘啊，即便前路蒙上一层雾，她也能在雾里发着光，让人带着欢喜向她走过去。

姜皑眨眨眼，没懂他的意思。江吟与她额头相抵，温声道："下次，不要把自己置于危险的境地，我会担心。"

当林深给他看在场员工发回来的录像时，他的心狠狠地揪在一起。那种感觉，他不想再经历第二次了。

姜皑闭上眼，长睫微颤："好，下次我会选安全的方式。"

江吟垂头吻了吻她的嘴角。

真正的喜欢，是可以感觉到的。

Chapter 15

乏善可陈的岁月里，你最可爱

▼

临近元旦，三天假期，姜皑赖在床上不肯动，江吟拉她去爬山，结果直到中午她都懒得动弹，最后只能随她，两人一起瘫在家里。

一阵寒潮袭击了 S 市，落地窗表面覆上一层薄薄的冰晶。姜皑从网上订的衬衫送到家里，听到敲门声她爬起来，赶在江吟开门前跑到玄关。

江吟正愁怎么把她叫起来，还没有思绪便看到不肯下床的姑娘一溜烟跑出去。

姜皑签好单子递给对方，道谢后关上门。

一抬头，江吟不知道什么时候站在了她身后，姜皑下意识藏起手里的东西："猜猜，我买的什么？"

江吟很配合地笑了笑："买了什么？"

她扬起眉梢："七周年礼物。"

他垂眸睨了一眼，手臂搭上她的肩膀："可是我的礼物还没准备好。"

姜皑抬头，男人微微侧着脸，光线自鼻尖滑落到唇边，眉眼间被镀上一层若有似无的影。她歪了歪头："没关系，我可以等。"

"我的礼物，你应该会喜欢。"

下午江吟临时接到日方高管的电话，对方不赞同将产品投入公益事业，市场波动性激烈，伊藤表示在不能确定盈利前，做这些无异于豪赌。

江吟静静地听他们说完，搭在膝盖骨上的手指微动，口吻波澜不惊："如果，以我个人的名义购买后投入公益呢？"

伊藤像是听到笑话一样："江总，我们是商人，不是慈善家！"

"如果我想当一次慈善家呢？"

伊藤气到不顾礼仪挂断电话，他之前一直觉得，江吟和他一样，都是无往不利的商人，现在，他认为得好好想想要不要和他续约签订下一款产品了。

最后一天假期，姜皑无事可做，掀开笔记本电脑继续大战僵尸。游戏对她来说仅是无聊时的消遣品，无奈智商不够用，大型游戏玩不来，只好玩玩这些益智小游戏。

江吟看起来却有点忙。姜皑玩完一局，凑到他跟前："放假三天，你工作三天，江老板的敬业程度需要让全公司的人学习。"

江吟不紧不慢地掀开眼皮瞧她，伸出一根手指抵住她继续往前凑的脑门。

"你很无聊？"

姜皑端起杯子小口喝水："都要长毛了。"

他了然颔首，抬眼看了看时间："那我们出去吃个饭。"

姜皑顺着他的话继续说："去哪吃饭？"

"我爸妈家。"

姜皑被水呛到，抚着胸口猛烈咳嗽几声，对上他面无表情的脸，她泪眼婆娑道："不带你这么吓唬人的。"

江吟的眉梢微微翘起，给她顺气："现在这个点，我妈应该和家里的阿姨做好饭菜了。"

姜皑垂下眼帘，没搭腔，他顿了顿，继续说："都怪这几天太忙，没提前告诉你一声。"

什么太忙了，这语气一听就是存心的，都到这个时候了，她要是不赴宴，怎么都说不过去。

姜皑从地毯上爬起来，拢了拢针织外衫，抬脚走去卧室，进门前踟蹰片刻，又转身和江吟四目相对。她佯装淡定地开口："叔叔阿姨喜欢什么样的姑娘呀？"

江吟支起腿，手肘抵在膝盖骨上托着下巴，视线懒洋洋的，没有要告知她情报的意思。

姜皑歪了下头："江吟，你坑了老婆还不帮忙，这事真的有违良心。"

江吟起身，走到她面前，声音沉静："你不用担心这些，他们会喜欢你的一切。"

姜皑长叹一口气，脑袋一耷，额头抵住他的胸膛，不停地乱蹭："我姜皑这辈子就没怕过什么……"

"嗯，我知道。"他按住她作怪的发顶，无奈地说，"快起来，额头要蹭红了。"

姜皑目光哀怨，转身飘进了卧室。打开衣柜，视线扫过里面为数不多的衣服，大多是职业装，剩下一件毛呢大衣，一件羽绒服，她无比后悔搬来时不把衣柜清空。内搭的裙装比较适合大衣，她没别的办法，穿上身照镜子，左右看了看，倒是不差。

江吟敲门，问她换好衣服了吗，家里打电话催了。姜皑打开门，手里提着一双半高筒的小皮鞋，绕过他，一脸生无可恋。

她坐到玄关台沿上穿鞋，突然想起什么，抬起头认真地说："你说，我现在去买件迷彩外套，会不会更正式一点？"

江吟被她逗笑。

姜皑见他不说话，右手握拳放到心口处，声音绷得很紧："我始终热爱祖国母亲。"

江吟瞧她紧张的样子，轻咳一声："这不是阅兵。"

姜皑无辜地看他："这是检阅未来的儿媳。"

两人出门，江吟到地下车库取车，姜皑站在门口，收起玩笑的神情。她爱江吟，所以会努力去接受有关他的一切，之前是如此，如今病症好转，她更没什么好惧怕的。她甚至很想知道，到底是怎样的父母，能教出这样优秀的孩子？

目的地有些远，避开堵车的高峰路段，也要二十分钟的车程。到时夜幕已经完全落下来，星垂月皎，半山腰处的空气比市内清新怡人。

江吟把车停到临时泊车点，门口有哨兵站岗，看到他，咧开一口白牙笑："我说怪不得江叔今天回来得那么早。"

江吟弯唇，笑而不语。

小兵又说："哥和嫂子什么时候请我们吃喜糖啊？"

姜皑皮笑肉不笑，一声不吭，努力维持安静的好形象。江吟捏了捏她的手，言简意赅地吐出两个字："快了。"

小兵给他们打开门："好嘞。"

大院里的建筑相仿，瓦白色的二层小楼，独门独院，每家都亮着灯，烟火气很浓，没有姜皑想象中的那样庄严肃穆，像平常小区入夜后一般，有人间灯火，亦有漫天的星。

江吟牵着她停到门前，黑色雕花的铁栅栏半开，院子里停了一辆车，看牌号应该是他爸的座驾。

姜皑舔了舔嘴角："叔叔比你低调多了。"

江吟笑了声，推开铁门继续朝前走，发现身边的人无意识地攥紧他的手："江吟，你说我是叫阿姨还是……"

尾音还没消失，她便看到从门内走出一个人。借着院子里的微光依稀能看出她的模样，眉眼间的风韵依旧很足，江吟遗传了七八分。她的身形轮廓隐在夜色中，有种遥不可及的矜贵。

姜皑抿下嘴角，一时不知道怎么开口打招呼。

江吟叫了一声："妈，这是姜皑。"

江母抬起头，露出嘴角的笑意："别叫我阿姨，叫我妈妈吧。"

姜皑一噎，反差有点大，容她先缓缓。

江母上前拉住姜皑的手，原本带笑的表情霎时消失。

姜皑心一咯噔："阿姨……"

她没来得及弄清楚江母变脸那么快的原因，就听到未来婆婆转身对江吟说："皑皑的手那么凉，你不会让她多穿一点？"

江吟凉凉地瞥了眼突然得意的姑娘，自愿背锅："下次我注意一些。"

江母牵着姜皑的手进屋，说话细声细气，听得出是江南一带的口音。

"皑皑，你先坐。"她说完，交代儿子，"吟吟，你去书房把你爸叫下来。"

姜皑闷了一口气，拼命忍住上扬的嘴角。江吟按了按发胀的眉心，走到走廊一侧的房间敲门，应声后侧进半个身子叫人。

片刻后，穿衬衫的江父下楼来。

姜皑起身，温声称呼了一句："江叔叔。"

年近六十的男人，前半生的历练给他整个人添上不怒自威的威慑感。大概是慈母严父，江吟和她提过两句。那时候大学，时隔久远，她却默默记了五年。

江父点点头，神情缓和不少："开饭吧，今天你们有口福了。"

江吟挑眉："妈亲自下厨？"

"我求过她多少次啊，都觉得麻烦不肯进厨房，医生的职业病太严重。"江父顿了顿，然后看了一眼姜皑："要不是今天你领儿媳妇回来，我估计只能等到过年才能盼到。"

儿媳妇，这算是认可了吗？

姜皑眨眨眼，紧绷的肩线顿时松懈下来。

江父和江母先一步到餐厅，姜皑跟着江吟到卫生间洗手。琉璃台上摆放着医用消毒的洗手液，姜皑的视线转了一圈，最后落到身旁男人的脸上。

江吟弯腰，从抽屉里拿出块香皂："用这个，我妈职业病。"

她弯起嘴角，细声细气地叫他："吟吟。"

江吟按开水龙头的动作一顿，不紧不慢地抬起头，溢出一个鼻音："嗯？"

"没事，就叫叫你。"

姜皑低下头，冲好手，没忍住又叫他"吟吟"，这次声音压得更软，尾音像是哼出来的。

江吟双手抵在琉璃台两侧，把怀里的人紧紧锁住。姜皑肩膀一颤，从镜子里看他，没敢转身。

"转过来。"

她慢吞吞地回头，整个人面对他，眨着眼睛："你不喜欢我这样叫你吗？"

江吟垂下头，话音落到她的耳侧："你再多叫几声，我们现在就回家。"

赤裸裸的威胁。

姜皑吃瘪，手指滑上他的衣襟，试探地问："我们出去吧，不然他们等急了。"

江吟没继续为难她，收回手，抽出纸巾给她擦干净残留的水渍。

"走吧。"

餐桌上，江母不停地给姜皑夹菜，和江父谈论起院里其他小辈带回来的姑娘："隔壁魏家小儿子带回一个姑娘，我看着啊，有点小家子气。"

姜皑握住筷子的力道不自觉收紧，长睫颤了颤，没吭声。

江母得意地看了一眼身边的姜皑："我们家这个，真的是顶好的。"

姜皑心思微动，眼睛眨巴两下。

江吟低笑出声，坐在对面冲她比了个无声的口型："顶好的。"

所以，他的好女孩，不用担心会有人不喜欢她，皑皑，很好很好。

晚上吃完饭，家里的阿姨收拾好桌子，江母到厨房切水果，姜皑起身去帮忙。江母从冰箱里拿出葡萄，一颗颗摘下来放到水果盘里。

"皑皑，你不必有负担。"顿了顿她继续说，"我们都很喜欢你，所以你不用介怀你的家庭，你的过往，你现在很好，未来和江吟在一起，我相信你们会很幸福。"

姜皑搭在琉璃台边沿的手指微动："阿姨，你们都知道，是吗？"所以在吃饭聊天时，有意地避开有关家庭的话题。

江母笑了笑："江吟从小心思细，他当然会顾及你的感受。我和他父亲一直在想，到底是什么样的女孩会让他那么喜欢，直到今天看到你，我才明白他的喜欢是有原因的。"

姜皑抿下嘴角，静静听她说完，眼眶有些湿润："阿姨，谢谢你。"

江母擦干净手，含笑看着她："以后就是一家人，不需要说谢谢的。"

姜皑又和江母说了会儿话，两人端着水果出去，客厅里只剩下江吟，江母左右打量片刻："你爸呢？"

江吟抬了下眼皮："去书房看文献了。"

江母无奈，端起茶杯走去书房："整天就知道看书看书看书，不见他忙别的事。"

姜皑静静听着，剥开一个橘子，掰开两瓣递到江吟嘴边，感叹道："你爸妈感情真好。"

他就着她的手将橘子吞下去，手臂搭到她腰间，舔着唇止不住笑意："我们也不差。"

姜皑的手没放下来，手指微微动了动，凑过去近距离看他，半晌缓缓吐出几个字眼："我发现叔叔比你帅多了。"

江吟顿时一脸又酸又憋屈的表情。

姜皑扬起眉梢，唇畔的笑意散不开，有温度顺着她的视线爬升到目光所及的地方。

江吟面无表情道："太酸了。"

姜皑把剩下的两瓣塞到嘴里，除了刚开始有点酸涩，最后甜味上来遮住涩意："我觉得不酸啊。"

江吟的嘴角绷得很直，垂眸看她一眼，趁她不注意唇舌压下来，吞掉她残余的尾音。气息交缠之际，传来门把落下的"咔嗒"一声响。

姜皑回过神来，想起现在是在哪，手抵住他的胸膛推开他。江吟黑眸中蕴着很深的情绪，仿佛意犹未尽地舔了下嘴唇，转身又恢复一派正经。

江母走出房门，瞧见他们两个之间隔着三丈远："这是怎么了？"

姜皑咬了咬嘴唇："没事。"

江母笑了笑，闲着无聊，便开始拉着姜皑说江吟上学时候的事情。

比如高中有不少追求的姑娘跟到家门口，却被门口的哨兵拦住，之后江吟住机关大院的消息不胫而走。再比如大学，一向不谈情爱的江吟，裤兜里竟然会有女生的学生卡，只不过扔到洗衣机里甩了几圈，上面的照片看不出模样了。

江母看热闹不嫌事大："吟吟，你是不是该向我们解释解释？"

江吟掀了掀眼帘："解释什么？"

姜皑接收到未来婆婆的眼神，负责煽风点火："收藏着哪位小姐姐的照片哦？"

他抬起手腕看了看时间，八点一刻："妈，我们该走了。"

江母皱眉："不留夜吗？"

江吟一板一眼地回应："离公司太远，不方便。"

江母没办法，只好送他们出门，临别前嘱咐姜皑有空来找她聊天，轮休的时候她一个人怪无聊。姜皑一一应了，上车后落下车窗冲她挥手。

门口的小兵还没换岗，朝他们敬了个礼，黑夜里一口白牙着实亮眼。

驶出半道，姜皑撑着身子坐直："江吟，我那张丢掉的学生卡，你悄悄藏起来了？"

江吟侧目，手指搭在方向盘上敲了敲，语气有些生硬："没有藏起来。"

姜皑兴致盎然，继续问："那怎么会在你那？"还被阿姨发现了。

江吟没有立刻回答，而是静静地凝视她。

气氛霎时安静下来，姜皑轻轻咬住舌尖，拼命回想当时的情景。头皮都抓破了，她终于抓住一点思绪，应该是大二时候的事，她患病后为了避免和江吟正面相遇，故意绕远路去第二餐厅吃饭，买完饭回到外面租住的房子，后知后觉地发现学生卡丢失了。

她没来得及找，也没有补办，当月月末就离开了 S 市。

江吟淡淡地说："你相信吗？我跟踪过你一段时间。"

姜皑攥住手，力道不自觉加紧。

"那段时间我几乎陷入病态，我想知道你的一切，想探究你怎么突然变得冷淡，我开始不停地跟踪你，从你上课到下课，你走过的路都有我的身影。"

他突然笑了一下，抓住她的手，指尖交缠，漫不经心地把玩："我想啊，这样跟着你也不错，可是有一天你不来学校了，经常去的地方也不见身影。我突然惊醒了，发现这样做实在太不符合我的作风了。"

姜皑垂下眼帘，长睫轻颤。是啊，给她一百个胆子她也不敢去想，骄傲如江吟，怎么会放低身段去跟踪人？

江吟牵起她的手，薄唇落到她指间处的银环上："所以我想永远地拴住你，这辈子，你都不能再跑了。"

姜皑忍住鼻尖酸涩，哑声说："好，我再也不跑了，你可要牵紧我啊。"

Chapter 16

不须耳鬓常厮伴，一笑方觉意已倾

▼

TK 新品上市在即，今早九点放出来的短片，简要概述了"愈"的功能及治疗模式。

发布会现场选在 TK 大厦一层的会客厅，外联大楼顶层的 LED 播放屏，将全方位向市民展示这款为缓解心理焦躁消除压力的治疗仪器。

到场的媒体数量太多，姜皑帮忙安排好坐区后，来到一层单独辟出来的员工休息间。

房间里有台负责转播的电视，她拉开座椅坐到秘书长身边。

"是要开始了？"

秘书长点点头，颇为感慨地说："今天来的记者是上一场发布会的三倍。"

姜皑翻开手机，无声地笑了。

大概有周氏这个败笔在前，记者们都比较在意 TK 的成果展示。

江吟上台之前，大屏幕缓缓降下，短片开始播放。开篇中规中矩，将治疗仪的调研测评展示完。

突然，屏幕暗下，三秒钟后渐渐亮起，镜头定格在女孩抱膝缩在角落里的情景。然后，她慢慢抬起头，开始歇斯底里地狂叫。

视频是没有声音的，但只靠眼睛，足以感受到女孩的难过与悲恸，那样摄人心魂的表情，隐忍，不甘心……场内所有的声音全部消湮。

所有人静静地看着屏幕，最后女孩掀起桌上的水杯，狠狠朝自己头顶砸去，鲜血淋漓。

姜皑的手指无意识地抠紧手里的衣角，她陷入这种曾经最熟悉的情绪里难能自拔，等回过神来，脸颊已是湿润一片。

短片放到最后，江吟上台，场内的灯光点亮。他穿着一身黑色西装站在屏幕下方，黑眸沉静，他环视了一下大家的表情。

"大家了解这种疾病吗？医学领域将它称为双相障碍，是精神疾病的一种。它比单纯的抑郁症难愈百倍、痛苦百倍，患者会时时刻刻担心伤害到他人，从而把自己紧紧包裹起来。社会上很多人觉得患有这种病的人是怪物，猜测他们会不会对家属拳打脚踢，实际上不然。"

　　他的声音绷得很紧，展示出下一张PPT："有百分之七十的患者，是因为家庭内部的因素产生这种抑郁倾向。"

　　在座的人面面相觑，前排的人怯生生地问："那这种病真的可以治愈吗？"

　　江吟掀了掀眼帘，脸上的表情突然变得温柔了："与其说这是一种病，不如说，为什么我们不能当作是他们的情绪比常人剧烈一些？

　　"为什么不能给她们多一点的关心与爱护，多点细心和耐心去抚慰他们？一味地躲避与责问，对他们来说，是不是太苛责了一些？"

　　姜皑不动声色地敛起外露的情绪，起身离开休息间。

　　来到场内，不比在屏幕中看到的那样气派，一眼望去，她能看到的，只有江吟。他试图劝服在场这些人固化的思想，试图通过今天这个大场面，改变平常人对双相障碍患者的看法，哪怕效果微乎其微。

　　谁说TK的江总薄情冷漠，他比在场的任何人都更蓬勃更热血。这股鲜活的热情，让姜皑情不自禁地想要与他并肩。

　　姜皑走到台上，拉过台式麦克风，与江吟对视，然后开口："大家好，我是TK的一名员工，不久前，我也是双相障碍的患病者。"

　　说完，她长舒了一口气，紧绷的肩线顿时松懈下来。

　　"我今天站上来，是想告诉大家，我们可以痊愈，可以像大家一样生活和工作，甚至找到相爱的人。"姜皑闭了闭眼，嘴角弯起弧度，"其实，所有的心理疾病或精神疾病患者，都需要关爱。他们只要稍微得到一点爱护，就不会产生自杀倾向了。"

　　只要一点温柔的爱意，他们就可以重新振作起来。

　　姜皑眨眨眼，看向身侧的男人，他给她的，是满心满眼的爱，捧上最好的真心给她，她多幸运啊！

　　江吟抬手擦去她眼角的湿润，又摸了摸她的发顶，然后转身面对镜头："'愈'不仅是这款治疗仪的名字，而且不久后以我个人名义组建的基金会也会以此命名。"

一群接一群的记者涌到侧台，挡住了他们的去路。

林深帮忙避开这些人的阻隔，回答："十五分钟后有专门留给大家采访的时间，请稍等片刻。"

回到休息室，姜皑抿了下嘴唇，拉了拉江吟的衣袖："江先生，这就是你要送给我的礼物吗？"

江吟把她一把抱起，放到桌子上，双手顺势撑在桌沿两侧，抬起头，俊朗的眉眼中笑意很浓："不喜欢？"

姜皑搂住他的脖颈："不，我很喜欢。"

这比珠宝首饰更合她心意，他知她心意。他的这份喜欢，让她有足够的勇气去面对所有人的目光，不管未来有多艰难，她都没有理由再舍弃他。

TK 新品发布会受到业内广泛重视，在日本的产品上市发布会邀请江吟到场。

临行前一天，姜皑拉着他看基金会筹备的文件，她对慈善事业这方面没什么研究，有些术语和数额都看不懂。江吟耐心地给她讲解完，揽过她的腰想讨个赏，结果被她一把推开。

姜皑打算重新看一遍资料。

江吟眉梢一僵，手指搭到文件表面，接收到她疑惑的目光后，不紧不慢地把文件从她手底下抽出来，然后，看也不看就丢到地毯上。

姜皑眨眨眼："你这是做什么？"

江吟垂眸睨她："你不觉得现在有更重要的事情要做？"

"什么事？"姜皑伸手试探地去摸被残忍丢掉的文件。

江吟握住她的手腕，声音压得很低："皑皑，什么时候给我个名分？"

"名分？"他的意思是那个小红本？

"要不等你回来？"

江吟抿下嘴唇，没吭声，允许她再想几秒钟。

"今天是不是太匆忙了？"她指了指腕表，"现在都十一点钟了。"

"没关系，下午我准你假。"

办公室里拉着百叶窗，微光透过页片罅隙落进来，能看清他身后飞舞的大片尘埃。清晰可见的光线滑过他的眉眼，越过薄唇停到下颌处。

江吟脸上认真的神情，让姜皑突然想到初次见面时，他绷直的嘴角和毫无情绪的话语。

那时候，她从没有想过，缘分这种东西，会把两个人紧紧拴在一起。江吟牵住她的手指，指腹轻轻摩擦了下指间的指环："想好了吗？"

姜皑闭了闭眼，微微俯身靠近他，声音清晰而笃定："好啊，就现在吧。"

工作日，来民政局登记的人不多。一套程序走下来，姜皑只记得途中公证员小幅度地打了个呵欠，手中的杂志翻得哗啦哗啦响。

签名时她握笔的力道有些虚浮，签字却是流畅有力。

江吟接过笔，在她名字旁边签下他的名字。两个人都写行楷，一个笔锋凌厉，一个纤细柔软。

拍照，念誓词，等待，拿到证书……

整个过程不过二十分钟，姜皑却能回忆起这六年，不，这七年，他们所经历的种种。

她和他曾并肩看过蓝蓝的天和飘荡的云，那时候他们很年轻，在以"十"为开头的年岁里，所有的喜欢都很炽烈，她有满腔的勇气去追逐他的脚步。

虽然中途他们走散了，她一个人在暗夜里踽踽前行，她曾深陷泥沼无法自拔，也曾想起他的眉眼开始挣扎。

好在，不久后的将来，她又能和他一起看绵绵的雨和雨后的彩虹，看皑皑白雪和雪后初霁的云彩。他们以后会有许多个四季，这样想想，也不亏。

姜皑捏住小红本的一角，抬眼对眼前的男人笑："江先生，以后请多指教。"

江吟伸手摸了摸她的发顶："皑皑，谢谢你。"

临近年关，江吟受邀飞到日本参加发布会，只留下谢权这个不靠谱的老板。TK 的众人像放假了一样轻松，早晨瞧见小谢总，都要问一句今年的奖金会不会增多。谢权哪管这些，随口一答："看你们表现哈。"

姜皑作为这个闲散老板的助理，手里的活堆积成山，晚上好不容易空出时间来约进修回来的尹夏知吃饭，还被临时喊去帮秘书室挑选年终的礼物。

晚到二十分钟，尹夏知坐在座位上不停地翻白眼："我说你都成老板娘了，还那么辛苦干什么？"

姜皑脱下大衣挂到椅背上，双手合十表示歉意："让尹博士久等了。"

刚晋为博士的尹小姐，白眼翻得更快："别叫我，容易叫老了。"

姜皑扬起眉梢："点好菜了吗？"

尹夏知不知道看见什么，眼睛直勾勾的，也没听到她说话。姜皑伸手在她眼前晃了晃："看什么这么入神？"

尹夏知猛然转过头，一脸纠结："皑皑，我看到你……苏妤了。"

姜皑嘴角的笑意僵住了，顺着尹夏知的视线朝外面看去。昨晚刚下过雪，路面上积攒一层肉眼可见的冰晶。苏妤站在冰天雪地里，为了美观，只穿着针织裙，一双手冻得通红，依旧拼命保持脸上的微笑。

而她面前站着的男人一脸不耐，挥开她的手，然后坐车离开。苏好叹了一口气，紧绷的肩线缓慢松懈下来。

姜皑垂至身侧的手攥成拳，周氏败落，周亭东入狱，她现在肯定会想尽办法地找关系帮周亭东减轻刑罚。

曾经衣食无忧的富家太太，为了美好生活不惜抛弃家人，如今换得的是什么？

姜皑扯了扯嘴角，收回目光："我们吃饭吧。"

尹夏知犹豫了几秒："你不去帮帮她吗？"姜皑眼底的动容明明那么清晰。

姜皑抬起头，没忍住又看向窗外，恰好苏妤转过身，两人的视线在空中撞上，彼此皆是一愣。顷刻，苏妤搓了搓冻僵的手指，牵强地朝姜皑露出一个笑容。

只不过几月未见，苏妤却像瞬间老了许多岁。

姜皑的心思微动，试图把残余的怜悯心全部割除。

苏妤抱紧胳膊，露在外面的肩头被寒风吹得发抖，她没有进来说话，而是静静地站在窗外看着姜皑。她知道现在说什么都为时已晚，她把姜皑伤得太深，她甚至不知道该以怎样的姿态面对姜皑。远远地看一眼，也好，她该知足。

姜皑低头切牛排，刀尖遇到难切的骨头，一直切不开。刀尖发出轻微的响声，像打在她心上似的。

她放下刀具，招来侍者，拿起椅背上搭着的衣服递给他："麻烦你，交给外面的女人。"

空荡荡的街上只站着苏妤一个人，侍者往外看了一眼，立刻了然。

如果爸爸看到，他一定不忍心。他们曾经是家人，他那么喜欢她。

姜皑掩下眼帘，重新拿起餐具，胃里突然涌出一股不适，她起身跑去卫生间。

尹夏知被她的反应吓到了，连忙跟了过去。

姜皑撑住琉璃台，勉强稳住身子。

"你这是怎么了啊？"尹夏知推门进来，满脸担忧。说着，帮她整理好散乱的头发，忽然想起什么，惊恐地看她，"皑皑，你不会是……有了吧？"

姜皑噎住，和她大眼瞪大眼许久，心里盘算着日子。

尹夏知看到她的表情："可千万别让我猜准了。"

姜皑也有几分不敢相信："夏知，明天和我去趟医院吧？"

江吟和林深的日本行程只有四天，分别在大阪和东京开设发布会，伊藤的公司主办，他只需要到场给个面子。到最后一天，他乘夜航回国，半夜三点的飞机，到 S 市临近七点钟。

姜皑得知消息，非要来接机，江吟拦不住，只好妥协。

飞机落地后，机场内来往的人不多，不算多拥挤，江吟提好行李到出口，一眼看到姜皑坐在等待区看手机。

江吟打发走林深，单独走过去。

"等很久了？"

姜皑听到声音，顺手将手机塞进包里，然后抱住江吟的腰，额头蹭了蹭他的毛衣，有种没睡醒的慵懒，毛茸茸的，像只小动物。

江吟没忍住抵住她的发顶，声音轻柔："明明可以多睡一会儿的。"

姜皑揉了揉眼睛，抬头看他："所以回去你开车。"

晨光透过机场顶层的玻璃天窗洒下来，光线穿过姜皑细密的睫毛，于眼睑下方布上一层细密的影。

江吟凝视她片刻："好。"

临时停泊点渐渐驶入许多车辆，好在江吟开车技术不错，稳稳地驶出监控密布和容易冲撞交规的地界。

这几天降温，姜皑裹上羽绒服，把下巴缩到高领毛衣里，乖巧又温顺。

半晌，她醒过来了，托着下巴朝窗外看了很久，才转过身，似不经意地问："江先生，你什么时候让我当新娘啊？"

江吟平静地和她商量："你体寒，冬天穿礼服会受凉，不如等到开春四月份？"

姜皑垂下眼帘，声音听不出喜怒："可是那个时候就穿不上婚纱了。"

江吟一时没反应过来："嗯？"

车厢内寂静无比，甚至能听清车轮碾压过路上残余冰碴的细微响动。

姜皑抬起头，神情认真又遗憾："江先生，你要做父亲了。"

江吟猛地踩下刹车，车停到街角处。他扭头，看到面前的姑娘弯起眉眼："我们要有一个完整的家了。"

若放到八个月前，甚至七年前，这是多么遥远又不敢想象的事情。

——我经历你的青涩张扬，陪你度过迷茫放肆的岁月，和你一起成长，最终成为彼此最好的模样。

——虽然我不知道该如何表达这份爱意，但我所有的喜欢，都与你有关。

尝遍人间酸甜，却还想抱抱你。

从情窦初开，到白发两鬓。

何其有幸。